Ullstein

ÜBER DAS BUCH:

Art Mathews schießt sich unter den Augen seiner Jockey-Kollegen eine Kugel in den Kopf. Peter Clooney kommt unter mysteriösen Umständen immer zu spät zum Rennen und wird gesperrt. Grant Oldfield bricht nervlich zusammen. Tick-Tock wird Unzuverlässigkeit angehängt. Angst und Unsicherheit gehen um auf dem Rennplatz von Dunstable – die Existenz der besten Jockeys steht auf dem Spiel. Als die Pechsträhne Rob Finn trifft, einen ziemlich Neuen im Geschäft, läßt er sich nur anfangs beirren, macht sich dann aber schnell an des Rätsels Lösung.

DER AUTOR:

Der Engländer Dick Francis, Jahrgang 1920, war einst Großbritanniens erfolgreichster Jockey, bis ein mysteriöser Sturz seine Karriere beendete. Seither befaßte er sich zunächst als Sportjournalist und dann als Thrillerautor mit den schmutzigen Geschäften hinter den Kulissen des noblen Pferdesports. Heute ist Dick Francis Großbritanniens erfolgreichster Krimiautor.

Dick Francis

Angst

Aus dem Englischen
von Tony Westermayr

Ullstein

Kriminalroman
Ullstein Buch Nr. 22990
im Verlag Ullstein GmbH,
Frankfurt/M – Berlin
Titel der englischen
Originalausgabe:
Nerve

Ungekürzte Ausgabe

Umschlaggestaltung:
Theodor Bayer-Eynck
Illustration:
The Image Bank/
Mike Vaughan

Printed in Germany 1993
Gesamtherstellung:
Ebner Ulm
ISBN 3 548 22990 5

Mai 1993
Gedruckt auf Papier
mit chlorfrei
gebleichtem Zellstoff

Vom selben Autor
in der Reihe
der Ullstein Bücher:

Voll Blut (10449)
Zahm und zerbrochen (10465)
Air-Taxi ins Jenseits (10473)
Schlachtritt (10487)
Roßtausch (10515)
Die ganze Palette des Todes (10527)
Totes Rennen (22686)
Festgenagelt (22976)
Der Trick, den keiner kannte (22981)

Die Deutsche Bibliothek –
CIP-Einheitsaufnahme

Francis, Dick:
Angst/Dick Francis. Aus dem Engl. von
Tony Westermayr. – Ungekürzte Ausg. –
Frankfurt/M; Berlin: Ullstein, 1993
(Ullstein-Buch; Nr. 22990:
Kriminalroman)
ISBN 3-548-22990-5
NE: GT

1

Art Mathews erschoß sich, zu aller Verwunderung, mitten im Paradezirkel auf der Pferderennbahn Dunstable.

Ich stand nur zwei Meter von ihm entfernt, aber es ging so schnell, daß ich ihn nicht einmal hätte abhalten können, wenn wir Schulter an Schulter gewesen wären.

Er hatte den Umkleideraum vor mir verlassen, die schmalen Schultern unter der khakifarbenen Jacke hochgezogen, die er über dem Renndreß trug, den Kopf tief auf der Brust, als sei er in Gedanken. Mir war aufgefallen, daß er auf den beiden Stufen vom Wiegeraum zum Fußweg stolperte, und als ihn unterwegs jemand ansprach, reagierte er nicht. Aber es war der übliche Weg vom Wiegeraum zum Paradezirkel, ein Rennen wie hundert andere. Nichts deutete darauf hin, daß er nach einem kurzen Gespräch mit dem Eigentümer und Trainer des Pferdes, das er reiten sollte, seine Jacke ausziehen, unter ihr, während er sie auf den Boden fallen ließ, eine Pistole hervorholen, die Mündung an die Schläfe setzen und den Abzug durchziehen würde.

Ohne Zögern. Ohne Überlegungspause. Ohne Abschied. Die Gelassenheit dieses Vorgangs war ebenso schockierend wie seine Wirkung.

Er hatte nicht einmal die Augen geschlossen, und sie waren offen, als er zu Boden stürzte, mit dem Gesicht voraus ins Gras, und sein Helm davonrollte. Die Kugel war durch den Schädel gedrungen, und die Ausschußwunde war deutlich zu sehen. Der Knall des Pistolenschusses hallte auf dem Sattelplatz wider, verstärkt durch die hohe Rückwand der Tribüne. Köpfe drehten sich suchend, und das geschäftige Summen und Murmeln aus der Menge der Zuschauer wurde leiser und verstummte schließlich ganz, als die schreckliche, unglaubliche, unwiderlegbare Tatsache, daß auf dem hellgrünen Rasen die sterblichen Überreste Art Mathews lagen, keinen Zweifel mehr zuließ.

Mr. John Brewar, der Besitzer des Pferdes, das Art hätte reiten sollen, stand da mit offenem Mund, wie von einem genau gezielten Schlag betäubt. Seine etwas dickliche, gut gepflegte Frau fiel mit der ungraziösen Schlaffheit einer echten Ohnmacht um, und

Corin Kellar, der Trainer, für den sowohl Art als auch ich ins Rennen gehen sollten, ließ sich auf ein Knie nieder, packte Art an der Schulter und rüttelte ihn, als könne er einen Menschen wieder zum Leben erwecken, der mit zerschossenem Schädel vor ihm lag.

Die Sonne schien hell. Das Blau und Orange von Arts seidener Bluse glänzte; seine weißen Breeches waren makellos, und seine Reitstiefel schimmerten in mattem Glanz. Mir kam plötzlich der Gedanke, daß es ihn sicher gefreut hätte, wenigstens vom Hals abwärts den bei ihm üblichen gepflegten Eindruck zu vermitteln.

Die beiden Rennleiter eilten herüber und erstarrten zu Salzsäulen. Der Schrecken zwang ihnen die Kiefer auf, verengte ihre Augen. Es gehörte mit zu ihren Pflichten, sich im Paradezirkel aufzuhalten, während die Pferde vor den Rennen im Kreis herumgeführt wurden, damit sie gleichzeitig als Zeugen und Richter fungieren konnten, falls sich Unregelmäßigkeiten ergaben. Etwas derart Ausgefallenes wie der öffentliche Selbstmord eines erstklassigen Jockeis war ihnen wohl noch nicht untergekommen.

Der ältere der beiden, Lord Tirrold, ein großer, hagerer Mann von bürokratischer Engstirnigkeit, beugte sich über Art. Ich sah, wie seine Kaumuskeln hervortraten, dann hob er den Kopf, sah mich an und sagte leise: »Finn . . . holen Sie eine Decke.«

Ich ging zwanzig Schritte durch den Paradezirkel, wo um eines der für dieses Rennen gemeldeten Pferde Besitzer, Trainer und Jockei herumstanden. Wortlos nahm der Trainer die Decke von seinem Pferd und hielt sie mir hin. »Mathews?« fragte er ungläubig.

Ich nickte bedrückt, bedankte mich für die Decke und trug sie hinüber.

Der zweite Rennleiter, ein mürrischer, stämmiger Mann namens Ballerton, den ich nicht leiden konnte, verlor seine sonst so eifersüchtig gehütete Würde und übergab sich.

Mr. Brewar strich seiner bewußtlosen Frau den Rock glatt und fühlte besorgt ihren Puls. Corin Kellar, der immer noch neben seinem Jockei kniete, fuhr sich unaufhörlich mit der Hand über die Stirn und das Kinn. Sein Gesicht war aschfahl, seine Hand zitterte.

Ich gab Lord Tirrold eine Ecke der Decke, wir falteten sie auseinander und breiteten sie vorsichtig über den Toten. Lord Tirrold starrte den regungslosen, braunen Hügel eine Weile an, dann sah er sich im Kreis der Leute um, die sich für dieses Rennen gemeldet hatten. Er ging hinüber und sprach mit ein paar Männern; kurze Zeit später führten die Stallburschen alle Pferde aus dem Paradezirkel in die Sattelboxen zurück.

Ich sah auf Corin Kellar hinunter und fragte mich, wie einem Mann zumute sein mußte, der einen Menschen zum Selbstmord getrieben hatte.

Ich hörte ein lautes Knacken, dann verkündete eine Stimme über die Lautsprecher, daß wegen eines schweren Unfalls im Paradezirkel die letzten beiden Rennen nicht stattfinden könnten. Der morgige Renntag werde wie geplant abgewickelt, und jetzt möge man bitte nach Hause gehen. Was die ständig wachsende Zuschauermenge rund um den Zirkel aber nicht daran hinderte, die Pferdedecke, unter der Mathews lag, weiterhin sensationslüstern anzustarren.

Nichts regt die Menschen so sehr an wie ein blutiges Unglück, dachte ich tolerant, als ich Arts Helm und Peitsche aufhob.

Der arme Art. Der arme, gehetzte, verfolgte Art hatte sich mit einer Kugel von seinem Elend befreit.

Ich drehte mich um und ging nachdenklich zum Wiegeraum zurück.

Während wir uns umzogen, versuchten wir, den Schock durch Respektlosigkeit zu verdecken. Art, der nach der herrschenden Meinung unter uns Jockeis die führende Position behauptet hatte, obwohl er mit fünfunddreißig Jahren bei weitem nicht der Älteste gewesen war, hatte stets mit großem Respekt rechnen dürfen. Er hatte sich zwar manchmal recht abweisend gegeben, war aber ein anständiger Mensch und ein ausgezeichneter Jockei gewesen. Seine einzige auffallende Schwäche, die wir zu belächeln pflegten, war seine Überzeugung gewesen, daß ein verlorenes Rennen stets auf irgendeinen Makel seines Pferdes oder der Ausbildung zurückzuführen sein mußte, niemals aber auf einen Fehler, den er begangen haben mochte. Wir wußten alle recht genau, daß Art, wie jeder Jockei, gelegentlich einmal irrte, aber das hätte er niemals zugegeben.

»Gott sei Dank war Art wenigstens so rücksichtsvoll, das Wiegen abzuwarten, bevor er sich umgebracht hat«, sagte Tick-Tock Ingersoll, während er seinen blauschwarz gewürfelten Pullover auszog. Sein Gesicht tauchte breit grinsend hinter dem Pullover auf, wurde aber sofort ernst, als niemand lachte.

»Na ja«, sagte er und ließ den Pullover geistesabwesend auf den Boden fallen. »Wenn er schon vor einer Stunde Schluß gemacht hätte, wäre jeder von uns zehn Piepen los.«

Er hatte recht. Unser Renngeld war praktisch verdient, sobald wir auf der Waage gesessen hatten und das Gewicht für korrekt befunden war; es wurde ausbezahlt, ob wir nun ritten oder nicht.

»Dann sollten wir wenigstens die Hälfte für seine Witwe in eine gemeinsame Kasse tun«, meinte Peter Cloony, ein kleiner, stiller, junger Mann mit einer Tendenz zu überschwenglichen Gefühlen, der bei jeder Gelegenheit ungeheures Mitleid mit anderen und mit sich selbst empfand, es allerdings ebenso schnell wieder loswurde.

»Ich denke ja gar nicht daran«, sagte Tick-Tock, der für Cloony nichts übrig hatte. »Zehn Piepen sind für mich zehn Piepen, und Mrs. Mathews schwimmt ja in Geld. Sie bildet sich noch allerhand drauf ein. Da kann einer schon froh sein, wenn ich ihr guten Tag sage.«

»Irgendwie muß man aber seinen Respekt bekunden«, sagte Peter eigensinnig, sah uns alle mit feuchten Augen an, ohne aber Tick-Tocks grimmigen Blick zu erwidern.

Mein Mitgefühl hatte Tick-Tock. Ich brauchte das Geld auch – außerdem hatte mich Mrs. Mathews zusammen mit allen anderen Durchschnittsjockeis immer recht kühl behandelt. Fünf Pfund zur Erinnerung an Art würden sie kaum auftauen lassen.

Blaß, blond, blauäugig, und kalt wie ein Eisblock, dachte ich.

»Mrs. Mathews braucht unser Geld nicht«, sagte ich. »Erinnert ihr euch noch, wie sie sich im letzten Winter einen Nerzmantel gekauft und ihn dazu benützt hat, alle abfahren zu lassen, die da nicht mitkönnen? Sie kennt ja kaum unsere Namen. Wir kaufen Art einfach einen Kranz und tun etwas Nützliches in seinem Namen, etwas, womit er einverstanden gewesen wäre; beispielsweise könnten wir hier Warmwasserduschen installieren lassen.«

Tick-Tocks kantiges, junges Gesicht strahlte. Peter Cloony sah mich traurig und mißbilligend an, aber die anderen nickten zustimmend.

Grant Oldfield sagte wütend: »Wahrscheinlich hat er sich erschossen, weil ihn das Weibsbild betrogen hat.«

Es wurde still. Vor einem Jahr, dachte ich, vor einem Jahr hätten wir noch gelacht. Aber vor einem Jahr hätte Grant Oldfield dasselbe witzig und vielleicht etwas ordinärer ausgedrückt, nicht so bösartig und giftig.

Ich wußte ebensogut wie die anderen, daß ihm die Einzelheiten von Arts Ehe unbekannt und auch gleichgültig waren, aber in den letzten Monaten schien Grant immer stärker von einer inneren Wut zerfressen zu werden, so daß er selbst die alltäglichste Bemerkung damit anreicherte. Das lag unserer Meinung nach daran, daß er auf dem absteigenden Ast war, ohne jemals ganz nach oben gekommen zu sein. Er war von Haus aus ehrgeizig und rücksichtslos gewesen, was sich auch in seinem Reitstil zeigte. Aber im entscheidenden Augenblick, als er mit einer Reihe von Erfolgen die Aufmerksamkeit der Öffentlichkeit auf sich gezogen und regelmäßig für James Axminster zu reiten begonnen hatte, einen der besten Trainer, war etwas passiert, das alles zunichte machte. Er hatte den Job bei Axminster verloren, und die anderen Trainer setzten ihn immer seltener ein. Das Rennen, zu dem wir nicht hatten antreten müssen, wäre an diesem Tag sein einziger Einsatz gewesen.

Grant war ein brünetter, stämmiger Mann von dreißig Jahren mit hervorstehenden Backenknochen und einer breiten, verformten Nase. Ich kam weit häufiger in engen Kontakt mit ihm, als mir lieb war, weil mein Platz im Umkleideraum der meisten Rennbahnen neben dem seinen lag; wir hatten beide denselben Burschen. Er borgte sich meine Sachen aus, ohne vorher zu fragen oder sich nachher zu bedanken, und wenn er etwas zerbrochen hatte, leugnete er grundsätzlich, es benützt zu haben. Zu Beginn unserer Bekanntschaft hatte mich sein verschmitzter Humor amüsiert, aber jetzt, zwei Jahre später, hatte ich mehr als genug von seinen Launen, seiner Grobheit und seinem Jähzorn.

In den sechs Wochen, seit die neue Saison angefangen hatte, war er mir ein paarmal aufgefallen, als er dastand, den Kopf vorgereckt, und sich verständnislos umsah, wie ein vom Matador gefoppter Stier. Ein Stier, erschöpft vom Kampf gegen ein Tuch, ein genarrter, zermürbter Stier, dessen großartige Kraft sich an einem Ding vergeudet hatte, das er nicht mit seinen Hörnern festzunageln vermochte.

Bei solchen Gelegenheiten tat mir Grant durchaus leid, aber abgesehen davon, ging ich ihm aus dem Weg, so gut ich konnte.

Peter Cloony, der ihn, wie gewohnt, überhaupt nicht beachtete, deutete auf den Haken, an dem Arts Sachen hingen und sagte: »Was meint ihr, was wir damit anfangen sollen?«

Wir sahen die Sachen an, den gutgeschnittenen Tweedanzug, säuberlich über einen Bügel gehängt, den kleinen Handkoffer, der sein Hemd und die Unterwäsche enthielt. Sein beinahe fanatischer Ordnungssinn war uns so vertraut, daß keiner davon sprach, aber jetzt, seit er tot war, fiel mir das besonders auf. Alle anderen hängten ihre Jacken einfach an den Haken und stopften ihre Unterwäsche in die Hosen hinein. Nur Art hatte auf einem Bügel bestanden und seinem Burschen aufgetragen, stets einen mitzubringen.

Bevor wir über einen ordinären Vorschlag Grants hinausgekommen waren, zwängte sich ein Funktionär durch die herumstehenden Jockeis, sah mich und rief: »Finn, Sie sollen zur Rennleitung kommen.«

»Jetzt?« sagte ich in Hemd und Unterhosen.

»Sofort.« Er grinste.

»Na schön.« Ich zog mich hastig an, kämmte mich, marschierte durch den Wiegeraum und klopfte an die Tür des Rennleitungsbüros. Jemand rief: »Herein«, und ich drückte auf die Klinke.

Um einen großen länglichen Tisch saßen die drei Herren der Rennleitung, der Rennbahnmanager und Corin Kellar.

»Kommen Sie 'rein und machen Sie die Tür zu«, sagte Lord Tirrold. Ich tat es.

»Ich weiß, daß Sie in der Nähe von Mathews waren«, fuhr er fort, »als er ... äh ... sich erschoß. Haben Sie es beobachten können, ich meine, haben Sie gesehen, daß er die Pistole in die Hand genommen und angesetzt hat, oder haben Sie erst hinübergeschaut, als Sie den Schuß hörten?«

»Ich habe gesehen, wie er die Pistole herausholte und abdrückte, Sir«, sagte ich.

»Gut. In diesem Fall wird die Polizei vielleicht eine Aussage von Ihnen haben wollen; verlassen Sie das Haus bitte nicht, bis jemand mit Ihnen gesprochen hat. Wir warten noch auf den Inspektor, er ist im Sanitätsraum.«

Er nickte mir zu, aber als ich die Hand auf die Klinke legte, sagte er: »Finn ... wissen Sie einen Grund, warum Mathews sich das Leben genommen hat?«

Ich zögerte ein bißchen zu lange, bevor ich mich umdrehte, so daß ein einfaches ›nein‹ wenig überzeugend geklugen hätte. Ich sah Corin Kellar an, der eifrig seine Fingernägel betrachtete.

»Vielleicht weiß Mr. Kellar da eher Bescheid«, sagte ich zurückhaltend.

Die anderen wechselten Blicke. Mr. Ballerton, der immer noch recht blaß war, hob abwehrend die Hand und sagte: »Sie verlangen doch wohl nicht, daß wir glauben sollen, Mathews hätte sich nur deshalb umgebracht, weil Kellar mit ihm unzufrieden war?«

Er sah seine Kollegen an. »Im Ernst«, sagte er entschieden, »wenn die Jockeis so hochnäsig werden, daß sie keine berechtigte Kritik mehr vertragen, wird es Zeit, daß sie sich nach einem anderen Beruf umsehen. Aber anzudeuten, daß Mathews sich wegen ein paar harter Ausdrücke umgebracht hat, ist unverantwortlicher Leichtsinn.«

Dabei fiel mir ein, daß Ballerton selbst ein Pferd besaß, das von Corin Kellar trainiert wurde. ›Unzufrieden‹, der farblose Ausdruck, den er benützt hatte, um die lange Reihe von scharfen Auseinandersetzungen zwischen Art und dem Trainer nach dem Rennen zu charakterisieren, deutete doch auf einen bewußten Versuch hin, Öl auf die Wogen zu gießen. Du weißt ganz genau, warum Art sich umgebracht hat, dachte ich. Du hast selbst dazu beigetragen, und willst es nur nicht zugeben.

Ich sah wieder zu Lord Tirrold hinüber und entdeckte, daß er mich prüfend anschaute. »Das wäre alles, Finn«, sagte er.

»Jawohl, Sir«, sagte ich.

Ich ging hinaus, und diesmal riefen sie mich nicht zurück. Bevor ich jedoch den Wiegeraum durchquert hatte, hörte ich die Tür wieder zuklappen, dann sagte Corins Stimme hinter mir: »Rob.«

Ich drehte mich um und wartete auf ihn.

»Vielen Dank«, sagte er sarkastisch. »Das haben Sie ja wirklich fein gemacht.«

»Sie hatten ja selber schon davon gesprochen«, meinte ich.

»Ja, zum Glück.«

Er wirkte immer noch schockiert; sein hageres Gesicht war von tiefen Sorgenfalten durchzogen. Er war ein außerordentlich cleverer Trainer, aber ein nervöser, unzuverlässiger Mann, der einem heute lebenslage Freundschaft anbot, um dich am nächsten Tag keines Blickes zu würdigen. Im Moment schien er auch ein paar beruhigende Worte hören zu wollen.

»Sie und die anderen Jockeis glauben doch wohl nicht, daß Art sich umgebracht hat, weil . . . äh . . . ich mir vorgenommen hatte, ihn nicht mehr so viel zu beschäftigen?« sagte er. »Er muß einen anderen Grund gehabt haben.«

»Heute sollte er jedenfalls das letztemal für Sie reiten, oder nicht?« meinte ich.

Er zögerte zuerst, dann nickte er, überrascht von der Tatsache, daß ich wußte, was nicht publik gemacht worden war. Ich erzählte ihm nicht, daß ich am Abend zuvor Art auf dem Parkplatz getroffen hatte, und daß Art, verzweifelt und zutiefst von der Ungerechtigkeit der Welt im allgemeinen überzeugt, seine Zurückhaltung soweit aufgegeben hatte, um mir zu sagen, daß ihn Kellar nicht mehr beschäftigen wollte.

Ich sagte nur: »Er hat sich umgebracht, weil Sie ihn gefeuert haben, und er hat es vor Ihnen getan, damit Sie sich keine Gewissensbisse ersparen. So steht's und nicht anders, wenn Sie meine Meinung hören wollen.«

»Aber schließlich bringt sich doch keiner um, nur weil er seine Stellung verloren hat«, sagte er aufgebracht.

»Nicht, wenn er normal ist, nein«, gab ich zu.

»Jeder Jockei weiß, daß er einmal aufhören muß, und Art war einfach zu alt . . . er muß übergeschnappt sein.«

»Ja, kann schon sein«, sagte ich.

Ich ließ ihn stehen. Sollte er sich doch allein die Mühe machen, zu der Überzeugung zu gelangen, daß er für Arts Tod in keiner Weise verantwortlich war.

Die Diskussion im Umkleideraum über die Frage, was man mit Arts Sachen anfangen sollte, hatte ein Ende gefunden, als sein Bursche sich darum kümmerte, und Grant Oldfield war zu meiner Erleichterung schon weggegangen. Die meisten anderen Jockeis waren ebenfalls schon verschwunden, und ihre Burschen waren gerade dabei, Ordnung in das hinterlassene Chaos zu bringen, schmutzige weiße Wäsche in Wäschesäcke zu stopfen, Helme, Stiefel, Peitschen und andere Ausrüstungsgegenstände in große Deckelkörbe. Es war ein trockener, sonniger Tag gewesen, und ausnahmsweise brauchte nichts von Schlamm gereinigt zu werden.

Während ich zusah, wie sie flink und gewandt die Sachen in die Körbe warfen, das schmutzige Zeug zum Mitnehmen herrichteten, um es zu säubern und dann gewaschen und poliert am nächsten Tag zurückzubringen, dachte ich, daß sie vermutlich das viele Geld wert waren, das wir ihnen dafür bezahlen mußten. Mir wäre es jedenfalls kein Vergnügen gewesen, nach einem ganzen Tag auf der Rennbahn mich zu Hause mit den Körben und Säcken abgeben zu müssen. Pfui Teufel.

Ich hatte Art oft dabei beobachtet, wenn er seinen Burschen auszahlte und ein ganzes Bündel Geldscheine durchzählte. Auf dem Höhepunkt der Saison waren es pro Woche über zwanzig Pfund. Mein eigener Bursche, der junge Mike – er war übrigens Mitte Vierzig – nahm meinen Helm von der Sitzbank und lächelte mir im Vorbeigehen zu. Er verdiente mehr als die meisten von den Dutzend Jockeis, um die er sich kümmerte, und ganz entschieden mehr als ich. Aber trotzdem ... pfui Teufel!

Tick-Tock, der den neuesten Schlager vor sich hinpfiff, saß auf der Bank und zog auffallende gelbe Socken an. Dann schlüpfte er in glatte, spitze Schuhe, die bis zum Knöchel reichten. Er schüttelte die schmalen, aufschlaglosen Hosenbeine herunter, spürte, daß ich ihn beobachtete, und grinste mich an.

»Schau dir das Idol der Schneiderinnung nur an«, sagte er.

»Mein Vater gehörte früher zu den zwölf bestgekleideten Männern«, erklärte ich kühl.

»Mein Großvater hat sich seine Regenmäntel mit Vivuna-Fell füttern lassen.«

»Meine Mutter«, sagte ich, mir das Gehirn zermarternd, »trägt ein Hemd von Dior.«

»Das trägt meine in der Küche«, sagte er wohlüberlegt.

Nach dieser kindischen Wechselrede starrten wir einander gutgelaunt an. Fünf Minuten mit Tick-Tock belebten wie Rumpunsch im Schneesturm, und von seiner bedenkenlosen Lebensfreude färbte immer etwas auf seine Mitmenschen ab. Mochte Art elend zugrunde gegangen, mochte Grant Oldfield ein Menschenfeind sein, in der Rennwelt konnte nicht alles im argen liegen, dachte ich, solange Tick-Tock Ingersoll den Mut nicht verlor.

Er winkte mir zu, setzte seinen Tirolerhut schräg in die Stirn, sagte: »Bis morgen«, und verschwand.

Aber trotzdem war in der Rennwelt nicht alles in Ordnung. Ganz und gar nicht. Ich wußte nicht, woran es lag, ich sah nur die Symptome, und, weil ich erst zwei Jahre dabei war, vielleicht um so deutlicher. Zwischen Trainern und Jockeis schien konstante Verärgerung zu herrschen, immer wieder gab es Zusammenstöße, und eine unterschwellige Strömung von Mißtrauen und Groll war nicht zu übersehen.

Dahinter steckt mehr, dachte ich, als der übliche Dschungel unter der Oberfläche aller auf starkem Konkurrenzdruck beruhenden Geschäftszweige, mehr als das Gegenstück zu den Machtkämpfen in der Finanzwelt, aber Tick-Tock, vor dem allein ich meine Bedenken erwähnt hatte, war mit einer wegwerfenden Handbewegung darüber hinweggegangen.

»Du mußt auf der falschen Wellenlänge sein, Freundchen«, hatte er gesagt. »Schau dich doch um. Die Leute lächeln alle. Sie lächeln. Ich kann mich nicht beklagen.«

Die letzten Stücke verschwanden in den Körben, ein paar Dekkel waren schon zugeklappt. Ich trank eine zweite Tasse ungezuckerten, lauwarmen Tee und starrte den englischen Kuchen an. Wie immer kostete es mich allerhand Überwindung, nicht ein Stück zu essen. Der ständige Hunger war das einzige, was mir am Rennsport nicht gefiel, und der September machte mir immer besonders zu schaffen, weil da noch der Rest vom Sommerfett heruntergehungert werden mußte. Ich seufzte, sah woanders hin und suchte mich damit zu beruhigen, daß in vier Wochen mein Appetit auf das Winterniveau abgesunken sein würde.

Mike, der mit einem Korb zur Tür hinausgewankt war, rief: »Rob, da will Sie einer von der Polizei sprechen.«

Ich stellte die Tasse ab und ging in den Wiegeraum hinaus. Ein älterer, unauffälliger Polizist mit einer zusammengedrückten Mütze erwartete mich mit dem Notizbuch in der Hand.

»Robert Finn?« fragte er.

»Ja.«

»Wie ich von Lord Tirrold gehört habe, haben Sie gesehen, daß Art Mathews die Pistole an die Schläfe setzte und abdrückte?«

»Ja.«

Er machte eine Notiz, dann sagte er: »Es handelt sich um einen ganz eindeutigen Fall von Selbstmord. Abgesehen vom Arzt braucht bei der gerichtlichen Untersuchung nur ein Zeuge aufzutreten, und das wird vermutlich Mr. Kellar sein. Ich nehme nicht an, daß wir Sie noch einmal belästigen müssen.« Er lächelte kurz, klappte das Notizbuch zu und steckte es in die Tasche.

»Das ist alles?« fragte ich verblüfft.

»Ja, das ist alles. Wenn sich jemand so vor aller Öffentlichkeit umbringt, scheiden Unfall oder Mord aus. Der Untersuchungsrichter braucht sich dann nur noch den Wortlaut der Feststellung des Tatbestandes zu überlegen.«

»Unzurechnungsfähig und so?« meinte ich.

»Ja«, sagte er. »Vielen Dank, daß Sie gewartet haben, obwohl das der Vorschlag der Rennleitung war, nicht der meine. Guten Tag.«

Er nickte mir zu, drehte sich um und ging zum Büro der Rennleitung.

Ich holte meinen Hut und das Fernglas und machte mich auf den Weg zum Bahnhof. Der Zug wartete schon. Er war voll, und ich fand nur noch in einem Abteil Platz, wo ein paar Buchmacher auf einem Koffer Karten spielten. Sie luden mich ein mitzumachen, und zwischen Luton und St.Pancras belohnte ich ihre Freundlichkeit damit, daß ich ihnen die Kosten der Fahrt abgewann.

2

Die Wohnung in Kensington war leer. In dem Drahtkorb an der Innenseite der Eingangstür lagen ein paar Briefe der zweiten Postzustellung. Ich fischte sie heraus, sortierte sie auf dem Weg ins Wohnzimmer und behielt die an mich adressierten Umschläge.

Wie üblich sah es in der Wohnung aus, als sei kurz zuvor ein kleinerer Tornado durchgezogen. Der große Flügel, der meiner Mutter gehörte, lag zugeschneit unter einem Berg von Klavierpartituren, der seine Ausläufer bis auf den Boden vorangetrieben hatte. Zwei Notenständer lehnten schief an der Wand; an einem hing ein Violinbogen. Die Geige selbst hatte in einem Lehnsessel Platz gefunden. Der Kasten stand offen daneben. Ein Cello und ein Notenständer ruhten Seite an Seite, gleich einem Liebespaar, auf dem Sofa. Eine Oboe und zwei Klarinetten lagen neben einem weiteren Notenstapel auf einem Tisch, und rings im Zimmer und auf allen Stühlen häuften sich weiße Seidentaschentücher, Kolophoniumklumpen, Kaffeetassen und Taktstöcke.

Das Chaos mit gewiegtem Auge überblickend, diagnostizierte ich die kürzliche Anwesenheit meiner Eltern, zweier Onkel und eines Vetters. Da sie sich ohne ihre Instrumente nie weit entfernten, ließ sich ohne weiteres voraussagen, daß der ganze Zirkus in Spazierweite war und bald zurückkehren würde. Ich hatte, wie ich mit Dankbarkeit begriff, die Pause erwischt.

Ich bahnte mir einen Weg zum Fenster und schaute hinaus. Keine Spur von zurückkehrenden Finns. Die Wohnung befand sich im obersten Stockwerk eines Hauses, zwei oder drei Straßen hinter dem Hyde Park, und hinter den Dächern sah ich das Licht der untergehenden Sonne die grüne Kuppel der Albert Hall bestrahlen. Das Royal Institute of Music, wo einer meiner Onkel lehrte, erhob sich daneben als massiver, dunkler Bau. Die große, luftige Wohnung, das Hauptquartier der Familie Finn, wurde von meinem Vater aus Zweckmäßigkeitsgründen gehalten, da sie sich in unmittelbarer Nähe der Stätten befand, wo so viele ihrer Mitglieder von Zeit zu Zeit arbeiteten.

Ich war der Außenseiter.

Die Talente, mit denen beide Familien meiner Eltern so reich gesegnet waren, hatten sich nicht auf mich vererbt. Das war ihnen schmerzhaft zum Bewußtsein gekommen, als ich im Alter von vier Jahren zwischen den Tönen einer Oboe und einem Englischhorn nicht zu unterscheiden vermochte. Dem Uneingeweihten mögen diese Unterschiede unbedeutend erscheinen, aber mein Vater war ein Oboist internationalen Ranges, Maßstab für die Beurteilung aller anderen Musiker seines Faches. Überdies zeigt sich eine große musikalische Begabung, wenn sie vorhanden ist, bei einem Kind schon sehr früh, weit eher als alle anderen angeborenen Fähigkeiten, und mit drei Jahren – in einem Alter also, als Mozart bereits zu komponieren begann – machten Konzerte und Symphonien weniger Eindruck auf mich als der Krach, den die Müllabfuhrleute mit den Tonnendeckeln veranstalteten.

Als ich fünf Jahre alt war, hatten meine entsetzten Eltern sich widerwillig eingestanden, daß ihr Sohn unmusikalisch war. Unmusikalisch, muß ich hinzufügen, in ihrem Sinn. Ich war nicht ohne musikalisches Gehör, und schöne Melodien entlockten mir kindliche Tränen, aber ich verfügte nicht und verfüge auch heute nicht über ihre umfassende Erkenntnis der Wirkung bestimmter Töne in bestimmter Reihenfolge, sei sie intellektuell, gefühlsmäßig, technisch oder seelisch bedingt.

Da meine Mutter für halbe Sachen nicht zu haben war, war ich hinfort in den Ferien aus London zu langen Aufenthalten auf dem Land geschickt worden, vorgeblich um meiner Gesundheit willen, in Wirklichkeit aber, wie ich später einsah, damit meine Eltern für ihre komplizierten und langen Konzertreisen freie Hand hatten. Es entwickelte sich zwischen uns eine Art Waffenstillstand, in dem stillschweigend davon ausgegangen wurde, daß, nachdem sie ursprünglich gar kein Kind gewollt hatten und es außerdem noch auf musikalischem Gebiet eine glatte Null war, es um so besser war, je weniger wir uns sahen.

Sie mißbilligten meinen Versuch, als Jockei Erfolge zu erzielen, aus keinem anderen Grund, als daß der Pferderennsport mit Musik nichts zu tun hatte. Es war völlig zwecklos, darauf hinzuweisen, daß das einzige, was ich in den langen Ferien auf dem Land gelernt hatte, das Reiten war – das Erbe meines Vaters setzte sich immerhin in der Gestalt durch, daß mich die Landwirtschaft selbst zu Tode langweilte –, und mein jetziger Beruf also auf ihre eigenen Maßnahmen zurückzuführen war. Dingen gegenüber, die sie nicht hören wollten, waren meine sonst mit so ausgezeichnetem Gehör behafteten Eltern von ehrfurchtgebietender Taubheit.

Unten auf der Straße war immer noch nichts von ihnen zu sehen, auch nichts von dem cellospielenden Onkel, der bei uns wohnte, oder dem zu Besuch weilenden Onkel und Vetter Violine, respektive Klarinette.

Ich machte meine beiden Briefe auf; der erste teilte mir mit, daß meine Einkommenssteuererklärung überfällig sei. Ich schlitzte den zweiten Umschlag mit fröhlicher und selbstgefälliger Erwartung auf, was wieder einmal beweist, daß einem das Schicksal meist gerade dann eine Ohrfeige versetzt, wenn man es am wenigsten erwartet. In der vertrauten, kindlichen Handschrift verkündete der Brief:

›Liebster Rob,
das wird ja nicht unbedingt eine freudige Überraschung für Dich sein, aber ich werde mich verheiraten. Mein Zukünftiger ist Sir Morton Henge, von dem Du vielleicht schon gehört hast, und er ist sehr süß und lieb, so daß Du Dir Bemerkungen ersparen kannst, wie ›er ist ja alt genug, um Dein Vater zu sein‹, etc. Zum Verlobungsempfang bitte ich Dich wohl besser nicht. Morton weiß nichts von Dir, und Du bist so lieb, von unserer Verbindung auch bei Deinen Bekannten nichts zu erwähnen, wenn es Dir nichts ausmacht. Ich werde Dich nie vergessen, liebster Rob, und

immer an die schöne Zeit denken, die wir miteinander verbracht haben. Vielen Dank für alles und lebwohl.

Deine Paulina.‹

Sir Morton Henge, Witwer in fortgeschrittenem Alter und Konservenfabrikant. Ich fragte mich ironisch, wie sein recht ernsthafter Sohn auf ein zwanzigjähriges Mannequin als Stiefmutter reagieren würde. Aber meine Fähigkeit, über Paulinas Fang sozusagen mit ein wenig verzerrtem Gesicht lachen zu können, milderte den Schock keineswegs.

In den achtzehn Monaten, seit ich sie kennengelernt hatte, war sie von mattbrünetter Bedeutungslosigkeit zu blonder Berühmtheit aufgestiegen und war jetzt mindestens jede Woche einmal auf der Titelseite einer großen Illustrierten zu sehen. In den letzten vier Wochen hatten ihre strahlenden Augen mich und acht Millionen andere Männer von einem Reklameplakat in jedem U-Bahnhof Londons angestarrt. Mir war von Anfang an klar gewesen, daß sie sich eines Tages entschließen würde, mich aufzugeben, sobald sie zu erreichen vermochte, was ihr als Ziel vorschwebte, und unser ganzes Verhältnis war auf dieser Annahme aufgebaut gewesen, aber ganz plötzlich schien mir eine Zukunft ohne ihre unbekümmerte Albernheit und vorbehaltlose Hingabe doch trüber, als ich mir vorgestellt hatte.

Ich ging in mein Schlafzimmer, legte Paulinas Brief auf die Kommode und sah plötzlich mein Gesicht in dem ovalen Wandspiegel auftauchen. Das ist das Gesicht, dachte ich, das sie so gerne neben sich gehabt hat, aber gegen Titel und Vermögen kommt es natürlich nicht auf. Objektiv mein Spiegelbild betrachtend, studierte ich das schwarze Haar, die schwarzen Brauen und Wimpern, die braunen Augen ... kein markantes Gesicht, keines, das man gutaussehend nennen konnte; vielleicht ein bißchen zu schmal. Nicht schlecht, nicht gut. Einfach ein Gesicht.

Ich wandte mich ab und schaute mich in dem kleinen Mansardenzimmer um, das als Speicher gedient hatte, bevor es für mich umgebaut worden war, als ich von meinen Reisen zurückkam. Es enthielt sehr wenig – ein Bett, die Kommode, einen Lehnstuhl und einen Nachttisch mit einer Lampe. An der Wand, meinem Bett gegenüber, hing ein einziges Bild, eine impressionistische Skizze von Rennpferden. Es gab keinen anderen Zimmerschmuck, wenige Bücher, keine Unordnung. In sechsjähriger

Wanderschaft rund um die Welt hatte ich mich so daran gewöhnt, mit einem Minimum an Besitz auszukommen, daß sich nichts angesammelt hatte, womit das Zimmer auszustatten gewesen wäre, obwohl ich jetzt schon mit Unterbrechungen zwei Jahre hier wohnte.

Einen Wandschrank für meine Sachen gab es noch. Ich machte die Tür auf und versuchte mir den Inhalt so anzusehen, wie ihn Paulina betrachtet haben mußte, die beiden Male, als sie hier gewesen war. Ein guter dunkelgrauer Anzug, eine Smokingjacke mit schwarzer Hose, ein Sportsakko, zwei graue Hosen und eine Reithose. Ich zog meinen Anzug aus und hängte ihn hinter die bescheidene Garderobe, eine braune Tweed-Kombination. Mir genügten diese paar Sachen. Ich war für alle Gelegenheiten gerüstet. Sir Morton Henge zählte seine Anzüge sicher nach Dutzenden und ließ sie von einem Diener pflegen. Ich hob die Schultern. Bei dieser melancholischen Bestandsaufnahme kam nichts heraus. Paulina war fort und aus. Ich nahm die schwarzen Slipper aus dem Schrank, machte die Tür zu und zog Blue jeans und ein altes kariertes Hemd an. Dann dachte ich an die zeitliche Wüstenei zwischen jetzt und den Rennen am nächsten Tag. Das Dumme bei mir war, daß sich der Hindernisrennsport zu einer Art Rauschgiftsucht entwickelt hatte, so daß alle normalen Vergnügungen, sogar Paulina, lediglich dazu gedient hatten, mir die Stunden zu vertreiben, die ich fern von den Rennplätzen verbringen mußte.

Mein Magen krampfte sich ein wenig zusammen, was ich gerne auf romantische Betrübnis angesichts der neuesten Enttäuschung zurückgeführt hätte, aber leider wußte ich sehr genau, daß es nur die Folge dreiundzwanzigstündigen Fastens war. Ich gestand mir wehmütig ein, daß das bedauerliche Ende meiner Verbindung mit Paulina zumindest meinen Appetit nicht angegriffen hatte, und machte mich auf den Weg zur Küche. Bevor ich sie jedoch erreichte, wurde die Wohnungstür aufgerissen, und herein marschierten Eltern, Onkel und Vetter.

»Hallo, Liebling«, sagte meine Mutter und hielt mir eine glatte, wohlriechende Wange zum Kuß hin. Das war ihre übliche Begrüßung für jedermann, von Impresarios bis zu Chorsängern, und sie entbehrte auch mir gegenüber jeglicher Mütterlichkeit. Sie war überhaupt kein mütterliches Wesen. Groß, schlank und unglaublich schick, in einem Stil, der mühelos wirkte, aber das Ergebnis angestrengten Nachdenkens und großer Kosten war, wurde sie mehr und mehr zu einer ›vornehmen Präsenz‹, je näher sie den Fünfzig rückte. Als Frau war sie leidenschaftlich und temperamentvoll, als Künstlerin eine erstklassige Interpretin Haydns, dessen Klavierkonzerte sie mit zauberhafter, penibler, ekstatischer Präzision spielte. Ich hatte harte Musikkritiker ihre Konzerte mit Tränen in den Augen verlassen sehen. Aus diesem Grund hatte ich auch nie mit einer sockenflickenden, kuchenbakkenden Mama gerechnet.

Mein Vater, der mich stets mit höflicher Freundlichkeit behandelte, sagte zur Begrüßung: »Hast du einen guten Tag gehabt?« Das fragte er immer. Ich antwortete gewöhnlich kurz angebunden ja oder nein, weil ich wußte, daß er sich nicht im Ernst dafür interessierte.

»Ich habe gesehen, wie sich ein Mann umgebracht hat«, sagte ich. »Nein, es war kein guter Tag.«

Fünf Gesichter wandten sich mir zu. Meine Mutter sagte: »Was meinst du damit, Liebling?«

»Ein Jockei hat sich auf dem Rennplatz erschossen. Ganz in meiner Nähe. Es war scheußlich.«

Sie standen alle fünf da und starrten mich offenen Mundes an. Ich bedauerte, davon angefangen zu haben, denn die Erinnerung war noch viel schrecklicher als die Tat selbst.

Sie waren aber keineswegs betroffen. Der Cello-Onkel machte den Mund zu, ging achselzuckend ins Wohnzimmer und sagte über die Schulter: »Na ja, wenn du dir schon einen so merkwürdigen Beruf aussuchst . . .«

Meine Mutter folgte ihm mit den Blicken. Eine Baßsaite schwirrte, als er sein Instrument vom Sofa nahm, und wie von einem Magneten angezogen, gingen die anderen nach. Nur mein Vetter blieb noch auf ein Wort, dann kehrte auch er zu seiner Klarinette zurück.

Ich hörte, wie sie ihre Instrumente stimmten und die Notenständer aufstellten. Sie begannen ein tänzerisches Stück für Streicher und Holzbläser zu spielen, das ich geradezu haßte. Die Wohnung ging mir plötzlich auf die Nerven. Ich zog die Tür hinter mir zu, stieg die Treppen hinunter und marschierte los.

Es gab nur einen Ort für mich, wenn ich eine bestimmte Art von Friedlichkeit wünschte, und ich wollte dort nicht so oft hingehen, aus Angst, nicht mehr willkommen zu sein. Aber ich hatte meine Cousine Joanna schon einen ganzen Monat nicht mehr gesehen und hatte ihre Gesellschaft dringend nötig. Nötig. Das war das einzig richtige Wort dafür.

Sie öffnete die Tür mit ihrer üblichen einladenden Gutmütigkeit.

»Grüß dich«, sagte sie lächelnd. Ich folgte ihr in die große, umgebaute ehemalige Remise, die ihr gleichzeitig als Wohnzimmer, Schlafzimmer und Probenraum diente. Das schräge Dach bestand zur Hälfte aus Glas, durch das die letzten Strahlen der Abendsonne hereindrangen. Die Größe und relative Leere des Raumes verlieh ihm ungewöhnliche akustische Qualitäten; im üblichen Gesprächston war nichts Besonderes zu bemerken, wenn man aber sang, was Joanna tat, hatte man die befriedigende Illusion von Weiträumigkeit und erstaunliche Schallverstärkung durch die Betonwände.

Joannas Stimme war tief, klar und voll. Bei dramatischen Passagen vermochte sie eine Spur von Rauheit zu erzeugen, die äußerst wirkungsvolle Andeutung eines Sprungs in der vollklingenden Glocke. Als Bluessängerin hätte sie ein Vermögen verdienen können, aber da sie, wenn auch entfernt, mit den Finns verwandt war, lehnte sie eine derart kommerzielle Betätigung ab. Statt dessen hatte sie eine Vorliebe für Lieder, die meinem Ohr unmelodisch und langweilig klagen, obwohl sie bei Leuten, die dafür etwas übrig haben, einen beachtlichen Ruf zu genießen schien. Sie trug Blue jeans, die mindestens so alt waren wie die meinen, und einen schwarzen Pullover mit Farbflecken. Auf einer Staffelei stand das halbfertige Porträt eines Mannes, daneben auf einem Tisch lagen Pinsel und Farben.

»Ich versuch's mal mit Ölfarben«, sagte sie, nahm einen Pinsel und tupfte eine Stelle auf dem Bild an, »aber es geht nicht besonders gut, zum Kuckuck.«

»Dann bleib doch bei Kohle«, meinte ich. Sie hatte mit fließenden Linien die Rennpferde gezeichnet, die in meinem Schlafzimmer hingen, nicht anatomiegetreu, aber voll Leben und Bewegung.

»Das da mach' ich wenigstens fertig«, sagte sie.

Sie drückte Karminrot aus einer Tube.

Ohne mich anzusehen, fragte sie: »Was gibt's?«

Ich schwieg. Sie drehte sich um, den Pinsel noch in der erhobenen Hand, und sah mich ein paar Sekunden lang gelassen an.

»In der Küche habe ich ein Steak«, bemerkte sie.

Eine Gedankenleserin, meine Cousine Joanna. Ich lachte sie an und ging hinaus in den langen, schmalen Anbau, wo sie sowohl badete als auch kochte. Es war Rumpsteak, dick und dunkelrot. Ich grillte es zusammen mit ein paar Tomaten und machte Salatwürze für den Kopfsalat, den ich vorbereitet in einer großen Holzschale gefunden hatte. Als das Steak fertig war, schnitt ich es durch, tat es auf zwei Teller und trug das Ganze zu Joanna hinein. Es roch herrlich.

Sie legte ihren Pinsel weg und kam zum Essen herüber. Die Hände wischte sie sich an ihrer Hose ab.

»Das eine muß man dir lassen, Rob, du kochst nicht übel«, sagte sie.

»Danke ergebenst«, antwortete ich mit vollem Mund.

Wir aßen alles auf. Ich war als erster fertig, lehnte mich zurück und sah ihr zu. Sie hatte ein faszinierendes Gesicht, voll Kraft und Charakter, mit geraden dunklen Brauen und, heute abend, ohne Lippenstift. Sie hatte ihr kurzes, gewelltes Haar hinter den Ohren glattgekämmt, aber oben fiel es doch ein bißchen wuschelig in die Stirn.

Meine Cousine Joanna war der Grund, warum ich noch Junggeselle war, wenn man mit sechsundzwanzig Jahren da überhaupt einen Grund braucht. Sie war drei Monate älter als ich, was sie von Anfang an mir gegenüber in Vorteil gebracht hatte, und das bedauerte ich sehr, weil ich von Kindheit an in sie verliebt war. Ich hatte schon mehrere Male vom Heiraten gesprochen, aber sie lehnte immer ab. Als Cousin und Cousine, erklärte sie entschieden, seien wir zu eng verwandt. Außerdem, so fügte sie hinzu, trüge ich nicht zur Beschleunigung ihrer Pulszahl bei.

Das war jedoch zwei anderen Männern gelungen, beide Musiker. Und jeder hatte mir, zu seiner Zeit, auf die freundlichste Art und Weise erzählt, wie entscheidend ihre Verbindung mit Joanna ihre Lebensanschauung gefördert, ihrer musikalischen Eingebungskraft neue Impulse verliehen, neue Wege eröffnet habe und so weiter. Sie waren beide von starken Gefühlen bewegt, recht nachdenkliche, leider aber auch unbestreitbar gut aussehende Männer, und mir gefiel gar nicht, was sie zu sagen hatten. Beim ersten, als ich achtzehn war, fuhr ich betrübt und hastig ins Ausland und kam aus diesen oder jenen Gründen erst sechs Jahre später zurück. Bei der zweiten Gelegenheit ging ich sofort zu einer wilden Party, betrank mich zum ersten und einzigen Male in meinem Leben bis zur Bewußtlosigkeit und erwachte in Paulinas Wohnung. Beide Abenteuer hatten sich für mich als befriedigend und lehrreich erwiesen. Aber meine Gefühle für Joanna waren immer noch dieselben.

Sie schob ihren leeren Teller weg und sagte: »Also, was ist los?«

Ich erzählte ihr von Art, und als ich fertig war, sagte sie: »Der arme Mann. Und seine arme Frau ... Warum hat er das getan?«

»Ich glaube, weil er seine Stellung verloren hat«, erwiderte ich. »Art war in allen Dingen auf Vollkommenheit aus. Er war zu stolz ... Er hat es nie zugegeben, wenn ihm in einem Rennen einmal ein Fehler unterlaufen ist ... Und ich glaube, er konnte es einfach nicht ertragen, den Leuten gegenüberzutreten, die von der Entlassung wußten. Aber das Merkwürdigste an der Sache ist, daß ich ihn so gut wie eh und je fand. Ich weiß, daß er fünfunddreißig war, aber für einen Jockei ist das doch noch gar kein Alter, und obwohl jeder sehen konnte, daß er und Corin Kellar, der Trainer, für den er ritt, immer miteinander stritten, wenn ihre Pferde nicht gewannen, hat er von seiner Geschicklichkeit nichts verloren gehabt. Er wäre auch anderswo untergekommen, wenn schon nicht in einem der großen Ställe wie dem von Corin.«

»Da gibt's kaum noch einen Zweifel«, meinte sie. »Lieber tot als auf dem absteigenden Ast.«

»Ja, sieht so aus.«

»Hoffentlich wirst du, wenn es einmal soweit ist, nicht auf so drastische Weise abtreten.«

Ich lächelte, und sie fügte hinzu: »Und was willst du eigentlich tun, wenn du aufhörst?«

»Aufhören? Ich hab' doch erst angefangen«, sagte ich.

»Und in fünfzehn Jahren bist du ein zweitklassiger, ramponierter, bitterer Ex-Jockei Anfang Vierzig, zu alt, um noch etwas aus deinem Leben zu machen und mit nichts als Pferdegeschichten, die keiner hören will.« Sie schien sich über diese Aussichten zu ärgern.

»Du dagegen wirst eine dicke, ältere Ersatzsängerin für eine Altistin sein, ängstlich bemüht um dein Aussehen, während dir klar sein wird, daß die wertvollen Stimmbänder von Jahr zu Jahr mehr nachlassen.«

Sie lachte. »Wie schrecklich. Aber ich seh's ein. Von jetzt an werde ich mich bemühen, deinen Beruf nicht mehr zu mißbilligen, nur, weil er keine Zukunft hat.«

»Aber du mißbilligst ihn aus anderen Gründen?«

»Selbstverständlich. Er ist im Grunde frivol, unproduktiv, wirklichkeitsfremd, und er ermutigt die Leute, Zeit und Geld an Unwichtiges zu verschwenden.«

»Wie bei der Musik«, sagte ich.

Sie funkelte mich grimmig an. »Dafür spülst du ab«, sagte sie, stand auf und stellte die Teller zusammen.

Während ich für die in der Familie Finn schlimmste Ketzerei Buße leistete, arbeitete sie an dem Porträt weiter, aber es begann zu dunkeln, und als ich eine Versöhnungsgabe in Gestalt frischen Kaffees hereinbrachte, gab sie für diesen Tag auf.

»Funktioniert dein Fernsehapparat?« fragte ich und gab ihr eine Tasse.

»Ja, ich glaube schon.«

»Stört es dich, wenn wir eine Viertelstunde aufmachen?«

»Wer spielt denn?« fragte sie automatisch.

Ich seufzte. »Niemand. Es geht um ein Rennsportprogramm.«

»Oh, na ja, wenn es sein muß.« Aber sie lächelte.

Ich schaltete ein, und wir sahen den Schluß einer Unterhaltungssendung. Die Lieder der letzten Sängerin, einer beachtlichen Blondine, gefielen mir, aber Joanna bemängelte, kritisch gesonnen, ihre Atemtechnik. Dann kam eine Werbesendung, und schließlich kündigten die schmetternden Eingangstakte des ›Galloping Major‹, begleitet von übereinandergeblendeten Zeitrafferaufnahmen von Rennszenen, die wöchentliche Viertelstunde für den Pferderennsport an, die den Namen ›Neues vom Turf‹ trug.

Das wohlbekannte, markante Gesicht Maurice Kemp-Lores tauchte auf dem Bildschirm auf, lächelnd und selbstsicher. In seiner eleganten, charmanten Art stellte er den Gast des Abends vor, einen prominenten Buchmacher, und das Thema des Abends, die Berechnung der Rennquoten.

»Aber zuerst«, sagte er, möchte ich dem Hindernisjockei Art Mathews ein paar Worte des Gedenkens widmen, der heute auf dem Rennplatz Dunstable durch eigene Hand ums Leben gekommen ist. Viele von Ihnen, liebe Zuschauer, haben ihn reiten sehen . . . Nahezu alle von Ihnen werden im Fernsehen übertragene Rennen verfolgt haben, in denen er dabei war . . . und Sie werden, wie ich, entsetzt darüber sein, daß eine so lange und erfolgreiche Laufbahn auf diese tragische Weise enden mußte. Wenngleich Art nie Champion war, gehörte er zu den sechs besten Hindernisreitern in unserem Land, und sein aufrechter, unbestechlicher Charakter war ein großartiges Beispiel für junge Jockeis, die sich ihre ersten Sporen zu verdienen haben . . .«

Joanna sah mich an und hob eine Braue, während Maurice Kemp-Lore, den rühmenden Nachruf auf Art elegant zu Ende führend, erneut den Buchmacher vorstellte, der auf klare und faszinierende Weise zeigte, wie man sich unter die Gewinner von Pferdewetten einreihte. Sein Vortrag, illustriert mit Filmen und gezeichneten Diagrammen, beschrieb die von einer Minute auf die andere zu fällenden Entscheidungen, die sie im großen Londoner Kursbüro zu treffen hatten, und war durchaus auf dem hohen Niveau der anderen Sendungen von Kemp-Lore.

Kemp-Lore dankte ihm und beschloß die Viertelstunde mit einer Vorschauf auf die Rennen der kommenden Woche, wobei er keine Tips gab, sondern Informationen über Menschen und Pferde auf der Grundlage, daß das Ergebnis eines Rennens größeres Interesse beanspruchen durfte, wenn das Publikum über die Starter gut unterrichtet war. Seine Anekdoten waren stets interessant oder spaßig, und ich hatte schon oft gehört, daß er den meisten Rennsportjournalisten ein Dorn im Auge war, weil er häufig mit großem Vorsprung sensationelle Nachrichten verkünden konnte.

Er verabschiedete sich mit: »Auf Wiedersehen nächste Woche um die gleiche Zeit«, und mit ein paar Takten der Erkennungsmelodie ging die Sendung zu Ende.

Ich schaltete das Gerät ab.

»Siehst du dir das jede Woche an?« fragte Joanna.

»Ja, wenn ich Zeit habe«, sagte ich. »Für Leute vom Fach unentbehrlich. Die Sendung ist voll von Dingen, die man einfach nicht versäumen darf, und häufig hat er Gäste, die ich kenne.«

»Mr. Kemp-Lore kann also etwas?« meinte sie.

»Und ob. Das ist bei ihm erblich. Sein Vater ritt in den dreißiger Jahren im Grand National einen Sieger und ist jetzt ein großer Mann im National Hunt Committee, dem entscheidenden Ausschuß im Hindernisrennsport.«

»Oh. Und hat Mr. Kemp-Lore selbst einen Grand National-

Sieger geritten?« fragte sie.

»Nein«, erwiderte ich. »Ich glaube nicht, daß er sehr viel reitet. Er bekommt Asthma oder so etwas, wenn er mit Pferden zusammen ist. Ich weiß es nicht genau . . . Ich kenne ihn nur vom Sehen. Er ist oft auf den Rennplätzen, aber ich bin noch nie mit ihm zusammengekommen.«

Joannas Interesse am Rennsport, von Haus aus sehr mager, verflüchtigte sich vollends, und wir unterhielten uns fast eine Stunde lang über dies und das.

Die Türklingel schrillte. Sie machte auf und kam mit dem Mann zurück, an dessen Porträt sie sich versuchte, dem zweiten ihrer beiden Pulsbeschleuniger, der nach wie vor für diese Tätigkeit zuständig war. Er legte ihr besitzfreudig den Arm um die Hüfte und küßte sie. Mir nickte er zu.

»Wie war das Konzert?« fragte sie. Er spielt die erste Violine im Londoner Symphonieorchester.

»Soso lala«, sagte er. »Das B-Dur-Konzert von Mozart ging ganz gut, abgesehen davon, daß ein Trottel im Publikum nach dem langsamen Satz zu klatschen anfing und den Übergang zum Allegro vermasselte.«

Meine Cousine gab mitfühlende Laute von sich. Ich stand auf. Es machte mir keinen Spaß, sie so miteinander turteln zu sehen.

»Gehst du schon?« fragte Joanna und machte sich los.

»Ja.«

»Gute Nacht, Rob«, sagte er gähnend. Er nahm seine schwarze Schleife ab und knöpfte den Hemdkragen auf.

Ich sagte: »Gute Nacht, Brian.« Hol dich der Teufel, dachte ich.

Joanna begleitete mich zur Tür und machte sie auf. Ich trat auf die dunkle Gasse hinaus und drehte mich um, zum Auf-Wiedersehen-sagen. Die Umrisse ihrer Gestalt zeichneten sich vor dem sanften Licht im Studio ab, wo Brian, wie ich sehen konnte, sich in einen Sessel fallen ließ und seine Schuhe auszog.

Tonlos sagte ich: »Vielen Dank für das Steak . . . und das Fernsehen.«

»Besuch uns mal wieder«, sagte sie.

»Ja. Na, dann gute Nacht.«

»Gute Nacht«, sagte sie, und dann, als sei ihr das plötzlich eingefallen: »Wie geht's Paulina?«

»Sie heiratet bald«, sagte ich. »Und zwar Sir Morton Henge.«

Ich weiß nicht genau, was ich in puncto Mitgefühl erwartete, aber ich hätte es wissen müssen. Joanna lachte.

3

Zwei Wochen nach Arts Tod schlief ich eine Nacht in Peter Cloonys Haus.

Es war der erste Renntag der Saison in Cheltenham, und da ich keinen Wagen hatte, fuhr ich mit dem Zug hin; den Schlafanzug und alles das, was man sonst so braucht, hatte ich in einem kleinen Koffer verstaut. Ich war für zwei Rennen gemeldet, an jedem Tag eines, und gedachte, eine kleine Pension ausfindig zu machen, wo man meinen Geldbeutel nicht allzu sehr strapazieren würde. Aber Peter, dem der Koffer auffiel, fragte mich, ob ich schon einen Unterschlupf gefunden habe, und bot mir ein Bett an. Ich fand das sehr liebenswürdig, weil wir nicht besonders eng befreundet waren, bedankte mich und nahm an.

Von meinem Standpunkt aus war der Tag wenig aufregend. Mein Pferd, ein Neuling mit dem scheußlichen Namen Neddikins, hatte nicht die geringste Chance, das Rennen zu gewinnen, und bei seinen bisherigen Einsätzen war es entweder gestürzt oder hatte durch ein anderes Mißgeschick das Ziel gar nicht erreicht. Entweder war es ausgebrochen oder stehengeblieben. Ich fragte mich, warum sich der Besitzer mit dem armen Tier überhaupt abgab, lernte aber doch ein paar lobende Redensarten auswendig. Ich hatte längst entdeckt, daß die Eigentümer es nicht gerne hören, wenn man ihre Pferde als untauglich bezeichnete; heute war ein Jockei, der die Wahrheit zu sehr liebte, für sie schnell erledigt. Es empfahl sich doch, die typische Frage ›was sollten wir mit unserem braven Neddikins jetzt unternehmen?‹ nicht mit einem barschen ›erschießen‹ zu beantworten.

Mit angestrengter Arbeit vom Start bis zum Ziel gelang es mir, Neddikins ein bißchen aufzuwecken, so daß wir zwar immer noch letzte wurden, aber auch nicht allzu schlecht aussahen. Ich empfand es als Triumph, glücklich um die Runden gekommen zu sein, und zu meiner Überraschung schloß sich der Trainer meiner Meinung an; er schlug mir auf die Schulter und bot mir den folgenden Tag einen weiteren Neuling an.

Neddikins war das erste Pferd, das ich für James Axminster ritt, und ich wußte, daß man mich darum gebeten hatte, weil ihm sein Hausjockei dafür zu schade war. Ich bekam auf diese Art viele Ritte zugeschanzt, war aber nicht unzufrieden. Wenn ich mir meine Erfahrungen auf schlechten Pferden holen konnte, wo man nichts Besonderes von mir erwartete, stellte ich mir vor, daß ich um so besser sein würde, sollte ich jemals bessere in die Hände bekommen.

Nach den Rennen traf ich mich mit Peter, und wir fuhren in seiner soliden Limousine zu ihm. Er wohnte in einem kleinen Ort, der kaum größer als ein Dorf war, in einer Talsenke in den Costwold Hügeln und ungefähr dreißig Kilometer von Cheltenham entfernt. Wir bogen von der Hauptstraße ab in eine schmale Landstraße, die auf beiden Seiten von dichten Hecken eingefaßt war. Sie schien sich endlos durch flaches Ackerland zu ziehen, und hinter einer Kurve erreichten wir endlich das Ende des Plateaus, von dem aus man in dem kleinen Tal einen hübschen Ort sehen konnte.

Peter deutete hinunter. »Ich wohne in dem Bungalow da unten. Der mit den weißen Fenstern.«

Mein Blick folgte der von seinem Finger gewiesenen Richtung. Ich hatte Zeit, einen hübsch eingezäunten kleinen Garten rings um ein ziemlich neu wirkendes Haus zu sehen, bevor die nächste Kurve ihn unseren Blicken entzog. Wir fuhren den Berg hinunter, brausten mit lautem Hupen durch ein paar scharfe Kurven, bogen am Ortseingang in eine noch kleinere Straße ein und hielten vor dem Haus. Es war modern, aus Ziegeln erbaut und sah recht anheimelnd aus, mit hübschen Blumenbeeten und gemähten Rasenstücken.

Peters Frau öffnete die weiße Eingangstür und kam den Weg herunter. Sie mußte bald ein Baby bekommen, wie ich sah, obwohl sie noch ein blutjunges Ding war.

»Kommen Sie 'rein«, sagte sie und gab mir die Hand. »Peter hat schon telefoniert, daß Sie kommen, und wir haben alles hergerichtet.«

Ich trat in den Bungalow. Er war über die Maßen sauber und ordentlich. Überall roch es nach Möbelpolitur. Die Böden waren mit geflecktem blauem Linoleum ausgelegt, auf dem ein paar bräunlich-orangefarbene Teppiche lagen. Peters Frau hatte, wie sie mir am Abend erzählte, die Teppiche selbst gemacht.

Im Wohnzimmer standen nur ein Sofa, ein Fernsehgerät und ein Eßtisch mit vier Stühlen. Die Leere des Raumes wurde bis zu einem gewissen Grade dadurch gemildert, daß eine Wand fast völlig von Fotos ausgefüllt war. Peter hatte sie gerahmt und auf verschiedenfarbiges Passepartout-Papier aufgezogen, was recht fröhlich und hell wirkte. Während seine Frau das Abendessen kochte, zeigte er sie mir.

Sie hatten einander sehr gern, das konnte man deutlich sehen. Es ließ sich an jedem Blick, jedem Wort, jeder Berührung ablesen. Sie schienen gut zueinander zu passen – gutmütig, begeisterungsfähig, empfindsam und ohne eine Spur von Humor.

»Wie lange seid ihr zwei eigentlich schon verheiratet?« fragte ich und biß in ein Stück Käse.

»Neun Monate«, sagte Peter und seine Frau wurde rot.

Wir räumten das Geschirr ab, machten es sauber und verbrachten den Abend mit Fernsehen und Gesprächen über den Rennsport. Als wir uns gute Nacht sagten, enschuldigten sie sich für den Zustand meines Schlafzimmers.

»Wir haben es noch nicht richtig einrichten können«, sagte Peters Frau und sah mich besorgt an.

»Ich fühle mich ganz bestimmt wohl«, versicherte ich. »Es ist sehr lieb von Ihnen, daß Sie mich überhaupt aufgenommen haben.«

Sie lächelte froh.

Das Schlafzimmer enthielt nur ein Bett und einen Stuhl. Auch hier das blaue Linoleum auf dem Boden, mit einem Teppich. Ein kleiner Stich an der Wand, dünne, rostfarbene Vorhänge am Fenster und ein Haken und zwei Bügel an der Tür, zum Aufhängen meiner Sachen. Ich schlief gut.

Am nächsten Morgen nach dem Frühstück half Peter im Haushalt, während seine Frau mich im kleinen Garten herumführte. Sie schien jede einzelne Blume, jedes Gemüsepflänzchen zu kennen. Die Pflanzen wurden ebenso gründlich gepflegt wie das Haus.

»Peter macht jetzt fast den ganzen Haushalt«, sagte sie und sah liebevoll zum Haus. »Das Baby sollte in einer Woche dasein. Er will nicht, daß ich mich anstrenge.«

»Er ist wirklich ein sehr rücksichtsvoller Ehemann«, meinte ich.

»Der beste auf der Welt«, sagte sie mit Nachdruck.

Wir machten uns später als vorgesehen auf den Weg nach Cheltenham, weil Peter im letzten Augenblick darauf bestand, zum Laden hinunterzufahren und einen Laib Brot zu holen, damit sich seine Frau den Gang ersparen konnte.

Die Serpentinen sausten wir viel zu schnell hinauf, aber zum Glück kam uns nichts entgegen. Jedenfalls sah es nach Glück aus, bis wir durch das Ackerland geschossen waren und langsamer fuhren, als wir uns der Einmündung in die Hauptstraße näherten. Erst dann sahen wir den Tanktransporter. Er stand quer über die Straße und versperrte uns die Durchfahrt.

Peters wütendes Hupen förderte schließlich einen einsamen Soldaten zutage, der zu uns an den Wagen trat und beruhigend meinte: »Tut mir sehr leid, Sir, aber wir suchen die Straße nach Timberley.«

»Ihr seid zu früh abgebogen. Das ist erst die nächste Seitenstraße«, brauste Peter ungeduldig auf.

»Ja, ich weiß«, meinte der Soldat. »Wir haben auch gesehen, daß wir zu früh eingebogen sind, mein Kamerad hat versucht, wieder 'rauszukommen, aber es hat nicht geklappt, und wir sind auf der anderen Seite in die Hecke geraten. Leider sitzen wir jetzt fest«, meinte er gleichmütig. »Mein Kamerad hat sich gerade von einem Lkw mitnehmen lassen, damit er irgendwo die Kaserne anrufen kann.«

Wir stiegen beide aus, um uns zu vergewissern, aber er hatte recht. Der riesige Transporter war nahe vor der Einmündung eingeklemmt, und der Fahrer hatte sich aus dem Staub gemacht.

Blaß und mit grimmiger Miene stieg Peter wieder mit mir ein. Er mußte einen halben Kilometer zurückstoßen, bevor wir ein Gatter erreichten, wo er wenden konnte. Dann fuhren wir wieder den langen, steilen Berg hinunter, rasten durch den Ort und auf der anderen Straße wieder hinaus. Sie führte nach Süden, also fort von Cheltenham. Wir mußten einen weiten Umweg machen, um wieder in die erforderliche Richtung zu kommen. Insgesamt hatten wir mindestens zwanzig Kilometer mehr zurückzulegen.

Peter sagte ein paarmal mit verzweifelter Stimme: »Ich komm' zu spät.« Ich wußte, daß er im ersten Rennen reiten sollte, und der Trainer, von dem er eingesetzt war, ihn gerne eine Stunde vorher im Wiegeraum sah. Die Trainer mußten mindestens eine Dreiviertelstunde vor dem Start den Namen des Jockeis melden, der ihr Pferd reiten sollte; wenn sie ein Risiko eingingen und einen Jockei anmeldeten, der noch nicht da war und dann auch nicht kam, hatte der Trainer, gleichgültig, wie plausibel seine Gründe sein mochten, Schwierigkeiten mit der Rennleitung. Peter ritt für einen Mann, der sich auf dieses Risiko grundsätzlich nicht einließ. Wenn sein Jockei eine Stunde vor dem Rennen nicht da war, nahm er sich einen Ersatzmann, und da Peter sein Jockei war, konnte man ihm das nicht verargen, weil Cloony ein Mensch war, der von Haus aus immer erst in letzter Minute auftauchte.

Wir erreichten die Rennbahn genau dreiundvierzig Minuten vor dem Beginn des ersten Rennens. Peter fuhr den Wagen auf den Parkplatz und raste los, aber er hatte noch ein schönes Stück Weg vor sich, und wir wußten beide, daß er es nicht schaffen würde. Als ich ihm langsam folgte und über den gekehrten Platz zum Wiegeraum ging, hörte ich das Knacken der großen Lautsprecher, dann begann der Sprecher die Pferde und Reiter des ersten Rennens anzukündigen. Peter Cloony war nicht unter ihnen.

Ich fand ihn im Umkleideraum auf der Bank sitzen, den Kopf in die Hände gestützt.

»Er hat nicht gewartet«, sagte er bedrückt. »Er hat nicht gewartet. Ich wußte, daß er es nicht tun würde. Ich wußte es. Er hat an meiner Stelle Ingersoll gemeldet.«

Ich hob den Kopf und sah hinüber zu Tick-Tock, der gerade seine Stiefel über die Nylonstrümpfe zog. Er trug schon den blutroten Jersey, der eigentlich Peter zugestanden hätte. Er fing meinen Blick auf, schnitt eine Grimasse und schüttelte mitfühlend den Kopf; aber er konnte nichts dafür, daß man ihm das Pferd gegeben hatte, und brauchte sich auch nicht zu entschuldigen.

Das Schlimmste war, daß Tick-Tock gewann. Ich stand neben Peter auf dem Jockeiplatz, als der rote Pullover durchs Ziel zuckte, und er gab einen erstickten Laut von sich, als wolle er in Tränen ausbrechen. Er konnte sie noch zurückhalten, aber seine Augen glänzten feucht und sein Gesicht war aschfahl.

»Macht nichts«, sagte ich verlegen. »Die Welt geht schon nicht unter.«

Es war Pech gewesen, so spät anzukommen, aber der Trainer, für den er ritt, gehörte zu den vernünftigen, wenn auch ungeduldigen Menschen, und es stand außer Frage, daß er ihn auch in Zukunft einsetzen würde. Peter ritt sogar noch am selben Nachmittag für ihn, aber das Pferd ging nicht so gut wie erwartet und lahmte am Schluß sogar. Ich sah nur noch, daß Peters Gesicht von Enttäuschung gezeichnet war, bevor ich mich fertigmachen mußte. Im Umkleideraum ging er den anderen auf die Nerven, weil er immer wieder von dem Tanktransporter erzählte.

Bei mir klappte es etwas besser. Der Neuling stürzte am Wassergraben, ging aber langsam zu Boden, so daß ich nichts Schlimmeres davontrug als Grasflecken an meinen Breeches.

Das junge Springpferd, das ich im letzten Rennen für James Axminster reiten sollte, hatte einen ebenso schlechten Ruf wie sein Stallgefährte vom vergangenen Tag, so daß ich mir nur vorgenommen hatte, das Rennen wenigstens zu Ende zu bringen. Aus irgendeinem Grund verstanden wir beide uns aber von Anfang an; zu meiner Überraschung, die wohl von allen Anwesenden geteilt wurde, übersprangen wir die letzte Hürde als Zweite und gingen auf dem ansteigenden Stück vor dem Ziel an dem ersten Pferd vorbei. Der Favorit wurde nur Vierter. Das war mein zweiter Sieg in dieser Saison und mein erster in Cheltenham; ich erntete dafür nur Totenstille.

Auf dem Sattelplatz für Sieger versuchte ich, James Axminster eine Erklärung dafür zu geben. »Es tut mir sehr leid, Sir«, sagte ich. »Ich konnte nichts mehr machen.«

Ich wußte, daß er keinen Penny auf seinen Gaul gewettet hatte, und der Eigentümer war nicht einmal zu bewegen gewesen, sich das Rennen anzusehen.

Er sah mich eine Weile nachdenklich an, und ich dachte mir, der nimmt dich so schnell nicht wieder. Manchmal ist es genauso schlimm, unerwartet zu gewinnen, wie auf einem todsicheren Favoriten zu verlieren.

Ich schnallte ab, klemmte den Sattel unter den Arm und erwartete den losbrechenden Sturm.

»Gehen Sie 'rein und lassen Sie sich wiegen«, sagte er abrupt. »Wenn Sie angezogen sind, möchte ich mit Ihnen sprechen.«

Als ich aus dem Umkleideraum kam, stand er unter der Tür zum Wiegeraum und unterhielt sich mit Lord Tirrold, dessen Pferd er trainierte. Sie verstummten und wandten sich mir zu, als ich näherkam, aber ich konnte ihre Gesichter nicht deutlich sehen, weil sie mit dem Rücken zum Licht standen.

»Für welchen Stall reiten Sie hauptsächlich?« fragte James Axminster.

»In erster Linie für Farmer, die ihre Pferde selber trainieren«, antwortete ich. »Ich bin bei keinem Profi-Trainer fest angestellt, war aber ein paarmal als Ersatzmann eingesetzt. Mr. Kellar hat mich auch ein paarmal brauchen können.« Und das, dachte ich ein bißchen wehmütig, ist kurz und bündig der bescheidene Eindruck, den ich bisher in der Rennwelt hervorgerufen habe.

»Ich habe ein oder zwei Trainer sagen hören«, meinte Lord Tirrold zu Axminster, »daß sie für ihre wirklich miserablen Pferde immer noch Finn bekommen.«

Axminster grinste ihn an. »Genau das, was ich heute auch getan habe, und sehen Sie sich das Ergebnis an! Wie soll ich den Eigentümer davon überzeugen, daß es für mich genauso eine Überraschung war wie für ihn, wenn er davon erfährt. Ich habe ihm oft genug erzählt, daß das Pferd nichts taugt.« Er sah mich an. »Sie haben mich schön blamiert, wissen Sie?«

Es tut mir leid, Sir«, entgegnete ich wieder und meinte es ernst.

»Sie brauchen gar kein so finsteres Gesicht zu machen – ich geb' Ihnen noch eine Chance. Ein paar Chancen sogar. Ich hab' da einen langsamen alten Bock, den Sie am Samstag früh für mich reiten können, wenn Sie in diesem Rennen noch nicht eingesetzt sind, und zwei oder drei andere Pferde nächste Woche. Danach . . . wir werden sehen.«

»Danke«, antwortete ich wie betäubt. »Vielen Dank.« Es war, als habe er mir einen Goldbarren in die Hand gedrückt statt eines Skorpions, mit dem ich gerechnet hatte; wenn ich auf seinen Pferden nicht allzu schlecht abschnitt, würde er mich vielleicht ständig als Jockei für seine weniger guten Pferde einsetzen. Das wäre für mich ein großartiger Fortschritt.

Er lächelte freundlich, beinahe knabenhaft, daß sich die Haut an seinen Augen in Fältchen legte, und er sagte: »Also, dann ›Geranium‹ im Handikap-Rennen am Samstag in Hereford. Sind Sie frei?«

»Ja«, sagte ich.

»Und das Gewicht können Sie bringen? Dreiundsechzig Kilo?«

»Ja«, versicherte ich. Ich mußte in den beiden Tagen noch drei Pfund abnehmen, aber so angenehm war mir das Hungern noch nie vorgekommen.

»Gut, wir sehen uns dann.«

»Jawohl, Sir«, sagte ich.

Er und Lord Tirrold verließen gemeinsam den Wiegeraum, und ich hörte sie lachen. Ich sah ihnen nach, dem hageren, eckigen Lord Tirrold und dem noch größeren Trainer, die miteinander nahezu alle bedeutenden Rennen schon einmal gewonnen hatten.

James Axminster war in jeder Beziehung ein großer Mann. Einsneunzig und massiv, bewegte er sich, sprach und traf seine Entscheidungen mit klarer Selbstsicherheit. Er hatte ein großes Gesicht mit kräftiger Nase und kantigem Kinn. Wenn er lächelte, zeigten sich die unteren Zähne vor den oberen, und es war ein ebenmäßiges, kräftiges, blendend weißes Gebiß.

Sein Stall gehörte zu den sechs größten im Land – sein Jockei war die beiden letzten Jahre Champion gewesen, und zu seinen Pferden, etwa sechzig an der Zahl, gehörten mit die besten, die es überhaupt gab. In diesem Unternehmen auch nur die unterste Sprosse zu erklimmen, war beinahe ebenso angsterregend wie wundersam. Wenn ich diese Chance verpatzte, dachte ich mir, habe ich in diesem Beruf nichts zu suchen.

Fast den ganzen nächsten Tag verbrachte ich damit, mit drei Pullovern und einer Windjacke im Hyde Park herumzulaufen und der Versuchung zu widerstehen, literweise Wasser zu trinken, um zu ersetzen, was ich heruntergeschwitzt hatte. Einige von den anderen Jockeis nahmen Entwässerungstabletten, um die Flüssigkeit loszuwerden, die mehr als das Fett wiegt und leichter weggebracht werden kann, aber das einzige Mal, als ich sie benützt hatte, mußte ich feststellen, daß ich vor Schwäche kaum noch reiten konnte.

Gegen sechs Uhr kochte ich mir drei Eier und aß sie ohne Salz und Brot, dann verduftete ich hastig, weil meine Mutter ein paar Freunde zum Essen eingeladen hatte und das Mädchen, das bei diesen Gelegenheiten für uns kochte, die Küche mit demoralisierenden Wohlgerüchen erfüllte. Ich beschloß, ins Kino zu gehen, um nicht an meinen Magen denken zu müssen, aber das war kein besonders großer Erfolg, weil ich bei der Auswahl des Films nicht sonderlich vorsichtig zu Werke ging und drei Männern zusehen mußte, die sich durch eine gräßliche Wüste quälten und ihre bescheidenen Rationen brav miteinander teilten.

Dann ging ich ins Dampfbad in der Jermin Street und verbrachte dort die ganze Nacht, schwitzte am Abend etwas herunter und wieder am nächsten Morgen, als ich aufwachte. Dann kehrte ich in die Wohnung zurück und aß noch einmal drei gekochte Eier, die mir schon zum Halse heraushingen. Schließlich machte ich mich auf den Weg nach Hereford.

Der Zeiger zitterte, als ich mich mit dem leichtesten Sattel und den dünnsten Stiefeln auf die Waage setzte. Er glitt über die Dreiundsechzig-Kilo-Marke, pendelte zurück und stand endlich ein Frauenhaar links von der Marke still.

»Dreiundsechzig Kilo«, sagte der Wiegemeister überrascht. »Was haben Sie denn gemacht? Sich mit Sandpapier abgerieben?«

»So ungefähr«, lachte ich.

Im Paradezirkel starrte James Axminster zu den Nummerntafeln hinüber, wo das Gewicht, das jedes einzelne Pferd zu tragen hatte, angezeigt wurde, falls es von den Ansagen auf den Rennprogrammen abwich. Er sah mich an. »Kein Übergewicht?« fragte er.

»Nein«, sagte ich gleichmütig, als sei das die einfachste Geschichte der Welt.

»Hm.« Er winkte dem Burschen, der den langsamen alten Gaul herumführte, und sagte: »Sie müssen die alte Stute ein bißchen antreiben. Sie ist faul. Sie springt gut, aber das ist auch alles.«

Ich war es gewöhnt, faule Pferde anzutreiben. Ich trieb die Stute an, und sie sprang. Wir landeten auf dem dritten Platz.

»Hm«, sagte Axminster wieder, als ich abschnallte. Ich nahm den Sattel, ließ mich wiegen – ein halbes Pfund hatte ich verloren – und zog den Rennjersey für das andere Pferd an, auf dem ich gemeldet war; als ich in den Wiegeraum hinausging, wartete Axminster auf mich. Er drückte mir wortlos einen Zettel in die Hand. Es war eine Liste von fünf Pferden, die in der folgenden Woche für verschiedene Rennen gemeldet waren. Neben jedem Pferdenamen hatte er das vorgeschriebene Gewicht und das jeweilige Rennen vermerkt. Ich las die Liste durch.

»Na?« sagte er. »Können Sie sie reiten?«

»Ich kann vier reiten«, sagte ich. »Aber für das Rennen am Mittwoch bin ich schon vergeben.«

»Ist es wichtig? Können Sie sich nicht losmachen?« fragte er.

Ich hätte liebend gerne ja gesagt. Der Zettel in meiner Hand war die Einladung in mein privates Paradies, und immerhin bestand die Möglichkeit, daß, wenn ich eines der Pferde ablehnte, der Besitzer mich dann auch auf allen späteren nicht mehr zu sehen wünschte.

»Ich . . . nein«, sagte ich. »Ich reite für den Farmer, der mir die ersten Rennen ermöglicht hat.«

Axminster lächelte schwach, und die unteren Zähne blitzten. »Gut. Dann reiten Sie die anderen vier.«

»Danke, Sir«, sagte ich. »Sehr gerne.«

Er ging, und ich faltete die kostbare Liste zusammen und steckte sie in die Tasche.

Mein zweiter Ritt an diesem Nachmittag war für Corin Kellar. Seit Arts Tod hatte er verschiedene Jockeis eingesetzt und ihnen vorgestöhnt, wie unangenehm es sei, nicht ständig einen erstklassigen Mann zur Verfügung zu haben. Da es seine Behandlung Arts gewesen war, die einen erstklassigen Mann dazu veranlaßt hatte, ihn auf eine nicht mehr zu überbietende drastische Weise zu verlassen, hielten Tick-Tock und ich ihn für psychiaterreif, aber wir waren beide gerne bereit, seine Pferde zu reiten, und Tick-Tock war öfter auf ihnen zum Einsatz gekommen als irgendein anderer.

»Wenn Corin dich bittet, nimmst du dann Arts Posten an?« fragte ich, als wir unsere Sättel und Helme aufklaubten, um uns für das nächste Rennen wiegen zu lassen.

»Wenn er mich darum bittet, ja«, sagte Tick-Tock. »Mich treibt er nicht zur Verzweiflung.« Er sah mich schräg unter seinen spitzen Brauen an, und der schmale, weite Mund grinste unverschämt. Eine lebendige, beinahe aggressive Gesundheit formte die Züge seines Gesichts, und für einen Augenblick schien er mir mehr als je zuvor viel zu früh auf die Welt gekommen zu sein. Er war das, was ich mir unter einem Menschen des 21. Jahrhunderts vorstelle – voll intensiver Lebenskraft, seltsam unschuldig, ohne eine Spur von Teilnahmslosigkeit, Zorn oder Habgier. Neben ihm kam ich mir alt vor. Er war neunzehn.

Gemeinsam gingen wir zum Paradezirkel.

»Setz dein Grinsen auf«, sagte er. »Das Auge der Welt ist auf uns gerichtet.« Ich hob den Kopf. Von einer zugigen Plattform aus richtete eine Fernsehkamera ihre quadratische Schnauze auf uns, während sie dem Rundgang eines Falben im Ring folgte. Sie verweilte kurze Zeit auf uns, dann glitt sie weiter.

»Ich hatte vergessen, daß das Rennen übertragen wird«, sagte ich, unbeeindruckt.

»O ja«, meinte Tick-Tock, »und der große Mann ist auch hier, der einzige, einmalige Mr. Kemp-Lore. Kommt mir vor wie Blätterteig, der Bursche.«

»Wieso denn?« fragte ich.

»Steigt schnell hoch. Aber geschmackvoll, Freundchen, und bedeutsam.« Ich lachte.

Wir traten zu Corin, der uns die Anweisungen für das Rennen gab. Tick-Tocks Pferd taugte etwas, aber ich erhielt wie üblich einen Gaul, von dem man wenig erwartete, zu Recht, wie sich herausstellte. Wir kamen weit abgeschlagen als letzte durchs Ziel, und die an der Tafel hochgezogene Nummer sagte mir, daß Corins anderes Pferd gewonnen hatte.

Corin, Tick-Tock und der Pferdebesitzer versicherten sich auf dem Siegerplatz gegenseitig, wie tüchtig der Falbe sei, als ich mit dem Sattel zum Wiegeraum ging, aber Corin packte mich beim Arm und bat mich, sofort wieder herauszukommen, sobald ich Sattel und Helm abgelegt habe, weil ich ihm sagen sollte, wie das Pferd gegangen sei.

Als ich wieder herauskam, unterhielt er sich mit einem Mann, der mir den Rücken zuwandte. Ich blieb in einiger Entfernung stehen, weil ich nicht stören wollte, aber Corin sah mich und winkte. Ich ging hinüber.

Der Mann drehte sich um. Er war Anfang Dreißig, schätzte ich. Mittelgroß, schlank, mit regelmäßigen Zügen und blondem Haar. Es ist und bleibt aufregend, zum erstenmal einem Mann gegenüberzutreten, dessen Gesicht so vertraut ist wie das des eigenen Bruders. Es war Maurice Kemp-Lore.

Das Fernsehen schmeichelt niemandem. Es läßt den Körper dicker und die Persönlichkeit flacher erscheinen, so daß ein Star, der auf dem kleinen Bildschirm ankommen will, im wirklichen Leben geradezu überwältigen muß, und Kemp-Lore machte da keine Ausnahme. Der Charme, der sich in seiner Sendung nur nach längerem Zusehen geltend machte, wirkte zwingend, sobald man ihm persönlich begegnete. Strahlende blaue Augen sahen mich aus einem markanten, sonnengebräunten Gesicht an; sein Händedruck war fest und kühl, sein Lächeln, ansteckend und liebenswürdig, verriet seine Freude, mich kennenzulernen. Aber ich wußte, es war eine berufliche Freude, und noch während meine erfreute Reaktion eintrat, begriff ich, daß die Wirkung, die er auf mich ausübte, bewußt erzeugt war. Sein Berufstrick. Alle guten

Interviewer wissen, wie man anderen Leuten Selbstvertrauen einflößen muß, damit sie in bestem Licht erscheinen, und Kemp-Lore war Meister seines Faches. Langweilige Menschen hatten sich in seiner Sendung als Witzbolde erwiesen, schweigsame als gesprächige, bigotte als vernünftige.

»Ich sehe, daß Sie letzter gewesen sind«, sagte er. »Pech.«

»Schlechtes Pferd«, antwortete Corin, durch Kemp-Lores Anwesenheit in gute Stimmung versetzt..

»Ich wollte schon lange Zeit eine Sendung über – wenn Sie mir das verzeihen – einen erfolglosen Jockei machen.« Sein Lächeln nahm den Worten jede Anzüglichkeit. »Oder wenigstens über einen Jockei, der noch nicht erfolgreich ist. Vielleicht klingt das gerechter, finden Sie nicht?« Er blinzelte mir zu. »Wären Sie bereit, in meiner Sendung aufzutreten und den Zuschauern zu erzählen, was für ein Leben Sie führen? Ich denke da an Ihre finanzielle Position, an die Notwendigkeit, sich auf zufällige Aufträge zu verlassen, die Unsicherheit . . . und dergleichen. Nur um einmal dem Publikum die Kehrseite der Medaille zu zeigen. Man weiß alles über große Rennstallbesitzer, gewichtige Geschenke und Jockeis, die bedeutende Rennen gewinnen. Ich möchte zeigen, wie ein Jockei, der selten auch nur ein unwichtiges Rennen gewinnt, sich seinen Lebensunterhalt verdienen kann. Den Jockei am Rand des großen Geldverdienens.« Er lächelte strahlend. »Wollen Sie mitmachen?«

»Ja«, sagte ich, »gewiß. Aber ich bin da eigentlich nicht typisch, ich . . .«

»Erzählen Sie mir jetzt noch nichts«, unterbrach er mich. »Ich weiß genug über Ihre Laufbahn, um Sie für das, was ich vorhabe, auf dem richtigen Platz zu sehen, aber ich ziehe es immer vor, die Antworten auf meine Fragen erst bei der Sendung selbst zu erfahren. Das Ganze wirkt dann spontaner. Ich habe festgestellt, daß die Sendung steif und wenig überzeugend wirkt, wenn ich mit meinem Gesprächspartner vorher probe, was wir sagen wollen. Statt dessen schicke ich Ihnen eine Liste von Fragen, die ich stellen möchte, und Sie können sich Ihre Antworten überlegen. Okay?«

»Ja«, sagte ich, »in Ordnung.«

»Gut. Also nächsten Freitag. Die Sendung beginnt um neun. Wenn Sie bis um halb acht im Studio sein würden, dann haben wir Zeit, um auszuleuchten und zu schminken; vielleicht trinken wir auch ein Schlückchen vorher. Hier ist eine Karte, auf der Sie sehen können, wie man hinkommt.«

Er gab mir die Karte. Auf der einen Seite stand in Großbuchstaben ›Universal Television‹, auf der anderen befand sich eine Karte von Willesden.

»Übrigens bekommen Sie natürlich Honorar und Ihre Spesen.« Er lächelte liebenswürdig, um mir zu zeigen, daß er wußte, wie angenehm mir das war.

»Danke.« Ich lächelte ihn an. Ich würde da sein.

Er sprach noch ein paar Worte mit Corin und schlenderte davon. Ich sah Corin an und sah auf seinem Gesicht denselben Ausdruck, wie er so oft auf den Gesichtern von entfernten Bekannten meiner Eltern zu sehen war. Das eingebildete, schmeichlerische Lächeln, das gleichsam sagte: »Ich bin mit einer Berühmtheit bekannt, ich schlauer Bursche.« Ich hätte es eindrucksvoller gefunden, wenn er, wie die meisten anderen Trainer, die Bekanntschaft mit dem berühmten Kemp-Lore für selbstverständlich gehalten hätte.

»Ich kenne Maurice recht gut«, sagte Corin befriedigt. »Er hat mich um Rat gefragt, ob Sie als sein – äh – erfolgloser Jockei brauchbar wären, und ich hab' ihm zugeredet.«

»Danke«, sagte ich, weil er das erwartete.

»Ja, ein großartiger Bursche, dieser Maurice. Stammt aus einer guten Familie, wissen Sie. Sein Vater hat das National gewonnen – Amateur natürlich –, und seine Schwester ist die beste Jagdreiterin seit vielen Jahren. Nur schade, daß er fast überhaupt nicht reitet. Er macht nicht einmal bei Fuchsjagden mit. Er bekommt furchtbares Asthma, wissen Sie, wenn er mit Pferden zusammen ist. Das bedrückt ihn sehr. Trotzdem, er wäre vielleicht nie zum Fernsehen gegangen, wenn er Rennreiter sein könnte. Es hat also doch alles seine guten Seiten.«

»Das kann man sagen«, meinte ich. Ich trug immer noch Seidenbluse und Breeches, und es begann kühl zu werden. Ich brachte das Gespräch wieder auf das Pferd, mit dem ich eben letzter gewesen war, hörte mir ein paar schlaue Bemerkungen an und ging schließlich in den Wiegeraum zurück, um mich umzuziehen.

Die Jockeis für das letzte Rennen waren schon unterwegs, aber ein paar andere standen halb angezogen herum, unterhielten sich und schlüpften in ihre Hosen. Als ich durch den Raum ging, sah ich Grant Oldfield bei meinen Sachen stehen und einen Zettel in der Hand halten. Verärgert stellte ich fest, daß es die Liste der Pferde war, die mir James Axminster gegeben hatte. Grant hatte meine Taschen durchsucht.

Ich kam nicht zum Protestieren. Ohne ein Wort zu sagen, ohne mich zu warnen, holte Grant aus und schlug mir die Faust ins Gesicht.

4

Die Menge Blut, die ich daraufhin produzierte, hätte einer ganzen Reihe von Blutspendern wohl angestanden. Es floß über meine blaßgrüne Seidenbluse und machte große, unregelmäßige Flecken auf die weißen Breeches. Große Tropfen fielen auf die Bank und den Boden. Ich verschmierte mir die Hände, als ich versuchte, mir den Mund abzuwischen.

»Legt ihn doch um Gottes willen auf den Rücken«, sagte einer der Burschen. Sein Rat war eigentlich unnötig, weil ich schon lag, halb auf dem Boden, halb auf der Bank. Der eine Schlag hatte mich, da ich nicht ganz fest auf den Beinen gestanden hatte, wie einen Baum gefällt.

Grant stand vor mir und machte ein überraschtes Gesicht; ich hätte lachen müssen, wenn ich nicht so angestrengt damit beschäftigt gewesen wäre, mein eigenes Blut hinunterzuschlucken.

Mike schob mir einen Sattel unter die Schulter und kippte meinen Kopf nach hinten. Einen Augenblick später preßte er mir ein kaltes, nasses Handtuch auf die Nase und langsam hörte die Blutung auf.

»Bleiben Sie lieber noch ein bißchen liegen«, empfahl Mike. »Ich hol' schnell einen Sanitäter.«

»Lassen Sie nur«, sagte ich. »Lassen Sie's gut sein, es geht schon wieder.«

Er kehrte unentschlossen um und blieb neben mir stehen.

»Warum haben Sie das getan, Hergott noch mal?« sagte er zu Grant.

Ich hätte seine Antwort auch gerne gehört, aber Grant schwieg. Er starrte mich finster an, drehte sich auf dem Absatz um und drängte sich durch die von dem letzten Rennen zurückkehrenden

Jockeis hinaus. Die Liste der Axminster-Pferde flatterte hinter ihm zu Boden. Mike hob sie auf und drückte sie mir in die Hand.

Tick-Tock warf seinen Sattel auf die Bank, schob seinen Helm ins Genick und stemmte die Fäuste in die Hüften. »Was soll denn das sein? Ein Blutbad?«

»Nasenbluten«, sagte ich.

»Was du nicht sagst.«

Die anderen drängten sich um mich, und ich fand, daß ich lange genug am Boden gelegen hatte. Ich nahm das Handtuch von meinem Gesicht und stand vorsichtig auf. Alles ging gut. Die Blutung hatte aufgehört.

»Grant hat ihn niedergeschlagen«, sagte einer der Jockeis, der die ganze Zeit hiergewesen war.

»Warum denn?«

»Frag mich was anderes«, sagte ich, »oder frag Grant.«

»Du solltest das der Rennleitung melden.«

»Lohnt sich nicht«, meinte ich. Ich machte mich sauber, zog mich um und ging mit Tick-Tock zum Bahnhof.

»Du mußt doch wissen, warum er dich niedergeschlagen hat«, sagte er, »oder wollte er nur üben?«

Ich gab ihm Axminsters Liste. Er las sie durch und gab den Zettel zurück.

»Ja, verstehe. Haß, Neid und Eifersucht. Du steigst in die Schuhe, für die er zu klein war. Er hat seine Chance gehabt und sie vermasselt.«

»Was war denn los?« erkundigte ich mich. »Warum hat ihn Axminster ausgebootet?«

»Ich weiß es wirklich nicht«, sagte Tick-Tock, »da fragst du wohl besser Grant, damit du weißt, welche Fehler du nicht machen darfst.« Er grinste. »Deine Nase sieht ja gut aus.«

»Fürs Fernsehen reicht's«, lächelte ich. Ich erzählte ihm von Maurice Kemp-Lores Einladung.

»Mein hoher Herr«, sagte er, zog seinen Tirolerhut und verbeugte sich tief. »Ich bin beeindruckt.«

»Du bist ein Trottel«, sagte ich grinsend.

»Gott sei Dank.«

Wir gingen unserer Wege, Tick-Tock zu seiner Wohnung in Berkshire und ich nach Kensington. Die Wohnung war leer, wie immer am Samstagabend, der idealen Zeit für Konzerte. Ich nahm die Hälfte der Eiswürfel aus dem Kühlschrank, tat sie in eine Plastiktüte, umwickelte sie mit einem Handtuch und legte mich mit dem Eisbeutel auf der Stirn ins Bett. Meine Nase fühlte sich an wie Mus. Grants Faust hatte die Gewalt ernsthafter seelischer Störungen in sich gehabt.

Ich schloß die Augen und dachte über die beiden nach, Grant und Art; zwei innerlich zerfallene Menschen. Der eine war dazu getrieben worden, sich selbst zu töten, der andere begegnete seiner Umwelt mit Gewalt. Arme Kerle, dachte ich, ein bißchen zu selbstzufrieden. So sieht es aus, wenn man nicht stabil genug ist, mit unangenehmen Dingen fertigzuwerden.

Am darauffolgenden Mittwoch erschien Peter Cloony überglücklich auf der Rennbahn. Das Baby war ein Junge, seiner Frau ging es gut, alles erschien ihm im rosigsten Licht. Er schlug uns begeistert auf die Schultern und erklärte uns, daß wir nicht wüßten, was wir da alles versäumten. Das Pferd, das er an diesem Nachmittag zu reiten hatte, war favorisiert und leistete wenig, aber das dämpfte seine Begeisterung nicht.

Am nächsten Tag mußte er im ersten Rennen reiten, kam aber zu spät. Schon bevor er eintraf, wußten wir, daß er die Gelegenheit verpaßt hatte, denn fünf Minuten vor dem letzten Meldetermin schickte sein Trainer einen Funkionär in den Umkleideraum, der nachsehen sollte, ob Cloony da war. Er war es natürlich nicht.

Ich stand vor dem Wiegeraum, als Peter endlich eintraf, vierzig Minuten vor dem ersten Rennen. Er hastete über den Rasen, schon von weitem war Angst in seinem Gesicht zu lesen. Sein Trainer trat aus der Gruppe von Leuten, mit denen er sich unterhalten hatte, und stellte sich ihm in den Weg. Satzfetzen wehten von dort zu mir herüber.

»Ist das für Sie eine Stunde vor dem ersten . . .? Ich habe mir einen anderen Jockei besorgen müssen . . . sehr dumm von Ihnen . . . das zweitemal in einer Woche . . . unverantwortlich . . . so kann es nicht weitergehen, wenn Sie in Zukunft bei mir arbeiten wollen . . .« Und er stakte davon.

Peter ging an mir vorbei, bleich, zitternd, deprimiert. Als ich kurze Zeit später in den Umkleideraum zurückkam, saß er auf einer Bank, das Gesicht in den Händen vergraben.

»Was war denn diesmal los?« fragte ich. »Ist mit Ihrer Frau alles in Ordnung? Geht's dem Baby gut?« Ich vermutete, daß er sich den beiden zu sehr gewidmet und vergessen hatte, auf die

Uhr zu schauen.

»Alles in Ordnung«, sagte er bedrückt. »Meine Schwiegermutter wohnt zur Zeit bei uns und kümmert sich um die beiden. Ich bin nicht zu spät weggefahren, höchstens fünf Minuten, aber ...«, er stand auf und sah mich mit seinen großen, feuchten Augen an, »... Sie werden's nicht glauben, aber da stand wieder was auf der Straße, und ich mußte einen Riesenumweg machen, schlimmer noch als das letztemal ...« Er verstummte, als ich ihn ungläubig anstarrte.

»Doch nicht wieder ein Tanktransporter?« fragte ich verblüfft.

»Nein, ein Pkw. Ein uralter, riesiger Jaguar. Er stand mit dem Kühler in der Hecke und einem Vorderrad im Graben. Es war einfach kein Durchkommen.«

»Hätten Sie denn dem Fahrer nicht helfen können, den Wagen herauszuschieben?« fragte ich.

»Es war kein Fahrer da, überhaupt niemand. Er hatte die Türen abgesperrt, die Handbremse angezogen und den ersten Gang eingelegt, der Mistkerl.« Peter gebrauchte selten solche Ausdrücke. »Hinter mir war ein anderer Wagen den Berg heraufgekommen. Wir versuchten gemeinsam, den Jaguar wegzuschieben, aber es war aussichtslos. Wir mußten weit zurück, er als erster, aber er fuhr ganz langsam. Er hatte einen neuen Wagen und wollte den Lack nicht verkratzen.« – »Das nenn' ich Pech«, sagte ich lahm.

»Pech!« fauchte er, den Tränen nahe. »Das ist mehr als Pech – es ist – es ist schrecklich. Ich kann es mir gar nicht leisten, ich brauche das Geld ...« Er verstummte, schluckte ein paarmal und atmete tief ein. »Wir haben eine große Hypothek aufgenommen und müssen sie abzahlen, und ich hab' gar nicht gewußt, daß ein Baby soviel kostet. Meine Frau mußte mit der Arbeit aufhören, damit hatten wir auch nicht gerechnet ... wir wollten gar nicht so schnell ein Kind.«

Ich erinnerte mich lebhaft an den neuen kleinen Bungalow mit dem billigen blauen Linoleum, den selbstgemachten Teppichen, dem bescheidenen Mobiliar. Überdies hatte er einen Wagen, den er unbedingt brauchte, und jetzt noch ein Kind. Ich sah ein, daß der Verlust von zehn Pfund eine Katastrophe war.

Er war an diesem Tag sonst für kein Rennen eingeteilt und trieb sich die ganze Zeit im Wiegeraum herum, in der Hoffnung, irgendeinem Trainer aufzufallen, der dringend einen Jockei brauchte. Er machte ein verzweifeltes, gequältes Gesicht, und ich wußte, daß das allein jeden Trainer abgeschreckt hätte. Kurz vor dem fünften Rennen ging er, unbeschäftigt und deprimiert, nachdem er sich bei allen Trainern in ein schlechtes Licht gesetzt hatte.

Ich sah ihn zum Parkplatz schlurfen, als ich zu meinem einzigen Rennen an diesem Tag zum Paradezirkel ging, und ich war plötzlich ärgerlich auf ihn. Warum konnte er nicht ein bißchen heucheln, sein Unglück auf die leichte Schulter nehmen? Und warum, in Dreiteufelsnamen, fuhr er nicht jedesmal ein bißchen früher weg, wenn er doch wußte, daß ihn jede Verspätung soviel kosten konnte? Eine Reifenpanne, eine von einem hochgeschleuderten Stein zertrümmerte Windschutzscheibe, es gab hundert Möglichkeiten, aufgehalten zu werden. Es brauchte ja gar nicht etwas so Unvorhersehbares wie ein Tanktransporter oder ein abgesperrter Jaguar zu sein. Wirklich ein scheußlicher Zufall, daß so etwas zweimal in einer Woche passierte. James Axminster begrüßte mich im Paradezirkel mit seinem merkwürdigen, kantigen Lächeln und stellte mich dem Besitzer des Pferdes vor, das ich reiten sollte. Er gab mir die Hand, und wir ergingen uns in den üblichen Redensarten. Das nicht mehr ganz junge Pferd, das schläfrig im Kreis herumstapfte, war das dritte Pferd Axminsters, das ich in dieser Woche ritt, und ich hatte schon gelernt, die Präzision und Schnelligkeit seiner Organisation zu genießen. Seine Pferde waren gut trainiert und ausgezeichnet gepflegt, nirgends wurde gespart oder mit Kompromissen gearbeitet. Aus jeder mit seinen Initialen versehenen Pferdedecke, jedem erstklassigen Zaumzeug, jeder Bürste und Bandage, jedem Eimer, die zu den Rennen gebracht wurden, ließen sich Erfolg und Wohlhabenheit ablesen.

In den beiden ersten Rennen dieser Woche hatte ich die zweitklassigen Pferde des Stalls geritten, während Axminsters Jockei Pip Pankhurst sich wie üblich auf die besseren Pferde setzte. Das Handikap-Hürdenrennen an diesem Donnerstag gehörte jedoch mir allein, weil Pip das erforderliche Gewicht nicht zu bringen vermochte.

»Alles, was unter 68 Kilo ist, gehört Ihnen«, sagte er mir fröhlich, als ich ihn traf und er erfuhr, daß ich für Axminsters Stall ritt. »Das lohnt sich ja sowieso meistens nicht.«

Durch starke Einschränkung in Essen und Trinken war es mir gelungen, mein Gewicht die ganze Woche bei 63 Kilo zu halten. Das entsprach einem reinen Körpergewicht von 61 Kilo, für meine Größe etwas wenig, aber nachdem Pip mir die Chance nicht zu neiden schien, war ich zufrieden.

»Am vierten Hindernis müßten Sie ungefähr in der Mitte sein«, sagte James Axminster. »Am dritten Hindernis vor dem Ziel sollten Sie den vierten Platz halten, wenn es einigermaßen geht. Er braucht eine Weile, bis er ganz aufwacht, also müssen Sie ihn vor dem vorletzten Hindernis antreiben. Machen Sie Fahrt, versuchen Sie vor dem letzten Hindernis das führende Pferd zu erreichen, und dann werden Sie schon sehen, wieviel sich da aufholen läßt. Das Pferd springt großartig, kann aber im Finish nichts zulegen. Sehen Sie eben zu, was sich machen läßt.« Er hatte mir noch nie derart präzise Anweisungen gegeben, und zum erstenmal erklärte er mir auch, was am letzten Hindernis zu tun sei. Ich war ziemlich aufgeregt. Endlich durfte ich ein Pferd reiten, dessen Trainer nicht verblüfft sein würde, falls es gewann.

Ich hielt mich genau an die Befehle und trieb meinen alten Gaul mit aller Kraft an, als ich das letzte Hindernis gemeinsam mit zwei anderen Pferden erreichte. Er reagierte mit einem gewaltigen Sprung, der ihn mitten in der Luft die anderen Pferde überholen ließ und uns zwei Längen einbrachte. Ich hörte das Klappern an den Hindernissen, als die anderen die oberste Stange streiften, und hoffte, daß sie weniger geschickt gelandet waren als wir. Daß mein alter Wallach nicht schneller werden konnte, stimmte. Ich nahm ihn auf und trieb ihn geradewegs zum Ziel, kaum die Peitsche verwendend, weil ich mich hauptsächlich darauf konzentrierte, stillzusitzen und ihn nicht zu stören. Er lief prima durch und hatte immer noch eine halbe Länge Vorsprung, als wir am Pfosten vorbeigingen. Es war ein wunderbarer Augenblick.

»Gut gemacht«, sagte Axminster gelassen. Siege waren für ihn nichts Ungewöhnliches. Ich schnallte den Sattel ab, klemmte ihn unter den Arm und tätschelte meinem Pferd den Hals. Der Besitzer war begeistert. »Großartig, großartig«, sagte er abwechselnd zum Pferd, zu Axminster und zu mir. »Ich hätte nie gedacht, daß er es schafft, James, obwohl ich mir Ihren Rat zu Herzen genommen und auf ihn gewettet habe.«

Ich sah schnell zu Axminster hinüber. Seine durchdringenden

blauen Augen beobachteten mich fragend.

»Wollen Sie den Job?« fragte er. »Als regulärer zweiter Mann hinter Pip?«

Ich nickte, atmete tief ein und sagte: »Ja.«

Es klang wie ein Krächzen.

Der Besitzer lachte. »Finn hat diese Woche wohl eine Glückssträhne. John Ballerton erzählte mir, daß Maurice ihn morgen abend in seiner Sendung interviewt.«

»Wirklich?« fragte Axminster. »Das werd' ich mir ansehen.«

Ich ging zum Wiegen und Umziehen. Als ich herauskam, gab mir Axminster eine neue Liste von vier Pferden, die ich in der folgenden Woche reiten sollte.

»Von jetzt an möchte ich, daß Sie keine Ritte annehmen, ohne zuerst mich gefragt zu haben, ob ich Sie brauche. Einverstanden?«

»Jawohl, Sir«, sagte ich und bemühte mich, von meiner kindischen Freude nicht allzuviel durchscheinen zu lassen. Aber er wußte Bescheid. Er war zu lange beim Fach, um das übersehen zu können. In seinen Augen funkelten Verständnis, Sympathie und ein Versprechen für die Zukunft.

Ich rief Joanna an.

»Wie wär's mit einem Ausgang, ich möchte feiern.«

»Was denn?« fragte sie vorsichtig.

»Einen Sieg. Einen neuen Job. Ich könnte die ganze Welt umarmen«, sagte ich.

»Das klingt ja, als hättest du schon gefeiert!«

»Nein«, sagte ich. »Die Trunkenheit in meiner Stimme kommt daher, daß mir ein Brocken Glück auf den Kopf gefallen ist.«

Sie lachte. »Na schön. Wo?«

»Bei Hennibert«, sagte ich. Das war ein kleines Restaurant in der St. James Street, dessen Küche und Preise der vornehmen Gegend entsprachen.

»O ja«, bejahte Joanna. »Soll ich in meiner goldenen Kutsche kommen?«

»Im Ernst«, sagte ich. »Ich habe diese Woche vierzig Pfund verdient. Ich will was ausgeben davon. Und außerdem hab' ich Hunger.«

»Wir bekommen keinen Tisch«, sagte sie.

»Schon bestellt.«

»Also gut«, sagte sie, »ich bin um acht da.«

Sie kam in einem Taxi an, ein Kompliment für mich, weil sie sonst am liebsten zu Fuß ging. Sie trug ein Kleid, das ich noch nie gesehen hatte, ein einfaches, enges Ding aus blauer Seide, die im Licht schimmerte. Ihr lockiges, dunkles Haar fiel elegant in den Nacken, und die schrägen, spitz auslaufenden Striche, die sie auf ihre Lider gemalt hatte, ließen ihre schwarzen Augen größer, tiefer und geheimnisvoller erscheinen. Alle Männer drehten sich um, als wir das Lokal betraten, dabei war sie nicht schön, nicht einmal besonders elegant angezogen zu nennen. Sie sah . . . ich überraschte mich selbst mit dem Wort . . . intelligent aus.

Wir aßen Avocado-Birnen mit französischer Salatwürze und Boeuf Stroganoff mit Pilzen, späte Erdbeeren mit Schlagsahne, und ein pikantes, würziges Gericht aus Speck und gedünsteten Pflaumen. Für mich war das nach so vielen Hungertagen ein wahres Fest. Wir ließen uns Zeit, tranken eine Flasche Wein und unterhielten uns beim Kaffee mit der Zwanglosigkeit einer Freundschaft, die bis in die Kindheit zurückreichte. Nach so viel Übung konnte ich die nicht allzu vetternhaften Gefühle für Joanna vor ihr verbergen. Das war notwendig, weil ich aus Erfahrung wußte, daß sie nervös zu werden und meinem Blick auszuweichen begann, sobald ich auf das Thema Liebe zu sprechen kam. Ich pflegte dann sehr schnell abzubrechen. Wenn ich mich ihrer Gesellschaft erfreuen wollte, mußte es zu ihren Bedingungen geschehen.

Sie schien sich über meine neue Anstellung bei Axminster ehrlich zu freuen. Obwohl der Rennsport sie nicht interessierte, erkannte sie deutlich, was er mir bedeutete.

»Das ist wie an dem Tag, als mich der Musikdirektor der Händel Society aus dem Chor herausnahm, um mich das erste Rezitativ singen zu lassen. Ich kam mir vor wie im Paradies.«

»Das steigt einem ja wirklich zu Kopf«, sagte ich. In meinem ganzen Leben war mir noch nie so wohl gewesen.

Ich erzählte ihr von der Fernsehsendung.

»Morgen?« fragte sie. »Prima, ich glaube, da habe ich Zeit, daß ich mir das ansehe. Du gehst gleich immer aufs Ganze, was?«

Ich grinste. »Das ist erst der Anfang«, sagte ich. Beinahe glaubte ich daran.

Wir gingen den ganzen Weg zu Joannas Studio zu Fuß. Es war eine klare, ein bißchen kühle Nacht, mit einem sternenbesetzten, schwarzen Himmel. Wir blieben in der dunklen Gasse vor Joannas Tür stehen und sahen hinauf. »Das rückt wieder alles ins Lot«, meinte sie, »nicht wahr?«

Ich fragte mich, was für sie ins Lot gerückt werden mußte. Ich sah sie an. Das war ein Fehler. Das hochgereckte Gesicht, in dessen dunklen Augen sich die Sterne spiegelten, das dunkle, vom Wind zerzauste Haar, der schlanke Hals trieben mich gnadenlos in den Aufruhr, den ich den ganzen Abend hindurch unterdrückt hatte.

»Vielen Dank fürs Mitkommen«, sagte ich plötzlich. »Gute Nacht, Joanna.«

Überrascht sagte sie: »Magst du nicht noch eine Tasse Kaffee . . . oder sonst etwas?«

Oder sonst etwas, ja.

»Ich bin bis obenhin voll. Außerdem . . . da wäre ja noch Brian . . .«

»Brian ist in Manchester, auf einer Konzertreise«, sagte sie. Aber das war nur eine Feststellung, keine Einladung.

»Oh. Na ja, ich brauch' trotzdem meinen Schlaf«, sagte ich.

»Also gut«, erwiderte sie ungerührt. »Es war ein wunderschöner Abend, Rob. Vielen Dank.«

Sie legte mir kurz die Hand auf die Schulter und lächelte mich an. Sie steckte den Schlüssel ins Schloß, öffnete und winkte mir schnell zu, als ich mich umdrehte und die Straße hinunterging.

Sie machte die Tür zu.

Ich fluchte, nicht ganz leise. Viel Erleichterung brachte das nicht. Ich sah zum Himmel hinauf. Die Sterne schienen auch kein Mitleid mit mir zu haben.

5

In den Universal Television Studios wurde mir zuteil, was in der Familie Finn als Behandlung relativ wichtiger Persönlichkeiten bezeichnet wurde. Das hieß, daß mich jemand empfing, der in der Hierarchie einigen Einfluß ausübte, aber doch nicht so hoch stand, daß er von einem Gefolge begleitet wurde.

Ich trat durch die Glastüren in die große, höhlenartige Eingangshalle und fragte das Mädchen am Empfangsschalter, wo ich hingehen müsse. Die junge Dame lächelte freundlich. Ich möge doch einen Augenblick Platz nehmen. Sie wies auf ein Sofa. Sie telefonierte und sagte in die Muschel: »Mr. Finn ist da, Gordon.«

Später kam aus einem der Korridore ein breitschultriger junger Mann mit Sommersprossen, der einen marineblauen Nadelstreifenanzug trug.

»Mr. Finn?« fragte er liebenswürdig und streckte mir eine Hand hin.

»Ja«, sagte ich, stand auf und drückte ihm die Hand. »Freut mich sehr. Ich heiße Gordon Kildare und bin Produktionsassistent. Maurice erledigt im Studio die letzten Einzelheiten. Ich bin dafür, daß wir uns zuerst einen Schluck und ein Sandwich genehmigen.«

Er führte mich den Korridor hinunter, aus dem er gekommen war, und durch eine offene Tür betraten wir einen kleinen, unpersönlichen Empfangsraum. Auf dem Tisch standen Flaschen, Gläser und vier Teller mit appetitlich aussehenden Sandwiches.

»Was mögen Sie?« fragte er einladend und beugte sich über die Flaschen.

»Nichts, vielen Dank«, dankte ich.

Er war nicht betroffen. »Vielleicht später?« Er schüttete etwas Whisky in ein Glas, gab Sodawasser hinein und prostete mir lächelnd zu. »Viel Glück«, sagte er. »Sind Sie zum erstenmal beim Fernsehen?« Ich nickte. »Man muß sich nur möglichst natürlich geben.« Er nahm ein Sandwich und biß hinein.

Die Tür ging auf. Zwei Männer kamen herein. Sie wurden mir als Dan Sowieso und Paul Dings vorgestellt und waren nicht ganz so elegant angezogen wie Gordon Kildare, gegen den sie sich unterwürfig bezeigten. Auch sie machten sich über die Sandwiches her, füllten ihre Gläser, wünschten mir Glück und erklärten mir, daß ich mich natürlich geben müsse.

Maurice Kemp-Lore marschierte, gefolgt von zwei Assistenten in Sportsakkos, ins Zimmer.

»Mein lieber Freund«, begrüßte er mich und drückte mir herzlich die Hand. »Freut mich, daß Sie pünktlich da sind. Hat sich Gordon um Sie gekümmert? Prima. Also, was trinken Sie?«

»Im Augenblick nichts«, sagte ich.

»Oh? Na ja, macht nichts. Vielleicht später? Haben Sie die Liste der Fragen bekommen?«

Ich nickte.

»Haben Sie sich ein paar Antworten überlegt?«

»Ja«, sagte ich.

»Gut, gut. Das ist ausgezeichnet«, lobte er.

Gordon gab ihm ein volles Glas und bot ihm die Sandwiches an. Die Assistenten griffen zu. Mir dämmerte, daß die für die Besucher vorgesehenen Erfrischungen ihnen allen das Abendessen ersetzten.

Kemp-Lore sah auf die Uhr.

»Unser zweiter Gast hat es nicht so eilig«, meinte er.

Plötzlich läutete das Telefon. Gordon nahm den Hörer ab, lauschte kurze Zeit, sagte: »Er ist hier, Maurice«, und öffnete die Tür.

Kemp-Lore ging als erster hinaus, gefolgt von Gordon und entweder Dan oder Paul, die sich sehr ähnlich sahen. Das Empfangskomitee war jetzt weit eindrucksvoller als bei mir. Ich lächelte, als ich mir überlegte, was meine Mutter dazu gesagt haben würde.

Einer der Assistenten mit Sportsakko bot mir die Sandwiches an. »Nein?« sagte er. »Ja ja, so geht's vielen Leuten vorher. Nachher haben Sie bestimmt Hunger.« Er legte zwei Sandwiches aufeinander und riß den Mund auf, um hineinzubeißen.

Die Stimme Kemp-Lores war auf dem Korridor zu hören, dazwischen eine rauhe Stimme mit nasalem Klang. Ich fragte mich, wer der zweite Gast sein würde, und ob ich ihn kannte. An der Tür blieb Kemp-Lore respektvoll stehen, um seinen Gast eintreten zu lassen. Meine gute Stimmung flaute ab. Bauch und Hornbrille vorantragend, ließ sich Mr. John Ballerton in das Zimmer begleiten. Kemp-Lore stellte ihm seine Kollegen und Untergebenen vor.

»Und Rob Finn kennen Sie natürlich?« sagte er.

Ballerton nickte mir aus der Entfernung zu, ohne meinen Blick zu erwidern. Offensichtlich ärgerte er sich immer noch darüber, daß ich ihn neben Arts Leiche sein Essen hatte von sich geben sehen. Vielleicht wußte er auch, daß ich das den anderen Jockeis nicht verheimlicht hatte.

»Ich glaube, es ist Zeit, daß wir ins Studio gehen«, meinte Kemp-Lore und sah Gordon fragend an, der ihm zunickte.

Dann marschierten alle auf den Korridor hinaus, und als ich am Tisch vorbeikam, bemerkte ich, daß auf den Tellern nur noch ein paar Büschel Petersilie und Brotkrümel lagen.

Das kleine Studio beherbergte eine Unmenge von Kameras, die dicke Kabel auf dem Boden hinter sich herzogen. Auf der einen Seite befand sich eine niedrige, mit einem Teppich bedeckte Plattform mit drei Stühlen und einem Kaffeetisch. Er trug drei Tassen, Milchkännchen und Zuckerschale, drei leere Kognakschwenker, eine silberne Zigarettendose und zwei große gläserne Aschenbecher.

Kemp-Lore führte Ballerton und mich hinüber.

»Wir wollen einen möglichst legeren Eindruck erwecken«, sagte er freundlich, »als hätten wir gerade das Essen hinter uns und unterhielten uns bei Kaffee, Kognak und Zigarren.«

Er bat Ballerton auf dem linken und mich auf dem rechten Stuhl Platz zu nehmen und setzte sich dann zwischen uns. Seitlich vor uns stand ein Monitor, dessen Bildschirm dunkel war, und eine ganze Batterie von Kameras gruppierte sich im Halbkreis um uns, die drohenden dunklen Objektive auf uns gerichtet.

Gordon und seine Assistenten beschäftigten sich eine Weile mit ihren Scheinwerfern, die uns ein paar Sekunden lang grell anstrahlten, dann wurde die Tonüberprüfung vorgenommen, während wir drei vor den leeren Tassen gestelzt Konversation betrieben.

Als Gordon zufrieden war, kam er herüber. »Ihr müßt alle geschminkt werden«, sagte er. »Maurice, Sie machen das wie üblich? Mr. Ballerton und Mr. Finn, ich zeige Ihnen, wo Sie hingehen müssen.«

Er führte uns in einen kleinen Raum in einer Ecke des Studios, wo uns zwei Mädchen in rosa Mänteln mit mechanischem Lächeln erwarteten.

»Es dauert nicht lang«, sagten sie und strichen farbige Creme auf unsere Gesichter. »Nur ein bißchen nachdunkeln unter den Augen . . . so. Und jetzt Puder . . .« Sie betupften uns mit Watte und stäubten ab, was zuviel haften blieb. »Das wär's.«

Ich schaute in den Spiegel. Das Make-up verwischte die Umrisse des Gesichts und ließ die Haut weicher erscheinen. Ich war nicht sehr begeistert davon.

»Ohne sehen Sie auf dem Bildschirm wie krank aus«, versicherten uns die Mädchen. »Sie brauchen Make-up, um natürlich und gesund zu wirken.«

Ballerton runzelte die Stirn und beschwerte sich, als eine der jungen Damen seine Glatze bepuderte.

»Sie glänzt sonst stark, verstehen Sie?« meinte sie höflich.

Er sah, daß ich ihn angrinste, und wurde wütend; unter dem Make-up begann sich seine Haut zu röten. Spaß auf seine Kosten gab es bei ihm nicht, ich hätte es eigentlich wissen müssen. Ich seufzte. Das war jetzt das zweitemal, daß ich ihn in einer, wie er es empfinden mußte, unangenehmen Situation beobachtet hatte, und obwohl mir keineswegs daran gelegen war, ihn zu ärgern, schien mir das doch gründlich gelungen zu sein.

Wir kehrten ins Studio zurück, und Kemp-Lore bat uns, doch wieder unsere Plätze einzunehmen.

»Ich erkläre Ihnen kurz den Ablauf der Sendung, damit Sie wissen, was Sie erwartet. Nach der Eröffnungsmusik, gleich zu Anfang, werde ich mich zuerst mit Ihnen unterhalten, John, und zwar ungefähr so, wie wir es besprochen haben. Anschließend wird uns Rob erzählen, was sich bei ihm so tut, wir haben einen Film über das Rennen, in dem Sie dabei waren, Rob, den wir als Illustration verwenden, und ich möchte ihn ziemlich zu Anfang bringen. Er wird da drüben auf dem Bildschirm laufen.« Er zeigte auf einen Monitor. »In den Schlußminuten wird John Gelegenheit haben, Ihre Bemerkungen zu kommentieren, und Sie können abschließend noch ein paar Worte sagen. Wir werden ja sehen, wie es läuft. Die Hauptsache ist, daß man möglichst natürlich spricht. Ich habe Ihnen ja schon erklärt, daß zu vieles Proben die Spontaneität einer Sendung beeinträchtigt. Der Erfolg der nächsten Viertelstunde hängt letzten Endes nur von Ihnen ab. Ich bin überzeugt davon, daß Sie sich beide großartig halten werden.« Er beendete seinen Aufputschungsvortrag mit einem fröhlichen Lächeln, und ich war in der Tat recht zuversichtlich gestimmt.

Einer der Sportsakko-Assistenten stieg auf die Plattform, in einer Hand eine Kaffeekanne, in der anderen eine Kognakflasche. Er goß dampfenden schwarzen Kaffee in die drei Tassen und stellte die Kanne auf das Tablett. Dann zog er den Korken aus der Flasche und befeuchtete den Boden der großen Schwenker.

»Wir sparen keine Kosten und Mühen«, rief er fröhlich. Er nahm drei Zigarren aus der Brusttasche des Sportsakkos und bot sie uns an. Ballerton nahm sich eine, roch daran, rollte sie zwischen den Fingern und zwang seinem mürrischen Mund die Andeutung eines Lächelns ab.

»Zwei Minuten«, rief eine Stimme. Die Scheinwerfer flammten auf, alles dahinter verschwand wie hinter einem schwarzen Vorhang. Einen Augenblick lang zeigte der Monitor die Tassen in Großaufnahme, dann wurde es dunkel, und das nächste Bild zeigte einen Zeichentrickfilm, mit dem Benzin angepriesen wurde. Wir sahen auf dem Gerät, was im Augenblick gesendet wurde.

»Dreißig Sekunden. Bitte Ruhe, bitte Ruhe«, sagte Gordon.

Es wurde totenstill. Ich warf einen Blick auf den Monitor. Er zeigte gerade einen stummen Werbespot für Seifenflocken. Hinter dem Scheinwerfer nur undeutlich zu erkennen, stand Gordon mit erhobener Hand. Der Kaffee dampfte. Alles wartete. Kemp-Lore setzte das wohlbekannte Lächeln auf und starrte geradeaus in das runde schwarze Objektiv der Kamera. Das Lächeln verharrte zehn Sekunden lang, ohne daß sich ein Muskel bewegte.

Die galoppierenden Pferde auf dem Monitor wurden aufgeblendet, Gordons Hand zuckte nach unten, an der Kamera vor Kemp-Lore glühte ein rotes Lämpchen auf, und er begann zu sprechen, freundlich und intim, direkt in Millionen Wohnzimmer.

»Guten Abend . . . Heute möchte ich Ihnen zwei Männer vorstellen, die beide eng mit dem Hindernisrennsport verbunden sind, aber ihn sozusagen von verschiedenen Polen aus betrachten. Zuerst darf ich Mr. John Ballerton vorstellen . . .« Er baute ihn gut auf, übertrieb aber seine Bedeutung. Das National Hunt Committee hatte noch 49 andere Mitglieder einschließlich Kemp-Lores eigenem Vater, die alle mindestens so aktiv und klug waren wie der dicke Mann, dem die Lobpreisungen wie Öl eingingen. Von Kemp-Lore geschickt geführt, sprach er über seine Pflichten als Aufsichtsperson bei Rennen. Es käme darauf an, sagte er, beide Seiten zu hören, wenn gegen einen Sieger Protest erhoben würde, und das Rennen dem richtigen zuzusprechen und ja, natürlich, auch Jockeis und Trainer wegen kleinerer Verstöße gegen die Regeln zur Rechenschaft zu ziehen und ihnen Geldbußen abzufordern.

Ich beobachtete ihn auf dem Monitor. Ich mußte zugeben, daß er als solider, nüchterner, verantwortlicher Bürger erschien, der das Recht auf seiner Seite hatte. Die dicke Hornbrille verlieh ihm auf dem Bildschirm eine gewisse Autorität, außerdem war seine sonst recht säuerliche Miene einer liebenswürdigen Jovialität gewichen. Niemand, der beobachten konnte, was Kemp-Lore aus ihm herausholte, hätte ihn für den pompösen Angeber gehalten, den wir von der Rennbahn her kannten. Ich begriff endlich, wie er in das National Hunt Committee gewählt worden war.

Bevor ich es erwartete, wandte sich Kemp-Lore mir zu. Ich schluckte krampfhaft. Er lächelte in die Kamera.

»Und jetzt«, sagte er in der Art eines Menschen, der etwas Besonderes anzubieten hat, »stelle ich Ihnen Rob Finn vor. Er ist ein junger Jockei, dessen Karriere eben begonnen hat. Nur wenige von Ihnen werden ihn kennen. Er hat keine großen Rennen gewonnen, keine berühmten Pferde geritten, und deswegen habe ich ihn heute eingeladen, damit er uns einmal zeigen kann, was es bedeutet, in einer derart vom Konkurrenzkampf überschatteten Sportart vorankommen zu wollen . . .«

Das rote Licht an der auf mich gerichteten Kamera glühte. Ich lächelte es idiotisch an. Meine Zunge klebte am Gaumen.

»Zuerst ein kleiner Film, der Finn in Aktion zeigt«, fuhr er fort. »Er ist der Reiter mit der weißen Mütze, in diesem Fall viertletzter.«

Wir sahen auf dem Monitor zu. Ich war nur allzuleicht herauszufinden. Es handelte sich um eines meiner ersten Rennen, und meine Unerfahrenheit war klar zu sehen. In den wenigen Sekunden, die der Film dauerte, rutschte die weiße Mütze zwei Plätze nach hinten, und als Illustration für einen erfolglosen Jockei konnte man sich nichts Besseres vorstellen.

Der Film wurde abgeblendet, und Kemp-Lore sagte lächelnd: »Wie haben Sie angefangen, Jockei zu werden, als Sie sich einmal dafür entschieden hatten?«

»Ich kannte drei Farmer, die ihre eigenen Pferde trainierten, und bat sie, mich an einem Rennen teilnehmen zu lassen«, antwortete ich.

»Und sie waren einverstanden?«

»Ja, am Ende schon«, sagte ich. Ich hätte hinzufügen können: Nachdem ich ihnen versprochen hatte, die Renngebühr zurückzugeben und nicht einmal Spesen zu verlangen. Andererseits war aber die Methode, mit der ich die Farmer überredet hatte, mich reiten zu lassen, nicht mit den Regeln zu vereinbaren.

»Gewöhnlich fangen Sprungpferdjockeis entweder als Amateurhindernisreiter oder als Lehrlinge an«, erklärte Kemp-Lore und wandte sich der Kamera zu, deren rotes Auge sofort aufglühte, »aber soviel ich weiß, war beides bei Ihnen nicht der Fall.«

»Nein«, erwiderte ich. »Ich war schon zu alt, um noch Lehrling werden zu können, und als Amateur konnte ich nicht anfangen, weil ich mit Reiten schon Geld verdient hatte.«

»Als Stallbursche?« Er kleidete die Worte in Frageform, aber an seiner Betonung ließ sich erkennen, daß er eine bejahende Antwort erwartete. Schließlich war das die Herkunft der meisten Jockeis, die so wenige Rennen hinter sich hatten wie ich.

»Nein«, sagte ich.

Er wartete darauf, daß ich weitersprach, die Brauen vor Überraschung etwas hochgezogen, eine Spur von Besorgnis im Gesicht. Ja, dachte ich amüsiert, du hast ja nicht zuhören wollen, als ich sagte, daß ich nicht typisch bin, und wenn meine Antworten dir jetzt nicht passen, kann ich es nicht ändern.

»Ich war eine Reihe von Jahren nicht in England«, erzählte ich. »Ich habe mich in der Welt herumgetrieben, verstehen Sie? Ich war in Australien und Südamerika. Die meiste Zeit habe ich bei Viehzüchtern gearbeitet, aber ein Jahr war ich in Neu-Südwales als Gehilfe bei einer Reiterschau. Zehn Sekunden auf einem ungezähmten Mustang und was dergleichen mehr ist.« Ich grinste.

»Oh.« Die Brauen stiegen noch ein wenig höher, und es gab eine deutliche Pause, bevor er sagte: »Das ist aber interessant.« Seine Stimme klang, als sei es ihm ernst. Er sagte: »Schade, daß wir nicht mehr Zeit haben, uns von Ihren Erfahrungen berichten zu lassen, aber ich möchte den Zuschauern ein Bild der finanziellen Position eines Jockeis in Ihrer Lage geben . . . der versucht, mit einem oder zwei Rennen in der Woche sich seinen Lebensunterhalt zu verdienen. Sie bekommen pro Rennen zehn Pfund, nicht wahr . . .«

Er sprach in einiger Ausführlichkeit über meine Finanzen, die nicht sehr beachtlich klangen, wenn man sie in Reisespesen, Gebühren für Mietleistungen, Ersatz von Ausrüstungsgegenständen und so weiter zergliederte. Es ergab sich ganz klar, daß mein Nettoeinkommen in den letzten beiden Jahren geringer war, als wenn ich einen Lastwagen gesteuert hätte, und daß es um meine Zukunftsaussichten nicht viel besser bestellt war. Ich konnte beinahe spüren, wie den Zuschauern klar wurde, daß ich ein Narr war.

Kemp-Lore wandte sich an Ballerton.

»John, haben Sie zu Robs Bemerkungen noch etwas zu sagen?«

Eine Spur hinterhältigen Vergnügens verwandelte Ballertons Autoritätslächeln.

»Diese jungen Jockeis beklagen sich viel zu sehr«, erklärte er mit rauher Stimme, die Tatsache ignorierend, daß ich mich überhaupt nicht beklagt hatte. »Wenn sie in ihrem Beruf nicht sehr viel taugen, dürfen sie auch nicht erwarten, daß sie viel bezahlt bekommen. Die Pferdebesitzer wollen ihr Geld nicht zum Fenster hinauswerfen und auch nicht die Chancen ihrer Pferde vergeuden, indem sie Jockeis anstellen, zu denen sie kein Vertrauen haben. Ich spreche hier natürlich auch als Pferdebesitzer.«

»Äh . . . natürlich«, sagte Kemp-Lore. »Aber jeder Jockei muß doch irgendwann einmal anfangen, und es muß doch auch eine große Anzahl von Jockeis geben, die niemals an die Spitze gelangen, aber sich den Lebensunterhalt verdienen und ihre Familie versorgen müssen.«

»Sie wären in einer Fabrik besser dran, an einem Fließband, wo sie ordentlich verdienen«, sagte Ballerton mit schwerfälligem Humor. »Wenn sie es nicht ertragen können, erfolglos zu sein, ohne dauernd zu jammern, wie arm sie sind, sollten sie den Rennsport überhaupt sein lassen. Die meisten tun es nicht«, fügte er mit gehässigem Lachen hinzu, »weil es ihnen Spaß macht, die farbenfrohe Rennkleidung zu tragen, die Leute starren ihnen nach, und das tut den kleinen Geistern wohl.«

Irgendwo im dunklen Studio atmete bei diesem wenig gentlemanhaften Tiefschlag jemand hörbar ein, und aus den Augenwinkeln sah ich, daß die rote Lampe an der auf mich gerichteten Kamera glühte. Welchen Gesichtsausdruck sie bei mir ursprünglich eingefangen hatte, wußte ich nicht, aber ich produzierte ein Lächeln, nur für Mr. Ballerton, so süß und fröhlich und vergebend wie nur irgend möglich. Es fiel mir leichter angesichts der sicheren Erkenntnis, daß das Tragen von grellfarbigen Hemden mir von jeher ein Greuel war.

Kemp-Lores Kopf zuckte zu mir herüber. »Und was sagen Sie dazu, Rob?«

Ich reagierte wahrheitsgemäß, heftig und ohne zu überlegen. »Geben Sie mir ein Pferd und ein Rennen, dann ist es mir egal, ob ich Seidenblusen oder . . . oder . . . Pyjamas trage. Es ist mir egal, ob jemand zusieht oder nicht. Es ist mir egal, ob ich viel Geld verdiene oder mir die Knochen breche oder hungern muß, um mein Gewicht zu halten. Worauf es mir ankommt, ist der Rennsport ... das Rennen ... und das Gewinnen, wenn's geht.«

Es blieb kurze Zeit still.

»Ich kann's nicht erklären«, sagte ich.

Beide starrten mich an. John Ballerton machte ein Gesicht, als sei eine zerquetschte Wespe wieder lebendig geworden, um ihn zu stechen, und seine Animosität mir gegenüber schien sich zu verfestigen. Und Kemp-Lore? Sein Gesicht hatte einen Ausdruck, den ich nicht zu deuten vermochte. Es gab nur ein paar leere Sekunden, bevor er sich der Kamera wieder zuwandte und das vertraute Lächeln aufsetzte, aber irgendwie hatte ich das Gefühl, daß in dieser kurzen Zeit etwas Wichtiges geschehen war. Ich empfand es als außerordentlich störend, nicht die geringste Ahnung zu haben, worum es ging.

Kemp-Lore begann mit der üblichen Vorschau auf die Rennen der kommenden Woche und schloß mit den allseits bekannten Worten: »Auf Wiedersehen nächste Woche um dieselbe Zeit ...«

Das Bild auf dem Monitor blendete Kemp-Lores Lächeln aus und setzte an seine Stelle eine Seifenreklame. Der heiße Scheinwerfer wurde abgeschaltet. Meine Augen waren von der blendenden Helligkeit erlöst.

Gordon kam strahlend auf uns zu. »Eine ausgezeichnete Sendung. Genau das wollen die Leute, eine Diskussion mit ein bißchen Würze. Gut gemacht, gut gemacht, Mr. Ballerton, Mr. Finn. Großartig.« Er drückte uns beiden die Hand.

Kemp-Lore stand auf, reckte sich und lächelte uns alle an. »So, John. Fein, Rob. Ich darf mich recht herzlich bei Ihnen beiden bedanken.« Er bückte sich, nahm mein Kognakglas und gab es mir. »Trinken Sie doch«, sagte er. »Sie haben es sich verdient.«

Ich lächelte auch, trank den Kognak und staunte wieder über seine einmalige Geschicklichkeit. Indem er Ballerton dazu gebracht hatte, mich anzugreifen, war mir vor ein paar Millionen fremder Menschen eine freimütigere Feststellung entlockt worden, als ich sie je gegenüber einem engen Freund gemacht hätte.

Man klopfte sich gegenseitig auf die Schultern und leerte ein paar Teller Sandwiches unten im Empfangsraum, bevor ich das Studio verließ und nach Kensington zurückfuhr. Wenn man sich überlegte, wieviel Anerkennung, mochte sie auch unverdient sein, Ballerton und mir nach der Sendung gezollt worden war, fand ich es doch merkwürdig, daß ich mich unruhiger fühlte als vor der ganzen Geschichte.

6

Drei Wochen und einen Tag nach der Sendung brach sich Pip Pankhurst ein Bein. Sein Pferd, das an einem trüben, regnerischen Samstagnachmittag mitten im November, am letzten Hindernis im zweiten Rennen, auf ihn stürzte, sorgte mit aller Gründlichkeit dafür, daß der Champion für den Großteil der Rennsportsaison außer Gefecht war.

Die neben dem Hindernis stationierten Sanitäter schoben ihn äußerst vorsichtig in den Krankenwagen, weil es sich um einen komplizierten Unterschenkelbruch handelte, bei dem der Schienbeinknochen durch die Haut gedrungen war; auf die Bahre hatten sie ihn nur heben können, weil Pip das Bewußtsein verlor, wie mir einer der Sanitäter später erzählte.

Von der Tribüne aus sah ich nur die weiße Fahne winken, den Krankenwagen übers Gelände holpern und die ausgestreckte, reglose Gestalt Pips auf dem Boden. Es wäre gelogen, wenn ich behaupten wollte, daß ich voll innerer Gelassenheit die Treppe zum Wiegeraum hinunterstieg. So ehrlich auch mein Mitleid über sein Unglück sein mochte, die vage Chance, daß ich im nächsten Rennen an seine Stelle treten könnte, trieb meinen Pulsschlag an.

Es war das große Rennen des Tages, das große Rennen der Woche, ein Drei-Meilen-Jagdrennen mit einem von einer Brauereifirma gestifteten beachtlichen Preis. Es hatte eine große Zahl von erstklassigen Pferden angezogen und war auf den Sportseiten aller Tageszeitungen ausführlich besprochen worden. Pips Pferd, das Lord Tirrold gehörte, war der aufsteigende Stern des Axminster Stalls, ein sechs Jahre alter brauner Wallach, der auf den ersten Blick nicht viel herzugeben schien, jedoch intelligent, schnell und kampflustig war. Er besaß alle Vorzüge, die man sich von einem Rennpferd wünschen konnte, und seine besten Jahre lagen noch vor ihm. Im Augenblick galt er noch als ›vielversprechend‹.

Er hieß Template.

Hoffnungen unterdrücken zu wollen, ist ein hoffnungsloses Unterfangen. Als ich den Wiegeraum betrat, sah ich James Axminster mit Pips bestem Freund, einem Ranglistenjockei, sprechen. Der Jockei schüttelte den Kopf, und von weitem sah ich seine Lippen die Worte formen: »Nein, ich kann nicht.«

Axminster drehte sich langsam um und sah die Gesichter der anderen Jockeis der Reihe nach an. Ich blieb stehen und wartete. Schließlich blieb sein Blick auf mir ruhen. Dann ging er vorbei und blieb auf jemandem links von mir haften. Axminster traf seine Entscheidung und ging hinaus.

Na ja, was hatte ich erwartet? Ich war erst vier Wochen bei ihm. Drei Siege, ein dutzendmal Fernerliefen. In den letzten vierzehn Tagen hatte ich mir in dem Ort bei seinem Stall ein Zimmer genommen und jeden Morgen seine Pferde spazierengeritten, aber ich war immer noch der Neue, der unbekannte, erfolglose Jockei aus der Fernsehsendung. Bedrückt ging ich in Richtung Umkleideraum.

»Rob«, sagte er mir ins Ohr. »Lord Tirrold ist einverstanden, daß Sie sein Pferd reiten. Sagen Sie Pips Burschen Bescheid, er hat die Sachen.«

Ich drehte mich halb herum. Sie standen beieinander, die beiden großen Männer, betrachteten mich abschätzend, weil sie wußten, daß sie mir die Chance eines Lebens gaben, obwohl sie sicher sein konnten, daß ich sie nutzen würde.

»Jawohl, Sir«, antwortete ich und betrat den Umkleideraum, auf eigenartige Weise durch den Glauben, übergangen worden zu sein, gekräftigt.

Ich ritt besser als je zuvor, aber das lag wohl daran, daß Template das beste Pferd war, das ich je geritten hatte. Er ging fehlerlos und schnell, und sein Raketenstart über das erste Hindernis benahm mir den Atem, aber beim zweiten war ich schon darauf vorbereitet, beim dritten begeistert, und als ich das vierte Hindernis hinter mir hatte, wußte ich, daß ich einer ganz neuen Dimension des Rennsports teilhaftig geworden war.

Weder Axminster noch Lord Tirrold hatten mir auf dem Sattelplatz Anweisungen gegeben. Sie waren zu sehr in Sorge um Pip, den sie gerade kurz besucht hatten. Der Anblick seines gebrochenen Beins hatte sie sehr mitgenommen.

Axminster sagte nur: »Tun Sie, was Sie können, Rob«, und

Lord Tirrold, ungewöhnlich taktlos für einen sonst so diplomatischen Mann, sagte: »Ich hab' heute früh hundert auf Template gesetzt. Na ja, es ist wohl schon zu spät, einen Rückzieher zu machen.« Als er mein verlegenes Lächeln sah, fügte er hinzu: »Verzeihung, Rob. Ich bin überzeugt davon, daß Sie sich großartig halten.« Aber er schien nicht allzuviel von mir zu halten.

Während der Rennverlauf ständig wechselte, konzentrierte ich mich einzig darauf, Template im Feld der zwölf Starter an vierter Position zu halten. Weiter zurückzuhängen hätte bedeutet, daß er am Schluß des Rennens zuviel hätte leisten müssen, und stärker anzuziehen, daß man nicht sehen konnte, wie gut oder schlecht sich die anderen hielten. Template sprang aus eigenem Antrieb am vorletzten Hindernis auf den dritten Platz und zeigte noch keinerlei Ermüdungserscheinungen. Vor dem letzten Hindernis trieb ich ihn nach außen, damit er gute Sicht hatte und trieb ihn an. Er beschleunigte sofort und drückte so weit vor dem Hindernis ab, daß ich einen herzlähmenden Augenblick lang dachte, er müsse mitten auf den Stangen landen, aber ich hatte seine Kraft unterschätzt. Er landete weit hinter dem Hindernis, sammelte sich ohne Zögern und raste auf das Ziel zu.

Eines der beiden noch vor uns befindlichen Pferde war mitten in der Luft überholt worden. Nur noch ein dunkler Fuchs mußte geschlagen werden. Nur. Nur der Favorit, der Tip der Kritiker, Öffentlichkeit und Presse. Keine Schande, dachte ich, nur von ihm geschlagen zu werden. Ich preßte Template die Knie in die Seite und tippte ihn mit der Peitsche an. Ich stellte fest, daß er nicht mehr brauchte, um alles in die Waagschale zu werfen. Er streckte den Hals, griff weit aus, und ich kniete auf seinem Widerrist, preßte die Schenkel zusammen, paßte mich seinem Rhythmus an und hielt die Peitsche still, aus Angst, ihn zu stören.

Fünf Längen vor dem Ziel schob er den Kopf vor den Fuchs und ließ sich nicht mehr einholen.

Ich war fast zu erschöpft, um den Sattel abzuschnallen. Als wir den Siegerplatz betraten, applaudierten die Leute, ich sah nur strahlende Gesichter und hörte nur Lobpreisungen. Aber ich fühlte mich zu schwach und atemlos, um sie genießen zu können. Noch kein Rennen hatte mir soviel abverlangt oder auch soviel gegeben.

Zu meiner Überraschung waren Lord Tirrold und Axminster

fast unnatürlich ruhig. »Hat also doch geklappt«, sagte Axminster mit schwachem Lächeln.

»Ein phantastisches Pferd«, sagte ich begeistert.

»Ja«, gab Lord Tirrold zu, »das ist wahr.« Er tätschelte Template den Hals.

»Na, dann machen Sie sich auf die Socken, Rob«, sagte Axminster. »Gehen Sie 'rein zum Wiegen. Sie dürfen keine Zeit verlieren. Sie reiten im nächsten und übernächsten Rennen.«

Ich starrte ihn an. »Was haben Sie denn gedacht?« meinte er. »Pip fällt für Monate aus, ich habe Sie als Ersatzmann für ihn hereingenommen, und Sie reiten für ihn, bis er wieder da ist.«

Manche Leute riechen noch nach Lavendel, wenn sie aus der Kanalisation steigen«, sagte Tick-Tock.

Er wartete nach dem Abschluß der Rennen, bis ich mich umgezogen hatte.

»Vor sechs Wochen hast du um ein paar Ritte gebettelt. Dann trittst du als Versager im Fernsehen auf und machst allen Leuten klar, daß du keiner bist. In den Sonntagszeitungen stehen ganze Seiten über dich, und sogar die ›Times‹ befaßt sich mir dir. Jetzt schaffst du den Sprung vom Ersatzmann zum Star, aber schon tüchtig. Drei Siege an einem Nachmittag! Du hast vielleicht Nerven.«

Ich grinste ihn an. »Einmal rauf, einmal runter. Du kannst mich dann später wieder einmal trösten.« Ich fand meine Krawatte, bürstete mir das Haar und starrte im Spiegel das eingebildete Lächeln an, das ich von meinem Gesicht nicht wegbrachte. So ein Tag kommt nicht gleich wieder, dachte ich mir.

»Los, wir besuchen Pip«, sagte ich abrupt und drehte mich um.

»Okay.« Wir erkundigten uns bei den Sanitätern, wohin man Pip gebracht hatte, und da sie auf dem Rennplatz sowieso nichts mehr zu tun hatten, nahmen sie uns in der Ambulanz ins Krankenhaus mit. Erst durch sie erfuhren wir, wie ernst die Verletzung war.

Wir sahen Pip nur für einen Augenblick. Er lag in einem Kämmerchen in der Unfallstation, bis zum Hals zugedeckt. Eine Krankenschwester erklärte uns, daß er gleich in den Operationssaal gefahren werde. Wir dürften den Patienten nicht stören, weil er schon eine Spritze bekommen habe.

»Aber Sie können ihm schnell guten Tag sagen«, meinte sie, »weil Sie schon hier sind.«

Zu mehr reichte es tatsächlich nicht. Pip sah furchtbar blaß aus, und seine Augen wirkten schlaftrunken, aber er sagte: »Wer hat das Große Rennen gewonnen?«

»Template«, erwiderte ich beinahe reumütig.

»Sie?«

Ich nickte. Er lächelte schwach. »Sie reiten also jetzt den ganzen Haufen.«

»Ich halt' nur den Platz warm für Sie«, meinte ich. »Es wird nicht lang dauern.«

»Drei Monate.« Er schloß die Augen. »Verfluchte drei Monate.«

Die Krankenschwester kam mit einem fahrbaren Bett und zwei Pflegern zurück und bat uns, jetzt zu gehen. Wir warteten in der Halle und sahen, wie Pip in den Aufzug gefahren wurde.

»Bei einem offenen Bruch dauert es mindestens vier Monate«, sagte Tick-Tock. »Er kann gerade für das Cheltenham-Rennen im März wieder auf den Beinen sein. Noch rechtzeitig, um dir alle Pferde wegzunehmen und dir die Chance im Championat und dem Gold Cup zu nehmen.«

»Kann man nichts machen«, sagte ich. »Man muß fair sein. Und bis dahin kann alles Mögliche passieren.«

Ich vermutete, daß Axminster Schwierigkeiten hatte, seinen Auftraggebern begreiflich zu machen, daß ich in der Lage war, an Pips Stelle zu treten, weil ich nicht alle Pferde aus dem Stall ritt, jedenfalls zunächst nicht. Aber als die Wochen vergingen und ich keine ernsthaften Schnitzer zu machen schien, wurden andere Jockeis immer seltener eingesetzt. Ich gewöhnte mich daran, meinen Namen ständig auf den Anzeigetafeln zu lesen, drei oder vier Rennen pro Tag zu reiten, zufrieden und erschöpft in mein Zimmer zurückzukehren und am nächsten Morgen energiegeladen und begeistert zu erwachen. In mancher Hinsicht gewöhnte ich mich sogar ans Gewinnen. Es war keine Seltenheit mehr für mich, auf den Siegerplatz geführt zu werden, begeisterten Besitzern zuzuhören oder mein Bild in den Sportzeitungen zu sehen.

Ich begann, eine Menge Geld zu verdienen, gab aber nur wenig aus. Im Hintergrund stand stets die Erkenntnis, daß meine Wohlhabenheit zeitgebunden war.

Pips Bein heilte gut. Tick-Tock und ich beschlossen jedoch, uns gemeinsam einen Wagen zu kaufen. Es war ein cremefarbener Mini-Cooper aus zweiter Hand, der relativ wenig Benzin brauchte und in der Ebene eine Spitze von hundertzwölf km/h erreichte. Ein Bekannter Tick-Tocks, der eine Werkstätte hatte, empfahl ihn uns.

»Jetzt brauchen wir nur noch getigerte Sitzbezüge und zwei Blondinen im Fond«, meinte Tick-Tock, als wir das kleine Fahrzeug vor meiner Wohnung wuschen, »dann können wir jederzeit als Titelbild in der ›Eleganten Welt‹ erscheinen.« Er klappte die Motorhaube hoch und sah sich mindestens zum zehntenmal den Motor an. »Wirklich einmalig, diese Konstruktion«, sagte er begeistert. Gute Konstruktion hin, gute Konstruktion her, der kleine Wagen machte uns alles viel leichter. Schon nach vierzehn Tagen konnte ich mir nicht mehr vorstellen, wie wir ohne ihn ausgekommen waren. Tick-Tock behielt ihn bei sich, elf Kilometer entfernt, in der Nähe des Stalls, den er ritt, und holte mich ab, falls Axminster mich nicht selbst in seinem Wagen zum Rennplatz fuhr. Die Renn-Sonderzüge fuhren nun ohne uns, während wir an den dunklen Dezembernachmittagen in unserer gemütlichen Schachtel auf Rädern nach Hause brausten.

Während die Götter das Glück auf mein Haupt häuften, ging es anderen nicht so gut. Grant hatte für den Faustschlag weder eine Erklärung noch eine Entschuldigung angeboten. Seit jenem Tag sprach er kein Wort mit mir, aber da er gleichzeitig darauf verzichtet hatte, sich meine Sachen auszuleihen, hatte ich nichts dagegen. Er zog sich mehr und mehr in sich selbst zurück. Der innerliche Vulkan von Gewalttätigkeit zeigte sich nur in der Starrheit seines Körpers und den aufeinandergepreßten Lippen. Er haßte es, berührt zu werden, und fuhr drohend herum, falls ihn jemand im Umkleideraum versehentlich anstieß. Da mein Platz meistens neben dem seinen war, hatte es mehrmals einen Zusammenprall gegeben, weil sich das bei den engen Räumlichkeiten einfach nicht vermeiden ließ, und der grimmige Blick, den er mir bei diesen Gelegenheiten zuwarf, trieb mir eine Gänsehaut über den Rücken.

Ich war aber nicht der einzige, mit dem er nicht mehr redete. Er sagte überhaupt nicht mehr viel. Die Trainer und Pferdebesitzer, die ihn noch einsetzten, brachten ihn weder dazu, vorher über ein Rennen zu sprechen noch nachher zu erklären, was passiert war. Er hörte sich die Anweisungen stumm an und überließ es dem Trainer, sich mit Hilfe des Fernglases selbst darüber zu informieren, wie das Pferd gelaufen war. Wenn er etwas sagte, dann mit einem solchen Schwall von unflätigen Schimpfworten, daß sogar die abgehärteten Männer im Umkleideraum verlegene Blicke wechselten.

Seltsamerweise hatte sich Grants Reittalent jedoch nicht zusammen mit seinem Charakter verschlechtert. Er ritt rauh und brutal wie immer, aber er begann seinen Zorn an den Pferden auszulassen, und im November wurde er zweimal wegen übermäßigen Gebrauchs der Peitsche verwarnt. Die betreffenden Pferde waren mit großen roten Striemen an den Flanken aus dem Rennen zurückgekommen.

Was mich betraf, so brach der Oldfield-Vulkan eines kalten Nachmittags im Parkplatz für Jockeis und Trainer am Rennplatz Warwick aus. Ich kam spät von der Bahn, weil ich das letzte Rennen gewonnen hatte, und von dem begeisterten Besitzer, einem meiner Farmer, in die Bar eingeladen worden war. Tick-Tock war auf einer anderen Rennbahn, und ich hatte den Wagen. Bis ich auf den Parkplatz kam, war er, abgesehen von dem Mini-Cooper und einem Wagen, der ziemlich in der Nähe stand, und zwei oder drei Autos weiter unten, völlig leer.

Ich ging, immer noch zufrieden lächelnd, auf den Mini zu und sah Grant erst, als ich fast vor ihm stand. Ich kam von hinten an die Fahrzeuge heran, und Grants Wagen stand rechts neben dem Mini-Cooper. Das linke Hinterrad lag im Gras inmitten einer Reihe von Werkzeugen. Ein Wagenheber stemmte die Hinterachse seiner schwarzen Limousine hoch, und er kniete davor, das Reserverad in der Hand.

Er sah mich kommen, er sah mich lächeln, und er glaubte, ich lache ihn aus, weil er eine Panne hatte. Ich konnte sehen, wie unbezähmbare Wut in ihm hochstieg. Er stand auf und starrte mich an, die Schultern eingezogen, die Arme herabhängend. Dann beugte er sich vor und hob aus dem Werkzeugwust einen Reifenheber auf. Er ließ ihn durch die Luft pfeifen, ohne den Blick von meinem Gesicht zu nehmen.

»Ich helf' Ihnen beim Reifenwechsel, wenn Sie wollen«, sagte ich mild.

Statt einer Antwort trat er einen Schritt zur Seite, schwang den Arm hoch und zertrümmerte mit dem Reifenheber das Heckfenster des Mini-Cooper. Das Glas fiel klirrend in den Wagen, und nur ein gezackter Rand im Rahmen blieb übrig.

Tick-Tock und ich hatten den Wagen erst knappe drei Wochen. Mir schoß das Blut ins Gesicht, und ich trat einen Schritt auf Grant zu, um meinen kostbaren Besitz vor weiterem Schaden zu behüten. Er drehte sich um und hob den Reifenheber wieder.

»Legen Sie das weg«, sagte ich und blieb stehen. Wir waren noch eineinviertel Meter voneinander entfernt. Er rief mir etwas Ordinäres zu.

»Machen Sie keinen Blödsinn, Grant«, sagte ich. »Legen Sie das Ding weg und kümmern Sie sich um Ihren Reifen.«

»Sie –«, sagte er. »Sie haben mir die Stellung geklaut.«

»Nein«, entgegnete ich. Es war zwecklos, noch etwas hinzuzufügen, nicht zuletzt, weil ich mich ganz auf seine Bewegungen konzentrieren wollte, für den Fall, daß er mich niederzuschlagen versuchte.

Seine Augen über den hervortretenden Backenknochen waren rotgerändert. Die Nasenflügel blähten sich. Mit seinem verzerrten Gesicht, der beinahe tierischen Wut und dem hocherhobenen Reifenheber sah er ziemlich gefährlich aus.

Er ließ das Eisen auf meinen Kopf niedersausen. Ich glaube, daß er in diesem Augenblick wirklich übergeschnappt sein mußte, denn wenn er getroffen hätte, wäre ich ohne jeden Zweifel tot gewesen, und er konnte nicht hoffen, unentdeckt davonzukommen. Aber für vernünftige Gedanken war bei ihm kein Raum mehr.

Ich sah seinen Arm den Bruchteil einer Sekunde vor dem Niederfallen hochzucken und hatte Zeit, zur Seite zu springen. Der Eisenstab pfiff an meinem rechten Ohr vorbei. Der Arm fuhr wieder hoch, zielte erneut nach mir. Ich tauchte darunter hinweg, und diesmal lag sein Körper ungedeckt vor mir. Ich machte einen Schritt auf ihn zu und schlug ihm die Faust hart in die Magengrube. Er ächzte, als ihm die Luft wegblieb, der Arm mit dem Reifenheber fiel herunter, und sein Kopf kippte nach vorn. Ich tat einen halben Schritt nach rechts und knallte ihm die Handkante an den Hals. Er fiel auf Hände und Knie, dann streckte er sich schlaff im Gras aus. Ich nahm ihm den Reifenheber ab und stellte ihn zu dem anderen Werkzeug in eine Ledertasche, dann legte ich das Ding in den Kofferraum seines Wagens.

Es war kalt geworden, und die frühe Dämmerung verdunkelte

alle Farben zu Schwarz und Grau. Ich kauerte neben Grant nieder. Er war halbwegs bei Bewußtsein, atmete schwer und stöhnte. Mit dem Mund an seinem Ohr sagte ich leichthin: »Grant, warum hat Axminster Sie hinausgeworfen?«

Er murmelte etwas vor sich hin, was ich nicht verstehen konnte. Ich wiederholte die Frage. Er schwieg. Ich seufzte und stand auf. Es war nur ein Versuch gewesen.

Dann sagte er deutlich: »Er hat behauptet, ich hätte die Nachricht weitergegeben.«

»Welche Nachricht?«

»Die Nachricht weitergegeben«, sagte er jetzt schon undeutlicher.

Ich bückte mich und fragte ihn wieder: »Welche Nachricht?«

Seine Lippen bewegten sich zwar, aber er sagte nichts mehr.

Ich entschied, daß ich trotz allem nicht einfach wegfahren und ihn hier in der Kälte liegenlassen konnte. Ich holte die Werkzeugtasche wieder heraus und brachte das Reserverad an. Dann pumpte ich den Reifen auf, kurbelte den Wagenheber herunter und warf ihn zusammen mit dem Werkzeug und dem platten Reifen in den Kofferraum.

Grant war immer noch nicht ganz bei sich. Ich wußte, daß ich ihn nicht so hart getroffen hatte, um einen derartigen Zustand hervorzurufen, und stellte mir vor, daß sein gestörter Verstand vielleicht diesen Ausweg benützte, um der Realität auszuweichen. Ich bückte mich, schüttelte ihn und rief seinen Namen. Er schlug die Augen auf. Für den Bruchteil einer Sekunde schien es, als lächle mich der alte Grant aus ihnen an, dann fluteten Groll und Bitterkeit in sie zurück, als er sich erinnerte, was geschehen war. Ich half ihm, sich aufzusetzen, und lehnte ihn an seinen Wagen. Er sah völlig erschöpft aus.

»O Gott«, sagte er, »o Gott.« Es klang wirklich wie ein Gebet und kam aus einem Mund, der sonst nur zu fluchen pflegte.

»Wenn Sie einen Psychiater aufsuchen würden, könnte man Ihnen vielleicht helfen«, meinte ich ruhig.

Er erwiderte nichts, wehrte sich aber auch nicht, als ich ihm in den Mini-Cooper half. Er war nicht in der Lage, sein Fahrzeug zu steuern, und es gab hier auch keinen, der sich um ihn kümmern konnte. Ich fragte ihn, wo er wohnte, und er sagte es mir. Sein Wagen war jetzt hier sicher, und ich sagte ihm, daß er ihn am nächsten Tag abholen könne. Er erwiderte nichts.

Zum Glück wohnte er nur fünfzig Kilometer entfernt, und ich hielt nach seiner Anweisung an einem Zweifamilienhaus am Rand einer kleinen Stadt. Die Fenster waren dunkel.

»Ist Ihre Frau nicht da?« fragte ich.

»Sie hat mich verlassen«, sagte er geistesabwesend. Dann biß er die Zähne zusammen und sagte: »Kümmern Sie sich um Ihren eigenen Dreck.« Er riß die Tür auf, stieg aus und knallte sie zu. Er brüllte: »Lassen Sie mich in Ruhe mit Ihrer Säuselei und scheren Sie sich zum Teufel. Ich brauche Ihre Hilfe nicht, Sie –« Er schien in den früheren Gemütszustand verfallen zu sein, was bedauerlich war, aber da es keinen Zweck hatte, mir seine Beschimpfungen anzuhören, fuhr ich davon. Ich kam aber nur einen Kilometer weit, bevor ich erkannte, daß man ihn in einem leeren Haus nicht allein lassen durfte.

Ich befand mich mitten in der kleinen Stadt, deren hellerleuchtete Läden gerade dabei waren, die Türen zu schließen. Ich hielt und fragte eine ältere Frau mit Einkaufstasche nach einem Arzt. Sie zeigte mir den Weg zu einem großen Haus in einer stillen Seitenstraße, wo ich parkte, ausstieg und läutete.

Ein hübsches Mädchen erschien und sagte: »Sprechstunde um sechs«, und begann die Tür zu schließen.

»Wenn der Arzt da ist, möchte ich ihn bitte sprechen«, begann ich hastig. »Ich kann nicht bis zur Sprechstunde warten.«

»Na, meinetwegen«, sagte sie und verschwand. Irgendwo im Haus lärmten Kinder. Nach kurzer Zeit erschien ein junger, dicklicher, vernünftig aussehender Mann, der ein Stück Schokoladekuchen in der Hand hatte und das resignierte, fragende Gesicht eines Arztes machte, der während seiner Freizeit gestört wird.

»Sind Sie zufällig Grant Oldfields Arzt?« fragte ich. Wenn er es nicht war, konnte er mir wenigstens sagen, wo ich hingehen sollte.

Aber er sagte sofort: »Ja, das bin ich. Ist er wieder gestürzt?«

»Nicht direkt«, erwiderte ich, »aber könnten Sie bitte kommen und ihn sich ansehen?«

»Jetzt gleich?«

»Ja, bitte«, bat ich. »Er ... äh ... hat beim Rennen das Bewußtsein verloren.«

»Eine Sekunde«, sagte er und verschwand im Haus. Bald danach erschien er mit seiner Arzttasche und einem neuen Stück

Kuchen. »Können Sie mich hinfahren? Wegen der paar Meter lohnt es sich nicht, meinen Wagen aus der Garage zu holen.«

Wir gingen zu meinem Mini-Cooper hinaus und saßen kaum, als er auf das zertrümmerte Heckfenster zu sprechen kam. Kein Wunder, da der Dezemberwind ganz schön kalt hereinwehte. Ich erzählte ihm, daß Grant den Schaden angerichtet hatte, und erklärte ihm, warum ich ihn nach Hause hatte bringen müssen. Er hörte stumm zu, während er an seinem Kuchen kaute. Dann sagte er: »Warum ist er auf Sie losgegangen?«

»Er scheint anzunehmen, daß es ihn meinetwegen die Stellung gekostet hat.«

»Und stimmt das?«

»Nein«, sagte ich. »Er hat sie schon vor Monaten verloren, als ich sie noch gar nicht hatte.«

»Sie sind also auch Jockei?« fragte er, mich neugierig anstarrend. Ich nickte und nannte meinen Namen. Er stellte sich als Dr. Parnell vor. Ich ließ den Wagen an und fuhr die paar hundert Meter zurück zu Grants Haus. Alles war dunkel.

»Ich hab' ihn vor noch nicht ganz zehn Minuten hier abgesetzt«, sagte ich, als wir den Weg zur Eingangstür entlangschritten. Der kleine Garten war ungepflegt und verwildert; im Licht der Straßenlampe zeigten sich undeutlich verfaulendes Laub und vom Gras überwucherte Blumenbeete. Wir läuteten. Die Klingel schrillte im Haus, aber nichts rührte sich. Wir läuteten wieder. Der Arzt schluckte das letzte Stückchen Kuchen hinunter und leckte sich die Finger ab.

Im dunklen Teil des Gartens raschelte etwas. Der Arzt nahm aus der Brusttasche eine kleine Lampe, mit der er sonst Augen und Hals untersuchte und ließ den winzigen Lichtstrahl an der Ligusterhecke entlangwandern. Zuerst sahen wir ein paar armselige Rosensträucher, vom ungemähten Gras des vergangenen Sommers erstickt.

In der Ecke, wo die Hecke zwischen diesem und dem Nachbargarten mit der Hecke an der Straße zusammentraf, richtete sich das Lichtpünktchen auf die zusammengekauerte Gestalt eines Mannes.

Wir gingen zu ihm hinüber. Er saß auf dem Boden, halb unter der Hecke, die Knie angezogen, den Kopf auf die verschränkten Arme gestützt.

»Na, kommen Sie schon«, sagte der Arzt burschikos und zog

ihn hoch. Er kramte in Grants Taschen, fand einen Schlüsselbund und gab ihn mir. Ich lief zum Haus, sperrte die Eingangstür auf und knipste das Licht im Korridor an. Der Arzt führte Grant in das erste Zimmer, das offenbar als Speisezimmer diente. Auf allen Möbeln lag eine dicke Staubschicht.

Grant sank auf einen Stuhl und legte den Kopf auf den schmutzigen Tisch. Der Arzt untersuchte ihn, fühlte den Puls, schob das Augenlid hoch und fuhr mit beiden Händen über das Genick und den Hinterkopf. Grant bewegte sich unruhig, als Parnells Finger die Stelle berührten, wo mein Schlag gesessen hatte, und er sagte mürrisch: »Geht doch weg, geht endlich weg.«

Parnell trat einen Schritt zurück und kratzte sich hinterm Ohr.

»Eigentlich alles in Ordnung, soweit ich das beurteilen kann, abgesehen von einem steifen Hals, den er ein paar Tage haben wird. Wir schaffen ihn wohl besser ins Bett, und ich geb' ihm ein Beruhigungsmittel. Morgen sorge ich dafür, daß er bei jemandem vorspricht, der ihm aus den Schwierigkeiten heraushelfen kann. Sie rufen mich im Lauf des Abends wohl am besten an, wenn sein Zustand sich verändert.«

»Ich?« sagte ich. »Ich bleib' doch nicht den ganzen Abend hier!«

»So, das glauben Sie?« sagte er fröhlich und sah mich lächelnd an. »Wer denn sonst? Die ganze Nacht auch noch, wenn's Ihnen nichts ausmacht. Sie haben ihn schließlich niedergeschlagen!«

»Ja, schon, aber für seinen Zustand bin ich doch nicht verantwortlich«, protestierte ich.

»Macht nichts. Sie haben sich die Mühe gemacht, ihn nach Hause zu bringen und mich zu holen. Seien Sie so freundlich und kneifen Sie jetzt nicht. Ich halt' es wirklich für nötig, daß jemand die ganze Nacht hierbleibt . . . jemand, der die Kraft hat, notfalls mit ihm fertigzuwerden. Das ist keine Aufgabe für ältliche weibliche Verwandte, selbst wenn Sie um diese Tageszeit noch jemand von dieser Sorte finden könnten.«

Nachdem er es so dargestellt hatte, konnte ich nicht gut nein sagen. Wir führten Grant die Treppe hinauf. Sein Schlafzimmer war verschmutzt. Dreckige Laken und Decken lagen zerknüllt auf dem ungemachten Bett, alles war verstaubt, und schmutzige Kleidungsstücke lagen auf dem Boden oder hingen an der Tür. Im ganzen Zimmer roch es nach Schweiß.

»Wir bringen ihn wohl besser woanders hin«, sagte ich, knipste Lampen an und öffnete alle anderen Türen auf dem kleinen Treppenabsatz. Eine Tür führte in ein Badezimmer, dessen Zustand jeder Beschreibung spottete. Eine zweite gab den Blick auf einen Wäscheschrank frei, in dem noch ein paar saubere Laken gestapelt waren, und die letzte schließlich führte in ein leeres Schlafzimmer mit rosageblümten Tapeten. Grant stand blinzelnd auf dem Treppenabsatz, während ich frische Bettwäsche holte und das Bett für ihn bezog. Einen sauberen Schlafanzug gab es nicht. Dr. Parnell zog Grant bis auf Unterhosen und Socken aus und brachte ihn dazu, sich ins Bett zu legen. Dann ging er hinunter und kam mit einem Glas Wasser zurück. An seiner Miene konnte ich erkennen, wie es in der Küche aussah.

Er klappte seine Tasche auf, schüttelte zwei Pillen auf seine Handfläche und befahl Grant, sie zu schlucken, was er gehorsam tat. Er kam mir jetzt vor wie ein Schlafwandler. Er war nur noch eine leere Hülle. Es war unheimlich, machte es aber um so leichter, ihn ohne Widerstand zu Bett zu bringen.

Parnell schaute auf die Uhr. »Ich komme zu spät zur Sprechstunde«, sagte er, als Grant sich aufs Kissen legte und die Augen schloß. »Mit den Pillen müßte er eine Weile ruhig sein. Geben Sie ihm noch zwei, wenn er aufwacht.« Er gab mir ein kleines Fläschchen. »Sie wissen, wo Sie mich finden können, wenn Sie mich brauchen«, fügte er mit frohem Grinsen hinzu. »Ich wünsche gute Nacht.«

Ich verbrachte einen einsamen Abend und leistete mir als Abendmahlzeit einen halben Liter Milch, den ich an der Tür gefunden hatte. Sonst fand ich in der Küche nichts Eßbares. Es gab keine Bücher und kein Radiogerät, und um die Zeit totzuschlagen, bemühte ich mich, ein bißchen sauberzumachen, aber was dieses gräßliche Haus wirklich brauchte, waren ein luftiger Frühlingstag, literweise Desinfektionsmittel und eine Armee von hartnäckigen Putzfrauen.

Ich schlich mich mehrmals in das Schlafzimmer, um zu sehen, wie es Grant ging, aber er schlief friedlich bis Mitternacht. Dann schlug er die Augen auf, aber als ich zu ihm trat, schien er mich nicht zu erkennen. Er befand sich immer noch in einem Zustand der Lethargie und nahm gehorsam und wortlos die Pillen, als ich sie ihm anbot. Ich wartete, bis sich seine Augen wieder geschlossen hatten, dann schloß ich die Schlafzimmertür ab, ging nach unten und schlief endlich selber ein, auf einem zu kurzen Sofa, in eine Reisedecke gewickelt. Grant rührte sich die ganze Nacht nicht, und als ich um sechs Uhr früh zu ihm hinaufging, schlief er noch fest.

Dr. Parnell war anständig genug, zu früher Stunde zu kommen und mich abzulösen. Um halb acht erschien er mit einem Pfleger. Er brachte auch einen Korb voll Eier, Speck, Milch, Brot und Kaffee mit und zog aus seiner Arzttasche einen Elektrorasierapparat. »Moderner Komfort inbegriffen«, sagte er grinsend.

Ich kehrte also gewaschen, rasiert und gespeist auf den Rennplatz zurück. Wenn ich allerdings an das Wrack des Mannes dachte, das ich zurückgelassen hatte, war mir wenig angenehm zumute.

7

»Das Dumme ist, daß es im Augenblick zu wenig Jockeis gibt«, klagte James Axminster. Wir waren unterwegs nach Sandown und besprachen die Frage, wen er in der kommenden Woche einsetzen sollte, wo er am selben Tag zwei verschiedene Rennplätze zu beschicken hatte. »Manchmal hat man beinahe das Gefühl, daß alles verhext ist«, sagte er, den großen Wagen geschickt zwischen einer wackligen Radlerin und einem großen Möbelwagen hindurchsteuernd. »Art hat sich erschossen, Pip das Bein gebrochen, Grant einen Nervenzusammenbruch erlitten. Zwei oder drei andere Jockeis haben durch alltäglichere Unfälle ausscheiden müssen; und mindestens vier ganz brauchbare Burschen haben Ballertons albernen Ratschlag befolgt und sind in die Fabrik gegangen. Da wär' noch Peter Cloony . . . aber ich habe gehört, daß er sehr unzuverlässig ist und selten pünktlich kommt, Danny Hicks wettet zuviel, heißt es, und Ingersoll gibt sich nicht immer die größte Mühe, wie man mir erzählt . . .«

Er bremste, als eine Frau mit einem Kinderwagen vor uns unvorsichtig die Straße überquerte, und meinte: »Jedesmal, wenn ich einen brauchbaren Jockei gefunden zu haben glaube, höre ich etwas Nachteiliges über ihn. Bei Ihnen war es der Film, den man in der Fernsehsendung gezeigt hat. Gräßlich, was? Ich hab' ihn mir angesehen und dachte, du lieber Himmel, was hab' ich getan, daß ich den Kerl gebeten habe, für mich zu reiten, wie erkläre ich das nur den Besitzern.« Er grinste. »Ich war nahe daran, sie alle anzurufen und ihnen zu versichern, daß ich Sie nicht an ihre Pferde heranlasse. Zum Glück für Sie ist mir eingefallen, wie Sie für mich geritten sind, und ich habe mir die Sendung bis zu Ende angesehen, dann war ich anderer Meinung. Ich kam sogar auf den Gedanken, daß ich mehr Glück als Verstand gehabt hatte, als ich Sie einsetzte. Ich habe bisher keinen Grund gehabt, meine Meinung zu ändern«, sagte er lächelnd und sah mich von der Seite her an. Ich lächelte auch. In den Wochen, seit sich Pip das Bein gebrochen hatte, waren wir näher miteinander bekannt geworden, und ich konnte ihn von Tag zu Tag besser leiden. Er war nicht nur einer der ersten in seinem Fach, sondern auch in jeder anderen Beziehung zuverlässig. Er hatte keine Launen; man brauchte nicht jedesmal Angst zu haben, daß er in schlechter Stimmung sein würde, weil er immer in der gleichen Gemütsverfassung war, weder übermütig noch gereizt, einfach vernünftig und aufnahmebereit. Er sagte ohne Umschweife, was er dachte, so daß man nie nach versteckten Anzüglichkeiten fahnden mußte. Andererseits war er in vieler Beziehung durchaus egoistisch. Wenn es nicht ausdrücklich um geschäftliche Dinge ging, kamen an erster, zweiter und dritter Stelle seine Bequemlichkeit und sein Wohlbefinden; einem anderen erwies er nur dann eine Gefälligkeit, wenn sie nichts kostete. Selbst das war für seine Stallburschen oft günstig, weil er ihnen lieber aus der eigenen Tasche ein großzügiges Reisegeld zahlte, statt einen Umweg von zehn Kilometern zu machen und sie vor ihrer Wohnung abzusetzen.

Er schien von Anfang an mit meiner Gesellschaft ebenso zufrieden zu sein wie ich mit der seinen und hatte mich nach kurzer Zeit gebeten, das ›Sir‹ wegzulassen und ihn ›James‹ zu nennen.

In derselben Woche noch, als er uns von Birmingham nach Hause fuhr, kamen wir an grellen Plakaten vorbei, die ein dort stattfindendes Konzert ankündigten.

»Dirigent Sir Trelawny Finn«, las er laut vor, als ihm die riesigen Lettern ins Auge stachen. »Das ist wohl kein Verwandter von Ihnen«, meinte er scherzend.

»Doch, um ehrlich zu sein, ja, das ist mein Onkel«, sagte ich. Es wurde totenstill. Dann sagte er: »Und Caspar Finn?«

»Mein Vater.«

Eine Pause.

»Und weiter?«

»Dame Olivia Cottin ist meine Mutter«, sagte ich leichthin.

»Du guter Gott«, entfuhr es ihm.

Ich grinste.

»Sie halten das aber sehr geheim«, meinte er.

»In Wirklichkeit ist es umgekehrt«, erklärte ich fröhlich. »Sie ziehen es vor, mich geheimzuhalten. Ein Jockei in der Familie ist für sie eine Schande, wissen Sie. Sie lassen sich nicht gerne daran erinnern.«

»Trotzdem«, sagte er nachdenklich. »Das erklärt vieles, worüber ich mich bei Ihnen gewundert habe. Woher Sie das Selbstvertrauen haben ... und warum Sie so wenig von sich selber sprechen.«

Ich sagte lächelnd: »Ich wäre sehr froh, James, wenn Sie meine Familie im Wiegeraum nicht erwähnen würden, aus Gefälligkeit meinen Eltern gegenüber.«

Er versprach mir, sich zurückzuhalten, und hielt sein Wort, aber von diesem Augenblick an verstanden wir uns noch besser als zuvor. Als er daher die angeblichen Beanstandungen bei Peter Cloony, Danny Hicks und Tick-Tock aufzählte, sagte ich mit einiger Zuversicht: »Sie scheinen da allerhand Gerüchte aufgeschnappt zu haben. Wissen Sie wirklich, ob das alles stimmt?«

»Ob es stimmt?« wiederholte er überrascht. »Na, Peter Cloony hat doch vor ein paar Wochen eindeutig zwei Rennen verpaßt, weil er sich verspätet hatte, das steht fest.«

Ich erzählte ihm von Peters Pech, zweimal durch ein seine Straße blockierendes Fahrzeug aufgehalten worden zu sein.

»Soviel ich weiß, hat er sich seither nicht mehr verspätet«, meinte ich. »Die Behauptung, daß er unpünktlich ist, scheint sich nur auf diese beiden Gelegenheiten zu stützen.«

»Ich habe ein paarmal gehört, daß man sich auf ihn nicht verlassen kann«, meinte James hartnäckig.

»Von wem?« fragte ich neugierig.

»Oh, ich weiß nicht. Von Corin Kellar beispielsweise, und natürlich von Johnson, der ihn für sich arbeiten läßt. Auch von Ballerton, obwohl ich mich im allgemeinen nicht auf das verlasse, was er mir erzählt. Es ist einfach allgemein bekannt.«

»Und wie steht's bei Danny Hicks?« fragte ich. Danny war ein unverwüstlicher Cockney, klein und schmächtig, aber von geradezu wilder Tapferkeit.

»Er wettet zuviel«, sagte James entschieden.

»Wer behauptet das?« wollte ich wissen. Mir war bekannt, daß Danny gegen die Regeln verstieß, indem er auf Pferde wettete, aber nach dem zu schließen, was er im Umkleideraum zu sagen pflegte, riskierte er nie mehr als fünf oder zehn Pfund, so daß kein Trainer Grund hatte, ihn schief anzusehen.

»Wer das behauptet? Ich ... äh ... Corin«, sagte er lahm. »Corin hat mir das übrigens ein paarmal gesagt. Er setzte ihn deswegen nie ein.«

»Und Tick-Tock?« drängte ich. »Wer behauptet, daß sich Ingersoll nicht immer Mühe gibt?«

Er gab mir nicht sofort Antwort. Nach einer Weile sagte er: »Warum soll ich nicht glauben, was mir Corin erzählt? Er hat ja nichts davon. Er ist ein ausgezeichneter Trainer, hängt aber wie wir alle von guten Jockeis ab. Er würde nie auf Leute wie Cloony oder Hicks verzichten, wenn er nicht einen guten Grund dazu hätte.«

Ich überlegte kurze Zeit, dann meinte ich: »Ich weiß, daß mich das eigentlich nichts angeht, aber macht es Ihnen etwas aus, mir zu sagen, warum Sie Grant Oldfield gefeuert haben? Er erzählte mir, daß es etwas mit einer Nachricht zu tun habe, aber mehr brachte ich aus ihm nicht heraus.« Ich verzichtete darauf, ihm auseinanderzusetzen, in welchem Zustand ich Grant damals gefunden hatte.

»Eine Nachricht? O ja, er hat die Nachricht weitergegeben, das ging natürlich nicht.«

Ich sah ihn verständnislos an. Axminster brauste bei Gelblicht über eine Kreuzung und sah mich von der Seite an. »Na ja, Sie wissen schon, er hat weitergegeben, was er wußte«, sagte er ungeduldig. »Wenn wir einen Favoriten einsetzen, verständigte er häufig einen berufsmäßigen Wetter. Dem Besitzer des Pferdes wurden keine günstigen Gewinnchancen angeboten, weil der Professional vor ihm da war und ihm alles verdarb. Drei meiner Auftraggeber waren sehr wütend – es macht ihnen keinen Spaß, Drei-zu-Eins-Wetten nehmen zu müssen, wenn sie mit sechs oder sieben zu eins gerechnet hatten. Grant mußte Schluß machen. Sehr bedauerlich, er war außerordentlich tüchtig.«

»Wie sind Sie dahinter gekommen, daß Grant geplaudert hat?«

»Maurice Kemp-Lore erfuhr es, als er eine seiner Sendungen

vorbereitete. Er wollte die Hintergründe von professionellen Wetten aufzeigen, soviel ich weiß, und kam Grant mehr oder weniger zufällig auf die Schliche. Er hat sich beinahe entschuldigt bei mir und meinte, es sei doch klüger, Grant nicht in alles einzuweihen. Aber man kann nicht ordentlich mit einem Jockei arbeiten, wenn man ihm etwas vorenthält, das geht einfach nicht.«

»Was hatte Grant zu sagen, als Sie ihn hinauswarfen?« fragte ich.

»Er stritt rundweg alles ab. Aber das war natürlich zu erwarten. Kein Jockei wird zugeben, daß er Informationen weitergibt, wenn er weiterhin beschäftigt sein will.«

»Haben Sie mit dem bewußten Wetter gesprochen?« fragte ich.

»Ja, allerdings«, sagte er. »Ich wollte es zuerst nämlich nicht glauben. Aber Zweifel waren nicht möglich. Ich mußte ihm ein bißchen zusetzen, weil er ja auch nicht in bestem Licht erschien, aber Lubbock, der Professional, gab zu, daß Grant ihn per Telefon verständigt habe und er ihm, seit er für mich ritt, laufend Beträge habe zukommen lassen.«

Das schien ziemlich eindeutig zu sein, aber ich hatte irgendwie das Gefühl, daß da noch etwas dahintersteckte.

Ich wechselte das Thema. »Um auf Art zurückzukommen«, sagte ich, »warum hatte er eigentlich dauernd Streit mit Corin?«

»Ich weiß nicht recht«, meinte James nachdenklich. »Ich habe Corin ein paarmal sagen hören, daß Art sich nicht an seine Anweisungen gehalten hätte. Vielleicht lag es daran.« Er überholte zwei Lastwagen und sah mich wieder an. »Worauf wollen Sie hinaus?«

»Manchmal sieht es so aus, als sei da nicht alles in Ordnung«, meinte ich. »Zu viele Jockeis werden durch Gerüchte belastet. Sie haben selbst gesagt, daß alles verhext zu sein scheint.«

»Aber doch nicht im Ernst«, wandte er ein. »Sie haben zuviel Phantasie. Und wenn wir schon von Gerüchten reden, welches Gerücht hat Art dazu gebracht, sich umzubringen, oder Pip, sich das Bein zu brechen, oder Grant, Informationen zu verkaufen? Gerüchte sind doch schließlich auch nicht dafür verantwortlich, daß Cloony unpünktlich ist.«

»Danny Hicks wettet nicht sehr viel«, sagte ich unsicher, »und Ingersoll reitet so ehrlich wie irgendein anderer.«

»Über Hicks wissen Sie nicht genau Bescheid«, setzte er mir

auseinander, »und Ingersoll ist letzte Woche gerügt worden, weil er sein Pferd hat zurückfallen lassen. Es gehörte John Ballerton, und er war sehr aufgebracht. Das hat er mir selbst gesagt.«

Ich seufzte. Tick-Tocks Version lautet, daß Corin ihn gebeten habe, das Pferd nicht zu überanstrengen, weil es noch nicht völlig fit sei. Er habe deshalb beschlossen, nicht allzuviel Druck dahinterzusetzen, nur um auf dem dritten Platz zu landen. Er hätte es für besser gehalten, die Energie des Pferdes für einen späteren Sieg zu schonen, meinte er, was der Ansicht vieler Jockeis und Trainer entsprach, aber die Pferdebesitzer und Zuschauer, die auf das Pferd gesetzt hatten, mochten da anderer Meinung sein. Nach der Untersuchung hatte Corin, Wetterfahne, die er war, Tick-Tock deswegen ausgeschimpft.

»Kann sein, daß ich mich gründlich irre«, sagte ich langsam, »ich hoffe es jedenfalls, aber . . .«

»Aber?« wiederholte er, als ich eine Pause machte.

»Aber wenn Sie einmal Gerüchte über mich hören, denken Sie dann vielleicht daran, was ich glaube . . . und prüfen Sie gründlich nach, ob das auch alles stimmt, bevor Sie dran glauben!«

»Na gut«, meinte er großzügig. »Ich halte es ja für Unsinn, aber bitte, ich bin einverstanden.« Er schwieg eine Weile, dann sagte er mit ungeduldigem Kopfschütteln: »Niemand hat etwas zu gewinnen, wenn er versucht, Jockeis fertigzumachen. Das ist Unsinn. Völlig sinnlos.«

»Ich weiß«, sagte ich. »Sinnlos.«

Wir wechselten das Thema.

Weihnachten kam, und in der Woche davor, als keine Rennen stattfanden, blieb ich ein paar Tage in Kensington. Meine Eltern begrüßten mich mit der üblichen liebenswürdigen Geistesabwesenheit und überließen mich meinem Schicksal. Sie waren beide überbeschäftigt, und meine Mutter übte außerdem jeden Vormittag am Flügel ein neues Konzert, das am ersten Januar zum erstenmal gespielt werden sollte. Sie begann jeden Tag pünktlich um sieben und spielte – mit kurzen Unterbrechungen zum Kaffeetrinken und Nachdenken – bis halb eins.

Ich konnte sie mir genau vorstellen, in der Arbeitskleidung, Skihose und Wollpullover, aufrecht auf ihrem Hocker, den Kopf vorgebeugt, wie um aus dem Flügel mehr herauszuhören als die Noten.

Meine Mutter mochte in meiner Kindheit keine tröstende Zuflucht gewesen sein, noch gab sie sich jetzt allzuviel mit mir ab, seit ich erwachsen war, aber durch ihr Beispiel hatte sie mir viel gegeben. Zähe Durchsetzungskraft, die Weigerung, sich mit Einfachem zufrieden zu geben, wenn sich Höheres allein durch Arbeit erreichen ließ. Ich war mit jungen Jahren selbständig geworden, und weil ich die Mühe hinter dem Glanz ihres öffentlichen Auftretens sah, erwartete ich nicht, daß mir das Leben ohne Anstrengung auf meiner Seite alles in den Schoß warf. Welche Mutter konnte ihren Sohn mehr lehren?

Joanna hatte wenig Zeit, weil sie mehrmals in Aufführungen des Weihnachtsoratoriums auftreten mußte. Es gelang mir nur, sie zu einem Spaziergang im Hyde Park zu bewegen, von meinem Standpunkt aus kein Erfolg, weil Bach mich mühelos auf den zweiten Platz verwies, was Joannas Aufmerksamkeit anging. Vom Albert-Tor bis zur Serpentine und von der Serpentine bis zur Bayswater Road summte sie unaufhörlich Melodien aus dem Oratorium vor sich hin. Dort stiegen wir in ein Taxi, und ich lud sie zum Weihnachtsessen im Savoy ein, wo sie nur mit größter Mühe vom Singen zurückzuhalten war, da ihr die Akustik in der Eingangshalle zusagte. Ich vermochte nicht zu entscheiden, ob sie mich absichtlich ärgerte, und wenn ja, warum?

Sie war jedenfalls weit weniger gleichgültig als sonst und zeigte in ihrem Verhalten eine Sprödigkeit, die ich weder mochte noch verstand, bis mir während des Essens plötzlich einfiel, daß sie vielleicht unglücklich war. So etwas hatte ich bei ihr noch nie erlebt, weshalb ich mir nicht sicher sein konnte. Ich wartete bis zum Kaffee und sagte dann gleichmütig: »Was ist los, Joanna?«

Sie sah mich an, schaute sich im Lokal um, sah mich wieder an, dann ihre Tasse.

Schließlich sagte sie: »Brian will mich heiraten.«

Damit hatte ich nicht gerechnet. Es war ein schwerer Schlag für mich. Ich ertappte mich dabei, daß ich in meine Tasse starrte. Schwarz und bitter, sehr passend, dachte ich.

»Ich weiß nicht, was ich tun soll«, sagte sie. »So, wie es bisher gewesen ist, war es mir recht. Jetzt bin ich ganz durcheinander. Brian möchte so einfach nicht weitermachen. Er geht sehr viel in die Kirche und kann unser Verhältnis mit seiner Religion nicht vereinbaren. Ich habe es nie für besonders sündhaft gehalten, ganz einfach für erfreulich, fruchtbar und . . . tröstlich. Er spricht davon, daß er sich ein Haus kaufen und sich niederlassen will, und er sieht mich als die ideale Hausfrau, beim Putzen, Nähen, Kochen und so weiter. Ich gehöre nicht zu diesem Typ. Der Gedanke allein erschreckt mich. Wenn ich ihn heirate, weiß ich, daß ich mich elend fühlen werde . . .« Ihre Stimme wurde immer leiser.

»Und wenn du ihn nicht heiratest?« fragte ich.

»Dann ist mir auch elend, weil er sich weigert, so weiterzumachen wie bisher. Wir fühlen uns miteinander nicht mehr wohl. Wir streiten uns fast. Er meint, es ist unverantwortlich und kindisch, in meinem Alter nicht heiraten zu wollen, und ich sage, daß ich ihn gerne heiraten will, wenn wir so weiterleben wie bisher, daß er kommt und geht, wann es ihm paßt, daß ich arbeiten und gehen und kommen kann, wie es mir gefällt. Aber das will er nicht. Er möchte solid und konventionell sein und . . . und fad.« Das letzte Wort stieß sie explosiv, beinahe verächtlich hervor. Sie rührte angestrengt ihren Kaffee um. Zucker hatte sie noch keinen hineingetan. Ich beobachtete ihre nervösen Bewegungen, die langen, kräftigen Finger mit den lackierten Fingernägeln, die den Löffel zu fest umklammert hielten.

»Wie sehr liebst du ihn?« fragte ich gepreßt.

»Ich weiß es nicht«, sagte sie unglücklich. »Ich weiß überhaupt nicht mehr, was Liebe ist.« Sie sah mich an. »Wenn sie bedeutet, daß ich mein Leben damit zubringen will, ihm Bequemlichkeiten zu verschaffen, dann lieb' ich ihn nicht. Wenn es darum geht, was zwischen Mann und Frau üblich ist, dann liebe ich ihn.«

Sie sah das Zucken in meinem Gesicht und sagte plötzlich: »Ach verdammt, Rob . . . es tut mir leid. Es ist so lange her, seit du etwas gesagt hast . . . ich hätte nicht gedacht, daß du noch . . .«

»Schon gut«, sagte ich. »Da läßt sich nichts machen.«

»Was . . . was soll ich deiner Meinung nach tun?« fragte sie nach einer längeren Pause, immer noch mit dem Kaffeelöffel spielend.

»Es ist doch ganz klar«, sagte ich entschieden, »daß du Brian nicht heiraten darfst, wenn du das Leben nicht ertragen kannst, das ihm vorschwebt. Es wäre für euch beide nicht gut.«

»So?« sagte sie leise.

Aber ich schüttelte den Kopf. Mit allem anderen mußte sie allein fertig werden. Ich konnte ihr keinen neutralen Rat geben, und das muß sie auch gewußt haben.

Sie ging dann bald zu einer Probe, ich bezahlte und marschierte auf die festlich geschmückte Straße hinaus. Ich kaufte unterwegs ein paar Geschenke für meine Familie und wanderte langsam zur Wohnung zurück. Die Art von Ehe, die Joanna Brian angeboten hatte und die er nicht wollte, war genau das, was ich mir am meisten wünschte. Warum ging es im Leben nur so unfair zu, dachte ich bedrückt.

Am zweiten Weihnachtsfeiertag gewann Template das Königsrennen, eines der zehn wichtigsten Rennen des Jahres. Es machte ihn endgültig zu einem Star und schadete auch mir nicht.

Das Rennen war im Fernsehen übertragen worden, und Maurice Kemp-Lore interviewte mich nachher als Siegerjockei, wie es seine Gewohnheit war. Am Ende des kurzen Gesprächs bat er mich, Pip guten Tag zu sagen, der, wie er seinen Zuschauern erklärte, zu Hause die Sendung verfolgte. Ich hatte Pip erst vor acht oder vierzehn Tagen gesehen und mich über Renntaktik mit ihm unterhalten, aber ich begrüßte ihn trotzdem und sagte, hoffentlich heile der Bruch gut. Kemp-Lore fügte lächelnd hinzu: »Wir alle wünschen Ihnen gute Besserung, Pip«, und das Interview war zu Ende. Am folgenden Tag gab es in der Sportpresse lobende Erwähnungen des Rennens, und eine Anzahl von Trainern, für die ich noch nie geritten war, bot mir Pferde an. Endlich hatte ich das Gefühl, ohne Vorbehalt als Jockei anerkannt zu sein, nicht ausschließlich als Ersatzmann für Pip. Es erschien sogar möglich, daß ich nach Pips Rückkehr nicht der Vergessenheit anheimfallen würde, weil zwei von den neuen Trainern erklärten, sie würden mich so oft für ihre Pferde nehmen, wie ich Zeit hatte.

Es gab natürlich auch in dieser Zeit Stürze, weil ich trotz allem dem Gesetz der Wahrscheinlichkeit nicht entkommen konnte, aber abgesehen von ein paar Prellungen ging alles glimpflich ab.

Der schlimmste Sturz vom Standpunkt der Zuschauer aus passierte eines Samstagnachmittags im Januar, als mein Pferd vor der Haupttribüne stolperte und mich abwarf. Ich fiel direkt auf den Kopf. Als mich die Sanitäter auf einer Bahre in den Krankenwagen schoben, kam ich zu mir und wußte ein paar Augenblicke lang nicht, wo ich war.

James' Gesicht, das ich vor mir sah, als man mich in den Sanitätsraum trug, brachte mich mit einem Schlag in die Wirklichkeit zurück, und ich fragte ihn, ob sein Pferd unverletzt sei.

»Ja«, sagte er. »Und Sie?«

»Nichts gebrochen«, versicherte ich ihm, nachdem ich während der kurzen Fahrt im Krankenwagen meine Glieder abgetastet hatte.

»Er ist über Sie hinweggerollt«, sagte er.

»Wundert mich nicht.« Ich grinste ihn an. »Ich komme mir auch ein bißchen zerquetscht vor.«

Ich lag eine Weile auf einem Bett im Sanitätsraum, aber was ich brauchte, war nur Schlaf, und nach dem Rennen fuhr ich mit James wie vorgesehen nach Berkshire zurück.

»Alles in Ordnung?« erkundigte er sich unterwegs.

»Ja«, sagte ich fröhlich. »Prima.« In Wirklichkeit wurde mir ab und zu schwindlig, ich fröstelte auch ein bißchen, aber es war üblich, den Trainern zu verbergen, wie man sich wirklich fühlte, und ich wußte, daß ich am nächsten Montag wieder würde reiten können.

Der einzige, der sich über meine Glückssträhne geärgert hatte, war John Ballerton, und ich hatte ihn ein paarmal im Paradezirkel gesehen, wie er mich mit zusammengepreßten Lippen feindselig anstarrte.

Seit dem Tag unseres gemeinsamen Auftretens im Fernsehen hatten wir höchstens ein paar Worte miteinander gewechselt, aber von Corin erfuhr ich, daß Ballerton in der Bar in Kempton zu ihm und Maurice Kemp-Lore laut gesagt habe: »Finn ist es gar nicht wert, daß man soviel Geschrei um ihn macht. Er wird ebenso schnell wieder unten sein, wie er hinaufgekommen ist, warten Sie's nur ab. Und mir tut's ganz bestimmt nicht leid.«

Angesichts dieser Tatsache war es erstaunlich, daß man mir am Tag nach dem Sturz einen Ritt auf einem seiner Pferde anbot. Zuerst glaubte ich Corin gar nicht. Sein Anruf weckte mich am Sonntag vormittag, und ich glaubte zunächst zu träumen.

»Wenn er zwischen mir und einem Sack Kartoffeln die Wahl hat, dann nimmt er die Kartoffeln«, sagte ich schläfrig.

»Nein, im Ernst, Rob, er möchte, daß Sie morgen in Dunstable Shantytown reiten.« Corins Stimme ließ jede Spur von Humor vermissen. »Ich muß sagen, daß ich nicht ganz begreife, warum, weil er immer gegen Sie eingestellt gewesen ist. Aber vor nicht ganz fünf Minuten hat er sich am Telefon ganz entschieden geäußert. Vielleicht ist das ein Ölzweig.«

»Vielleicht auch nicht«, dachte ich. Mein erster Impuls war, mich zu weigern, aber mir fiel keine passende Ausrede ein, weil Corin in Erfahrung gebracht hatte, daß ich für das Rennen frei war, bevor er mir sagte, um welches Pferd es sich handelte. Eine grundlose Ablehnung war zwar möglich, aber unsinnig. Ballerton hätte dann nicht zu Unrecht etwas gegen mich gehabt, und wenn er im Ernst die Feindseligkeit beenden wollte, was ich bezweifelte, würde ich sie durch eine Ablehnung seines Angebots nur anfachen.

Shantytown war kein Template. Weit, weit gefehlt. Sein ungewisses Temperament und die unzuverlässigen Sprungleistungen wurden mir auf bedrückende Weise von Tick-Tock geschildert, als wir am folgenden Morgen nach Dunstable unterwegs waren.

»Ein Mistvieh«, sagte er und drückte den Gashebel nach unten. »Da hast du dir etwas eingehandelt.«

»Er ist nicht schlecht in Form«, protestierte ich gelassen.

»Hm. Jedesmal, wenn er gewonnen oder sich plaziert hat, dann nur, weil er durch einen Raketenstart seinem Jockei die Arme aus dem Gelenk riß und wie der Teufel weiterrannte. Man kann sich nur festhalten und das Beste hoffen, was anderes gibt es nicht, wenn er in einer solchen Stimmung ist. Er hat ein gußeisernes Gebiß. Ich wüßte im Augenblick tatsächlich kein Pferd«, schloß Tick-Tock mit satirischer Gespreiztheit, »das auf die Vorstellungen seines Jockeis weniger eingeht.«

Seine Stimme klang nicht bitter, aber wir wußten beide, daß noch vor ein paar Wochen der Ritt auf Shantytown ihm gehört hätte, nicht mir. Seit der Rüge durch die Rennleitung ignorierte ihn Corin Kellar. Das war typisch für Corin, einen Mann abzuhalftern, der in Schwierigkeiten gekommen war, weil er Kellars Interessen gewahrt hatte, und das unfaire Gerücht, Tick-Tock sei ein gewohnheitsmäßiger Faulpelz, erhielt dadurch nur neue Nahrung.

Abgesehen davon, daß er weit weniger Ritte als vorher bekam, zeigte sich Tick-Tock wenig beeindruckt. Er zuckte die Achseln und erklärte mit entschlossener Miene: »Sie werden es sich schon wieder einmal anders überlegen. Ich mache jedes Pferd zu Mus, das sie mir geben. Ab sofort wird mich keiner mehr auf dem achten Platz sehen, wenn ich sechster werden kann, obwohl das Pferd dabei draufgeht.«

Ich hatte lächeln müssen, als ich diese grimmigen Worte von

einem Mann hörte, der für seine Gelassenheit bekannt war, fühlte aber Erleichterung darüber, daß er seelisch keinen Knacks davongetragen zu haben schien. Bei ihm gab es keinen Selbstmord oder einen Nervenzusammenbruch.

Shantytown war, als es ans Rennen ging, nicht, was man mir erzählt hatte. Der feuchte, kalte Januarnachmittag hatte nur eine kleine Zuschauermenge angelockt, und als ich den großen, dunklen Fuchs im Paradezirkel umhertrotten sah, dachte ich, wie gut er zu dieser Umgebung paßte.

Weit davon entfernt jedoch, mir die Arme aus dem Gelenk zu reißen, schien Shantytown in Gefahr zu sein, einzuschlafen. Der Start erwischte ihn beim Dösen, und ich mußte ihn über das erste Hindernis antreiben. Er sprang recht gut an, kam aber schlecht auf, und so war es an jedem Hindernis. Ich fand das merkwürdig, wenn ich an Tick-Tocks Worte dachte, aber auch Pferde haben manchmal ihren schlechten Tag, und ich konnte nur annehmen, daß es auch bei Shantytown so war.

Wir liefen die ganzen drei Meilen als letzte hinter dem Feld her, kamen auch als unrühmliche letzte durchs Ziel. Alle meine Bemühungen, ihn auf der Geraden zur schnelleren Gangart zu bewegen, erwiesen sich als fruchtlos. Shantytown hatte von Anfang an keine Energie gezeigt und am Schluß schien er total erschöpft zu sein. Man begegnete uns nach der Rückkehr äußerst feindselig. John Ballerton, den ich vor dem Rennen begrüßt hatte, starrte mich zornrot an. Corin, dessen Gesicht einen besorgten, flehenden Ausdruck trug, gedachte mich offenbar als Sündenbock für das Versagen des Pferdes hinzustellen, um sein Gesicht als Trainer zu wahren. Dieses Risiko ging man stets ein, wenn man Corins Pferde ritt.

»Was haben Sie sich eigentlich dabei gedacht?« fauchte Ballerton, als ich abstieg und den Sattel abschnallte.

»Tut mir leid, Sir«, sagte ich. »Er ging einfach nicht schneller.«

»Reden Sie keinen solchen Quatsch«, sagte er. »Er ist bisher immer schneller gegangen. Ich habe noch nie etwas Dümmeres gesehen ... Sie wären ja für einen Ackergaul zu schlecht. Wenn Sie mich fragen, hatte das Pferd von Anfang an keine Chance. Sie haben beim Start nicht aufgepaßt und hatten keine Lust, das gutzumachen.«

»Ich habe Ihnen gesagt, daß Sie ihm nicht allzusehr die Zügel geben dürfen und die ersten beiden Meilen zurückbleiben müssen«, erklärte Corin mißbilligend. »Aber ich finde, daß Sie meine Anweisungen zu wörtlich genommen haben.«

»Was heißt zu wörtlich?« unterbrach ihn Ballerton wütend. »Haben Sie Angst gehabt oder was? Wenn Sie auf einem Reißer nicht einmal ein anständiges Rennen reiten können, warum versuchen Sie es dann überhaupt? Warum sagen Sie dann nicht gleich, daß Sie es nicht können? Dann hätten wir uns Zeit und Geld gespart.«

»Das Pferd hat nicht angezogen«, beharrte ich. »Es war einfach zu müde.«

»Kellar!« schrie Ballerton. »Ist mein Pferd ein Reißer oder nicht?«

»Allerdings«, sagte Corin, meinem Blick ausweichend.

»Und Sie haben mir gesagt, daß er fit ist?«

»Ja«, sagte Corin. »Ich dachte, daß Shantytown gewinnt.«

Sie sahen mich anklagend an. Corin mußte gewußt haben, daß das Pferd energielos gelaufen war, weil er das Rennen mit erfahrenem Blick verfolgt hatte, aber er gedachte es nicht zuzugeben. Wenn ich oft für Corin ritt, dachte ich besorgt, würde ich bald ebensoviel mit ihm streiten wie Art.

Ballertons Augen verengten sich und er sagte zu mir: »Ich habe Sie gegen besseres Wissen und nur, weil Maurice Kemp-Lore behauptete, ich hätte Sie falsch beurteilt, gebeten, Shantytown zu reiten. Ich werde ihm sagen, daß er sich irrt. Von mir reiten Sie bestimmt kein Pferd mehr, das kann ich Ihnen versprechen.« Er drehte sich auf dem Absatz um und stakte davon, gefolgt von Corin.

Als ich zum Wiegeraum zurückging, bedauerte ich nur, mich nicht auf meinen Instinkt verlassen und den Ritt für ihn abgelehnt zu haben.

Als die Rennveranstaltung zu Ende war, hatte sich meine Verwunderung über Shantytowns Versagen in eine vage Unsicherheit verwandelt, denn keines der beiden anderen Pferde, die ich an diesem Nachmittag ritt, leistete auch nur annähernd, was man erwartete. Auf beide war stark gewettet worden, und beide wurden beinahe letzte. Obwohl ihre Besitzer sich nicht so flegelhaft aufführten wie Ballerton, sah man ihnen die Enttäuschung an. Tags darauf, immer noch auf der Rennbahn Dunstable, ging es mit den Fehlschlägen weiter. Ich war für drei Pferde gemeldet, alle drei versagten. Ich bemühte mich den ganzen deprimierenden

Nachmittag hindurch, einem Pferdebesitzer nach dem anderen zu erklären, daß es mir nicht gelungen sei, ihre Pferde zu schnellerer Gangart zu bewegen. Das vierte Pferd erwies sich als so müde, daß ich auf halben Weg aufgeben mußte. Selbst an seinen besten Tagen sprang das Tier nur zögernd, aber bei diesem Rennen zeigte es sich so lustlos, daß wir nach einer Weile um ein ganzes Hindernis hinter dem Feld zurückblieben. Es war hoffnungslos. Als ich die Zügel anzog, verfiel das Pferd binnen weniger Schritte von einem widerstrebenden Galopp in langsames Dahintrotten, ein sicheres Anzeichen für Erschöpfung. Da es einem Farmer gehörte, dessen Erfahrung noch gering war, nahm ich an, daß man es tags zuvor überanstrengt hatte, aber der Farmer behauptete das Gegenteil.

Pechsträhnen sind beim Pferdesport häufiger als Erfolgsserien, und die Tatsache, daß sechs meiner Pferde hintereinander weit weniger geleistet hatten, als man von ihnen erwarten durfte, hätte ohne John Ballerton wenig Aufmerksamkeit erregt.

Nach dem fünften Rennen zog ich mich um und verließ den Wiegeraum, vor dem er mit einer kleinen Gruppe von Bekannten stand. Alle Gesichter wandten sich mir mit den verstohlenen, abschätzenden Blicken zu, die beweisen, daß man das Thema des Gesprächs war, und Ballerton sagte etwas Heftiges, wovon ich nur ›Schande‹ verstand.

Da Jockeis an beleidigende Äußerungen ebenso gewohnt sind wie Politiker, ließ ich mir nicht anmerken, daß ich etwas gehört hatte, und ging gelassen zur Tribüne, um mir das letzte Rennen anzusehen, aber ich fragte mich, wie lange Ballerton mir Shantytowns Versagen anrechnen würde, und welche Wirkung seine Beschwerden auf die Anzahl der Pferde haben mochten, die man mir anbot. Er war nicht der Mann, seinen Groll für sich zu behalten; und als Mitglied des National Hunt Committee war sein Einfluß keineswegs gering.

Auf der Tribüne kam Maurice Kemp-Lore zu mir herüber. Wir hatten uns auf Rennbahnen schon öfter getroffen und kamen recht gut miteinander aus, aber trotz seines Charmes, oder vielleicht gerade, weil er manchmal zu freundlich wirkte, hatte ich das Gefühl, daß seine Freundschaft nur in die rein berufliche Kategorie fiel, also zu den möglicherweise nützlichen Bekanntschaften zu zählen war. Ich glaubte nicht daran, daß er mich als Privatmann mochte.

Er lächelte strahlend und brachte seinen Charme voll zur Geltung. Seine schlanke Gestalt strotzte von Gesundheit und Selbstvertrauen, und seinen blauen Augen gelang das beinahe Unmögliche, an einem grauen Januarnachmittag hell zu glitzern. Automatisch lächelte ich auch. Man konnte einfach nicht anders. Sein Erfolg beruhte nicht zuletzt darauf, daß er bei jedem Gesprächsparnter ein spontanes Gefühl des absoluten Wohlbefindens hervorzurufen vermochte, und es gab niemand, der seine Gesellschaft nicht schätzte, selbst wenn man, wie ich, davon ausging, daß es ihm in erster Linie darauf ankam, Material für seine Sendungen zu sammeln.

»So ein Pech, Rob«, sagte er freundlich. »Meine Empfehlung bei John Ballerton hat Ihnen ja nicht gerade Glück gebracht.«

»Das kann man wohl sagen«, meinte ich. »Aber trotzdem vielen Dank.«

Die blauen Augen glitzerten. »Gern geschehen«, sagte er.

Ich hörte deutlich ein leises, hohes Pfeifen, als er einatmete. Es war das erstemal, daß ich ihn bei einem Asthmaanfall sah. Er tat mir irgendwie leid.

Die Pferde für das sechste Rennen trabten vorbei auf dem Weg zum Startplatz.

»Hat sich James für den Winter-Cup schon entschieden?« fragte er beiläufig, den Blick auf die Pferde gerichtet. Ich lächelte. Aber er ist ja im Dienst, dachte ich mir, und was ist schon dabei, wenn du ihm Bescheid sagst?

»Template startet, wenn alles klappt«, sagte ich.

»Und Sie reiten ihn?«

»Ja.«

»Wie geht es Pip?« fragte er mit rasselndem Atem.

»Sein Bein heilt recht gut, aber er ist noch im Gips«, antwortete ich. »Er wird nächste Woche abgenommen, soviel ich weiß, und vielleicht kann er in Cheltenham schon wieder reiten, aber für den Winter-Cup scheidet er natürlich aus.«

Das Rennen, von dem die Rede war, sollte Mitte Februar in Ascot stattfinden, als eine Art Vorbereitung drei Wochen vor dem Cheltenham Gold Cup. Es lag noch fast einen Monat vor uns, an jenem Tag in Dunstable, und ich freute mich ganz besonders darauf, weil ich dann voraussichtlich das letztemal auf Template reiten würde. Pip wollte auf jeden Fall beim Gold Cup dabeisein, was ich sehr gut verstehen konnte.

»Welche Chance geben Sie Template im Winter-Cup?« fragte Maurice, das Rennen durchs Fernglas beobachtend.

»Oh, ich hoffe, daß er gewinnt«, sagte ich ruhig. »Sie können mich zitieren.«

»Das werd' ich wahrscheinlich tun«, meinte er lächelnd. Wir verfolgten gemeinsam das Rennen, und seine Anwesenheit wirkte so wohltuend auf mich, daß ich Dunstable in recht guter Stimmung verließ, ohne weiter an die schlechten Ergebnisse der letzten beiden Tage zu denken.

8

Es war eine trügerische Sicherheit. Meine Glückssträhne war endgültig zu Ende, und Dunstable erwies sich nur als Beginn des Pechstrudels. Im Laufe der nächsten beiden Wochen ritt ich siebzehn Pferde; fünfzehn davon landeten abgeschlagen auf den hinteren Plätzen, und nur zweimal konnte man das als gerechtes Ergebnis bezeichnen.

Ich konnte es einfach nicht begreifen. Soviel ich sah, ritt ich genausogut wie vorher, und es war höchst erstaunlich, daß meine Pferde alle zur gleichen Zeit nicht in Form waren. Ich begann mir Sorgen zu machen, was mir nicht gut tat, weil ich geradezu spüren konnte, wie mein Selbstvertrauen von Tag zu Tag mehr dahinschwand.

Da war eine graue Stute, die ich besonders gern ritt, weil sie äußerst schnell reagierte. Sie schien oft vor mir zu wissen, was ich vorhatte, bevor ich ihr Zeichen gab, als habe sie die Situation ebenso klar erkannt wie ich und unabhängig von mir ihre Entscheidung getroffen. Sie war geduldig und zahm und sprang phantastisch. Ich mochte auch ihren Besitzer, einen kleinen, lustigen Farmer mit krassem Norfolkakzent, und als wir sie vor dem Rennen im Paradezirkel beobachteten, bekundete er Sympathie für mein Mißgeschick und meinte: »Macht nichts. Bei der Stute klappt es. Sie läßt Sie nicht im Stich. Da brauchen Sie gar keine Sorgen zu haben.«

Ich ging lächelnd ins Rennen, weil ich ebenfalls glaubte, mir könne mit diesem Pferd gar nichts passieren. Aber sie war wie umgewandelt. Dieselbe Farbe, dieselbe Größe, derselbe hübsche

Kopf – aber keine Energie. Es war, als steuere man einen Wagen mit vier platten Reifen.

Der lustige Farmer wirkte weit weniger lustig, als ich sie zurückbrachte.

»Sie ist noch nie Letzte geworden«, sagte er anklagend.

Wir sahen sie uns genau an, konnten aber nichts finden. Sie atmete nicht einmal schwer.

»Ich kann ja ihr Herz untersuchen lassen«, meinte der Farmer zweifelnd. »Wissen Sie ganz genau, daß Sie alles richtig gemacht haben?«

»Ja«, antwortete ich, »aber sie war heute einfach nicht in Stimmung.«

Der Farmer schüttelte betrübt und verwirrt den Kopf.

Eines meiner Pferde gehörte einer großen Frau mit scharfen Zügen, die sehr viel vom Rennsport verstand und mit Pfuschern kein Mitleid hatte. Sie fiel über mich her, nachdem ich ihren sündteuren neuen Wallach nur wenige Meter vor dem Ziel auf den vorletzten Platz hatte zurückfallen lassen.

»Es ist Ihnen wohl klar«, sagte sie mit lauter, harter Stimme, während eine große Gruppe von Zuschauern bedenkenlos lauschte, »daß es Ihnen in den letzten fünf Minuten gelungen ist, den Wert meines Pferdes um die Hälfte zu drücken und mich zu einer Närrin zu stempeln, weil ich ein Vermögen dafür bezahlt habe.«

Ich entschuldigte mich. Ich deutete an, daß ihr Pferd möglicherweise noch Zeit brauche.

»Zeit?« wiederholte sie zornig. »Wozu? Damit Sie endlich aufwachen? Sie tun ja gerade so, als läge der Fehler bei mir, nicht bei Ihnen. Sie sind von Anfang an falsch geritten. Sie hätten ganz anders vorgehen müssen . . .«

Ihre Strafpredigt hörte nicht auf, und ich starrte den schönen Kopf ihres Vollblutpferdes an und gab innerlich zu, daß es wahrscheinlich viel besser war, als es den Anschein hatte.

Ein Mittwoch war der große Tag für einen zehnjährigen Schuljungen mit strahlenden braunen Augen und Verschwörergrinsen. Seine reiche, exzentrische Großmutter, die dahintergekommen war, daß es für Rennpferdbesitzer kein Mindestalter gab, hatte Hugo einen riesigen Fuchs geschenkt und hatte zufällig auch noch die Trainingskosten bezahlt.

Ich hatte mich mit Hugo angefreundet. Da er wußte, daß ich

bei James Axminster sein Pferd fast jeden Morgen sah, schickte er mir ständig kleine Päckchen Würfelzucker, den er in seinem Internat vom Eßtisch stibitzt hatte, und ich schrieb Hugo regelmäßig, um ihm in allen Einzelheiten zu erzählen, wie sich sein Pferd machte.

An diesem Mittwoch hatte Hugo nicht nur einen Tag frei bekommen, um sein Pferd laufen zu sehen, er erschien auch mit drei Freunden. Die vier Buben standen mit mir und James im Paradezirkel, da Hugos Mutter zu den seltenen Frauen gehörte, die ihre Söhne das Rampenlicht allein genießen lassen. Als ich vom Wiegeraum aus hinüberging, hatte sie mich von ihrem Platz auf der Tribüne aus freundlich angelächelt.

Die vier kleinen Buben waren todernst und aufgeregt, und James und ich hatten sehr viel Spaß mit ihnen vor dem Rennen, weil wir sie wie Männer behandelten, was ihnen offenbar wohltat. Diesmal, versprach ich mir, diesmal werde ich gewinnen. Für Hugo. Ich muß einfach.

Aber der große Fuchs sprang an diesem Tag sehr ungeschickt. Fast hinter jedem Hindernis senkte er den Kopf. Einmal mußte ich mich, um nicht abgeworfen zu werden, mit nur einer Hand an seinem Hals entlangstrecken und mit der anderen die Zügel einfach fahrenlassen. Der freie, hochzuckende Arm half mir, im Sattel zu bleiben, aber die unter dem Namen ›ein Taxi rufen‹ bekannte Geste konnte mir bei James keine Gutpunkte einbringen, der das oft als den Stil ›schlechter, erschöpfter, ängstlicher oder untauglicher Amateure‹ qualifiziert hatte.

Hugos Gesicht war nervös gerötet, als ich abstieg, und seine drei Freunde scharrten verlegen mit den Füßen. Da er sie als Zeugen dabei hatte, konnte Hugo bei seinen übrigen Klassenkameraden die Katastrophe nicht vertuschen.

»Es tut mir sehr leid, Hugo«, sagte ich bedrückt und entschuldigte mich für alles – für mich, das Pferd, das Rennen und den Geiz des Schicksals.

Er zeigte einen Gleichmut, an dem sich viele ältere Leute ein Beispiel hätten nehmen können.

»War eben mal ein schlechter Tag«, sagte er freundlich. »Und außerdem muß einer ja Letzter sein! Das hat Daddy auch gesagt, als ich in Geschichte eine Fünf bekam.« Er sah den Fuchs verzeihend an und sagte zu mir: »Aber sonst ist er doch recht tüchtig, nicht wahr?«

»Ja«, antwortete ich. »Sehr tüchtig sogar.«

»Na ja«, sagte Hugo und sah seine Freunde tapfer an, »das wär's. Dann können wir ja unseren Tee trinken.«

Mißerfolge von dieser Art kamen zu häufig vor, um keine Aufmerksamkeit zu erregen, aber im Laufe der Zeit fiel mir auf, daß sich die Einstellung der Leute zu mir änderte. Ein paar, wie Corin, ließen so etwas wie Verachtung erkennen. Andere wirkten verlegen, wieder andere sympathisierten mit mir, einige sahen mich mitleidig an. Überall sah man mir nach, und ich konnte die Klatschwelle, die hinter mir zusammenschlug, benahe spüren. Ich wußte nicht genau, was eigentlich geredet wurde, weshalb ich Tick-Tock fragte.

»Kümmer dich nicht darum«, sagte er. »Du brauchst nur ein-, zweimal zu gewinnen, dann bist du wieder der Held des Tages, und alles, was sie jetzt quatschen, ist vergessen. Du bist eben in einer Pechsträhne.«

Mehr brachte ich aus ihm nicht heraus.

Eines Donnerstagabends rief James bei mir an und bat mich, zu ihm zu kommen. Ich ging im Dunkeln hin und fragte mich bedrückt, ob er, wie schon zwei andere Trainer an diesem Tag, eine Ausrede präsentieren würde, mit der er einen anderen Jockei auf seine Pferde setzen konnte. Ich nahm es ihm nicht übel. Die Besitzer waren ohne weiteres in der Lage, ihm einen Jockei auszureden, der so viel Pech hatte.

James rief mich in sein Büro, einen quadratischen Raum zwischen seinem Haus und den Stallungen. Die Wände waren mit Rennfotos, Bücherregalen, langen Reihen von Rennblusen auf Bügeln und Karteikästen ausgefüllt. Vor dem Fenster, das auf den Hof hinausging, stand ein großer Schreibtisch. Ferner gab es drei Lehnstühle mit verblaßten Überzügen, einen zerfaserten Orientteppich auf dem Boden und ein glimmendes Feuer im Kamin. Ich hatte im letzten Vierteljahr dort viele Stunden verbracht, gelaufene Rennen und zukünftige Pläne besprechend.

James erwartete mich und trat zur Seite, um mich eintreten zu lassen. Er machte die Tür zu und starrte mich angriffslustig an.

»Ich habe gehört, daß Sie den Nerv verloren haben«, begann er ohne Vorrede.

Es war sehr still im Zimmer. Das Feuer knisterte. Ein Pferd in der Stallung nebenan schlug mit dem Huf an die Boxwand. Ich sah James an und er mich. Ich antwortete nicht. Die Stille nahm zu. Ich wunderte mich nicht. Ich hätte mir ausrechnen können, was über mich gesprochen worden war, als Tick-Tock sich geweigert hatte, mir nähere Auskünfte zu geben.

»Niemand kann etwas dafür, wenn er die Nerven verliert«, sagte James. »Aber ein Trainer kann einen solchen Mann nicht brauchen.«

Ich sagte immer noch nichts. Er wartete ein paar Sekunden, dann fuhr er fort: »Die klassischen Symptome sind unübersehbar ... Sie sind fast immer als letzter hinter dem Feld hergeritten, haben ohne Grund das Tempo gedrosselt, sind nie schneller geworden als unbedingt nötig war und haben sogar mal ein Taxi gerufen. Ich nenne das allen Schwierigkeiten ausweichen.«

Ich dachte betroffen darüber nach.

»Vor ein paar Wochen«, sagte er, »hab' ich Ihnen versprochen, daß ich nicht einfach einem Gerücht glauben werde, bevor ich mir selbst eine Meinung gebildet habe. Erinnern Sie sich?«

Ich nickte.

»Ich habe das Gerücht letzten Samstag gehört«, sagte er. »Ein paar Leute bekundeten mir ihr Mitgefühl, weil mein Jockei den Nerv verloren habe. Ich glaubte es nicht. Ich habe Sie seither genau beobachtet.«

Bedrückt wartete ich auf den entscheidenden Streich. In der letzten Woche war ich bei sieben Ritten fünfmal Letzter geworden.

Er ging zu einem Sessel vor dem Kamin und setzte sich. Gereizt sagte er: »Setzen Sie sich doch endlich hin, Rob. Stehen Sie nicht einfach da wie ein Taubstummer.«

Ich setzte mich und starrte ins Feuer.

»Ich habe erwartet, daß Sie es abstreiten«, sagte er müde. »Es stimmt also?«

»Nein«, sagte ich.

»Ist das alles, was Sie zu sagen haben? Es genügt nicht. Was ist mit Ihnen los? Sie sind mir eine Erklärung schuldig.«

Ich war ihm mehr schuldig.

»Ich kann's nicht erklären«, murmelte ich verzweifelt. »Jedes Pferd, das ich in den letzten drei Wochen geritten habe, schien durch Schlammboden zu laufen. Es liegt an den Pferden. Ich habe mich nicht verändert ...«

Das klang unnütz und unglaubhaft, selbst ich empfand es so.

»Sie haben jedenfalls stark nachgelassen«, sagte er langsam.

»Vielleicht hat Ballerton recht . . .«

»Ballerton?« rief ich scharf.

»Er hat immer behauptet, daß Sie nicht so gut sind, wie die Leute tun, und daß ich Sie zu schnell aufgebaut hätte . . . Daß Sie an die Spitze gekommen sind, bevor Sie reif dafür waren. Heute ist er herumgelaufen und hat allen Leuten erklärt: ›Na bitte, wer hat jetzt recht?‹ Er kennt kein anderes Thema mehr, so freut er sich.«

»Es tut mir leid, James.«

»Sind Sie krank oder was?« fragte er ungeduldig.

»Nein.«

»Es heißt, der Sturz vor drei Wochen habe Ihnen Angst gemacht – als Sie das Bewußtsein verloren und das Pferd über Sie hinwegrollte. Aber auf dem Heimweg sind Sie doch noch ganz in Ordnung gewesen? Ich erinnere mich, daß Sie zwar ein bißchen steif waren, aber keine Angst vor einem neuerlichen Sturz zu haben schienen.«

»Ich habe an den Sturz überhaupt nicht mehr gedacht«, sagte ich.

»Warum also, Rob, warum?«

Aber ich schüttelte den Kopf. Ich wußte nicht warum.

Er stand auf und öffnete einen Schrank, der Flaschen und Gläser enthielt, goß zwei Whiskys ein und gab mir ein Glas.

»Ich bin noch nicht davon überzeugt, daß Sie den Mut verloren haben«, sagte er. »Wenn man daran denkt, wie Sie am zweiten Weihnachtsfeiertag Template geritten haben, also erst vor einem Monat, kommt einem das einfach unmöglich vor. Niemand kann sich in so kurzer Zeit derart radikal ändern. Bevor ich Sie übernommen habe, was haben Sie anderes getan, als alle wilden und gefährlichen Pferde zu reiten, auf denen die Trainer ihre besten Jockeis nicht riskieren wollten? Deshalb habe ich Sie zu Anfang eingesetzt, ich weiß es noch genau. Und die ganzen Jahre, die Sie auf einer Viehfarm in Australien verbracht haben, und die Zeit bei der Pferdeschau . . . Sie gehören nicht zu den Leuten, die plötzlich ohne Grund die Nerven verlieren, vor allem dann nicht, wenn Sie mitten in einer ungeheuer erfolgreichen Saison sind.«

Ich lächelte beinahe zum erstenmal an diesem Tag, weil mir klar wurde, wie wichtig es für mich war, daß er das Zutrauen zu mir nicht verlor.

»Ich komme mir vor, als müßte ich mich gegen einen Nebel zur

Wehr setzen. Ich habe heute alles versucht, um die Pferde anzutreiben, aber sie waren halbtot – oder ich. Ich weiß nicht, James ... Es ist einfach scheußlich.«

»Das finde ich auch«, sagte er bedrückt. »Ich habe natürlich Schwierigkeiten mit den Besitzern, das können Sie sich vorstellen. Alle, die zu Anfang gezweifelt haben, zweifeln jetzt wieder. Ich kann sie einfach nicht beruhigen ... das ist wie bei einem Kurssturz an der Börse, ansteckend. Und Sie sind die schlechte Aktie, die man abstoßen will.«

»Mit welchen Ritten kann ich noch rechnen?« fragte ich.

Er seufzte. »Ich weiß es nicht genau. Sie können alle Pferde von Broome haben, weil er im Mittelmeer eine Kreuzfahrt macht und einige Zeit von den Gerüchten nichts erfahren wird. Und auch meine beiden; sie laufen nächste Woche. Im übrigen müssen wir abwarten.«

Ich brachte es kaum über die Lippen, mußte aber Bescheid wissen. »Und was ist mit Template?« fragte ich. Er sah mir in die Augen.

»Ich habe von George Tirrold noch nichts gehört«, sagte er. »Ich glaube, er wird einsehen, daß er Sie nicht hinauswerfen kann, nachdem Sie so viele Rennen für ihn gewonnen haben. Er läßt sich nicht leicht beeinflussen, soviel steht fest, und er hat mich eigentlich auch auf Sie aufmerksam gemacht. Wenn nicht noch etwas Schlimmeres passiert«, schloß er sachlich, »dürfen Sie wohl immer noch damit rechnen, am Samstag nächster Woche Template im Winter-Cup zu reiten. Aber wenn Sie da auch Letzter werden ... ist alles aus.«

Ich stand auf und leerte das Glas. »Ich gewinne das Rennen«, sagte ich. »Was es auch kosten mag, ich gewinne es.«

Tags darauf fuhren wir stumm zum Rennplatz, aber als wir ankamen, erfuhr ich, daß zwei der für mich vorgesehenen Pferde nicht von mir geritten werden würden. Die Besitzer glaubten keine Chance zu haben, erklärte mir der betreffende Trainer brüsk, wenn man mich, wie vorgesehen, einsetzte. Es tue ihm sehr leid, aber er habe nichts machen können.

Ich stand auf der Tribüne und sah die beiden Pferde gut laufen; eines gewann, und das andere wurde knapp Dritter. So gut ich konnte, ignorierte ich die forschenden Seitenblicke aller anderen Trainer, Jockeis und Reporter in meiner Nähe. Wenn sie sehen wollten, wie ich damit fertig wurde, war das ihre Sache, wie es meine war, vor ihnen die unvermeidliche Bitterkeit zu verbergen, die ich bei diesen beiden Ergebnissen empfand.

Ich ritt mit James' Pferd im vierten Rennen an den Start, fest entschlossen, zu gewinnen. Das Pferd war an diesem Tag dazu in der Lage, und ich kannte es als begabtes Springpferd und guten Spurter.

Wir wurden Letzte.

Auf dem gesamten Kurs konnte ich kaum Anschluß ans Feld halten. Am Ende trabte das Pferd mit müde gesenktem Kopf durchs Ziel, und ich folgte seinem Beispiel, gedemütigt und elend. Mir war ganz übel.

Es kostete einige Anstrengung, zurückzukehren und mich dem Unvermeidlichen zu stellen. Am liebsten hätte ich den Mini-Cooper mit Höchstgeschwindigkeit gegen einen stabilen Baum gerammt.

Der sommersprossige Bursche, der sich um das Pferd zu kümmern hatte, sah mich nicht an, als er auf dem Sattelplatz die Zügel nahm. Sonst pflegte er mich mit strahlendem Lächeln zu begrüßen. Der Eigentümer und James standen mit ausdruckslosen Mienen da. Niemand sagte etwas. Es gab nichts zu sagen. Schließlich hob der Besitzer wortlos die Schultern, drehte sich auf dem Absatz um und ging davon.

Ich nahm den Sattel vom Pferd, und der Bursche führte es fort.

»Es kann nicht so weitergehen, Rob«, sagte James.

Ich wußte es.

»Es tut mir leid. Es tut mir wirklich leid«, sagte er. »Ich muß morgen für meine Pferde einen anderen nehmen.«

Ich nickte.

Er warf mir einen forschenden Blick zu, in dem sich zum erstenmal Verwirrung und Zweifel mit Mitleid mischten. Ich fand ihn unerträglich.

»Ich glaube, ich fahre heute nach dem Rennen nach Kensington«, sagte ich gepreßt, »statt mit Ihnen zurückzufahren.«

»Gut«, erwiderte er, offensichtlich darüber erleichtert, daß ihm die peinliche Rückfahrt erspart blieb. »Es tut mir wirklich leid, Rob.«

»Ja, ich weiß.«

Ich trug meine Sachen in den Wiegeraum zurück, spürte dort

die Blicke, die mich verfolgten. Die Unterhaltung im Umkleideraum verstummte, als ich eintrat. Ich ging zu meinem Platz, legte den Sattel auf die Bank und zog mich aus. Ich sah die Gesichter an, die mir zugewandt waren, las in einigen Neugier, in anderen Feindseligkeit, in anderen Mitgefühl und bei wenigen sogar Vergnügen. Keine Verachtung; die überließen sie Leuten, die nicht ritten, die nicht aus eigener Erfahrung wußten, wie gewaltig ein hohes Hindernis einem Jockei auf einem schlechten Pferd erscheinen kann.

Sie begannen sich wieder zu unterhalten, mit mir wurde nicht viel gesprochen. Ich nahm an, daß sie nicht wußten, was sie sagen sollten. Mir ging es genauso.

Ich fühlte mich weder mutiger noch feiger als bisher auch. Es ist doch sicher unmöglich, dachte ich verwirrt, im Unterbewußtsein Angst zu haben, allen Schwierigkeiten auszuweichen und dabei zu glauben, daß man nach wie vor bereit war, Risiken einzugehen. Vor drei Wochen noch hätte ich darüber gelacht. Aber die erschütternde Tatsache blieb bestehen, daß keines von den achtundzwanzig Pferden, die ich seit meinem Sturz geritten hatte, auch nur annähernd geleistet hatte, was man von ihnen erwarten durfte. Sie wurden von verschiedenen Trainern ausgebildet und gehörten verschiedenen Leuten; was sie gemeinsam hatten, war ich. Es waren zu viele, um noch an Zufall glauben zu können, vor allem, da diejenigen, auf die ich hatte verzichten müssen, gute Leistungen gebracht hatten.

Die nutzlosen Gedanken, die hoffnungslosen Überlegungen, das Gefühl, daß der Himmel eingestürzt war, alles drehte sich im Kreise. Ich zog mich um, bürstete mein Haar und entdeckte überrascht im Spiegel, daß ich aussah wie sonst auch.

Ich ging die Stufen vor dem Wiegeraum hinunter und hörte, wie man sich im Umkleideraum wieder lebhafter zu unterhalten begann. Auch im Freien schien niemand mit mir reden zu wollen, bis auf einen nervösen kleinen Mann, der, wie ich wußte, für eine der kleineren Sportzeitungen arbeitete.

Er stand bei John Ballerton, aber als er mich sah, kam er zu mir herüber.

»Oh, Finn«, sagte er, nahm Notizbuch und Bleistift aus der Tasche und sah mich mit hinterhältigem Lächeln an, »kann ich eine Liste der Pferde haben, die Sie morgen reiten? Und nächste Woche?«

Ich sah zu Ballerton hinüber. Er trug ein triumphierendes Lächeln im Gesicht. Ich nahm meine ganze Beherrschung zusammen und begegnete dem Reporter mit Milde.

»Erkundigen Sie sich bei Mr. Axminster«, sagte ich. Er machte ein enttäuschtes Gesicht, wußte aber nicht, wie nahe er daran gewesen war, meine Faust auf seiner Nase zu spüren. Ich hatte gerade noch Vernunft genug, um zu wissen, daß ich kaum etwas Dümmeres tun konnte, als ihn niederzuschlagen.

Ich ging wutbebend davon, aber es war noch nicht zu Ende. Auch jetzt noch nicht. Corin trat mir absichtlich in den Weg und bemerkte: »Ich nehme an, daß Sie das gesehen haben?« Er zeigte mir ein Exemplar der Zeitung, für die der kleine Reporter schrieb.

»Nein. Interessiert mich auch nicht.«

Corin lächelte schwach. »Ich finde, daß Sie die Leute verklagen sollten. Das meinen eigentlich alle. Sie werden sie verklagen müssen, wenn Sie den Artikel gelesen haben. Sie können ihn nicht ignorieren, sonst glaubt jeder ...«

»Die Leute können glauben, was ihnen paßt«, schrie ich grob und versuchte, weiterzugehen.

»Lesen Sie's«, hartnäckig hielt Corin mir die Zeitung vors Gesicht. »Alle Leute kennen den Artikel schon.«

Es bedurfte nur eines kurzen Blickes, um die Schlagzeile zu lesen. Sie war nicht zu übersehen. In dicken Lettern verkündete sie: ›Mut verloren‹.

Gegen meinen Willen begann ich zu lesen.

Mut ist entweder Angst, durch Willensanstrengung überwunden, oder gänzlicher Mangel an Phantasie. Wenn man Hindernisrennen reitet, spielt es keine Rolle, welche Art von Mut man besitzt, solange einer von beiden vorhanden ist.

Begreift man, warum ein Mann tapfer ist und der andere nicht? Oder warum ein Mensch zu einer Zeit tapfer und zur anderen feig sein kann?

Vielleicht ist das alles eine Frage der Hormone! Vielleicht kann ein Schlag auf den Kopf die chemische Struktur zerstören, aus der Mut hervorgeht. Wer weiß? Wer weiß?

Der Zusammenbruch eines Springjockeis ist ein trauriger Anblick, wie alle Zuschauer, die in der letzten Zeit auf Rennplätzen waren, bestätigen können. Obwohl man also einem Mann Mitgefühl für einen Zustand bezeigen muß, den er nicht verschuldet hat, muß man sich doch fragen, ob er das Richtige tut, wenn er weiterhin Ritte verlangt und annimmt.

Das Publikum hat für sein Geld Anspruch auf faire Rennen. Wenn ein Jockei nicht das Beste geben kann, weil er Angst hat, sich wehzutun, nimmt er Geld, ohne Anspruch darauf zu haben.

Aber es ist natürlich nur eine Frage der Zeit, bis Pferdebesitzer und Trainer auf einen solchen Mann verzichten und, indem sie ihn zum Rücktritt vom Rennsport bewegen, das Wettpublikum davor bewahren, sein Geld zu verschwenden.

Zum Glück!

Ich gab Corin die Zeitung zurück und bemühte mich, die Starre meiner Kiefermuskeln zu lösen. »Ich kann sie nicht verklagen«, sagte ich. »Mein Name wird nicht erwähnt.«

Er schien nicht überrascht zu sein, und mir wurde plötzlich klar, daß er das die ganze Zeit gewußt hatte. Er wollte sich nur das Vergnügen nicht entgehen lassen, mich beim Lesen zu beobachten, und um seine Augen spielte immer noch die Andeutung eines hinterlistigen Lächelns.

»Was hab' ich Ihnen eigentlich getan, Corin?« fragte ich, »daß Sie solch eine Einstellung haben?«

Er schien verblüfft zu sein und sagte lahm: »Äh ... nichts ...«

»Dann tun Sie mir leid«, sagte ich frostig. »Sie tun mir leid, weil Sie eine gemeine, hinterhältige, feige Seele haben ...«

»Feig!« schrie er aufgebracht. »Wer sind Sie denn, daß Sie einen anderen feig nennen dürfen? Daß ich nicht lache! Warten Sie nur, bis die anderen das hören! Warten Sie nur, bis ich ...«

Aber ich wartete nicht. Ich hatte mehr als genug. Ich fuhr in einer so üblen und verzweifelten Stimmung nach Kensington zurück, wie ich sie in meinem ganzen Leben noch nicht kennengelernt hatte.

Niemand in der Wohnung, und zur Abwechslung war sie fleckenlos sauber. Die Familie war verreist. Ein Blick in die Küche bestätigte es. Im Kühlschrank standen weder Milchflaschen, noch war sonst etwas Eßbares zu finden, kein Brot im Kasten, kein Obst.

Im stillen Wohnzimmer nahm ich eine fast volle Whiskyflasche aus dem Schrank und legte mich aufs Sofa. Ich entkorkte die

Whiskyflasche und trank. Der scharfe Schnaps brannte in meinem leeren Magen. Ich steckte den Korken zurück und stellte die Flasche auf den Boden. Was hat es für einen Sinn, sich zu besaufen, dachte ich, morgen fühlst du dich nur noch schlechter. Ich konnte mich vielleicht ein paar Tage hintereinander betrinken, aber letzten Endes hatte ich nichts davon. Mir konnte nichts mehr auf die Beine helfen. Alles war aus.

Ich starrte lange Zeit meine Hände an. Hände. Ihr Geschick für Pferde hatte mir mein ganzes Leben bisher den Unterhalt verdient. Sie sahen genauso aus wie immer. Sie sind ja auch unverändert, dachte ich verzweifelt. Nerven und Muskeln, Kraft und Feingefühl, nichts war verändert. Aber die Erinnerung an die letzten achtundzwanzig Pferde, die ich geritten hatte, widersprach: schwerfällig, ungeschickt und tölpelhaft.

Ich konnte nichts anderes als reiten, hatte auch nie etwas anderes lernen wollen. Auf einem Pferderücken war ich ein anderer Mensch. Ich besaß vier Glieder mehr und ein zweites Gehirn. Größere Geschwindigkeit, größere Kraft, größeren Mut . . . Ich zuckte bei diesem Wort zusammen . . . und schnellere Reaktionen. Ein Sattel war für mich wie das Wasser für einen Fisch, die natürliche Umwelt. Ein Zuhause. Und ein Rennsattel? Ich atmete tief. Für einen Rennsattel reicht es bei dir nicht, dachte ich düster. Es genügte also doch nicht, Rennsport betreiben zu wollen, man brauchte auch Talent und Beharrungsvermögen, und ich stand der Überzeugung gegenüber, daß ich nicht gut genug war, daß ich nie gut genug sein würde, die Stellung festzuhalten, die ich beinahe im Griff gehabt hatte. Ich war der Meinung gewesen, die unglaubliche Gelegenheit nützen zu können, die sich mir geboten hatte. Mein Versagen, der feige, schwächliche Rückzug vor dem Erfolg zerfetzte alles, was ich über mich selbst gewußt oder geglaubt hatte.

Ich nahm die Whiskyflasche zu mir herauf und legte sie auf meine Brust. Sie war alles, was ich jetzt noch hatte, und zumindest würde sie Schlaf bringen. Aber alte Gewohnheiten lassen sich nicht so leicht vertreiben. Ich preßte die Flasche an mich wie ein Ertrinkender, aber ich wußte, daß ich sie nicht mehr entkorken würde. Eine ganze Weile nicht. In dieser Nacht nicht mehr.

Und die Zukunft? Ich konnte nächste Woche zurückkommen und ein oder zwei Pferde von James reiten, wenn er es erlaubte, vielleicht sogar Template beim Winter-Cup. Aber ich rechnete weder damit, etwas zu leisten, noch hoffte ich es, und mir wurde ganz übel, wenn ich daran dachte, mich wieder diesen Blicken und Beleidigungen aussetzen zu müssen. Vielleicht war es doch besser, sofort ein neues Leben anzufangen. Aber ein neues Leben, in dem ich was tun sollte?

Ich konnte nicht einfach da anfangen, wo ich damals aufgehört hatte. Mit zwanzig hatte es mir Spaß gemacht, bei Viehzüchtern zu arbeiten, aber es war nicht das Richtige für einen Mann mit dreißig oder vierzig oder fünfzig. Was ich auch immer tat, wohin ich auch gehen mochte, ich würde immer das Wissen mit mir herumtragen, daß ich gerade da total versagt hatte, worauf es mir am meisten angekommen war.

Nach langer Zeit stand ich auf und stellte die Flasche in den Schrank zurück. Ich hatte schon seit über sechsundzwanzig Stunden nichts mehr gegessen. Trotz der betrüblichen Erlebnisse begann sich mein Magen zu melden. Bei einer zweiten Inspektion förderte ich in der Küche nur Gurken, glasierte Maronen und Erdbeeren zutage, weshalb ich das Haus verließ und durch die Straßen lief, bis ich ein anständiges Lokal fand, wo mich niemand kannte. Ich wollte meine Ruhe haben.

Ich bestellte Schinkenbrote und ein Glas Bier, aber als das Essen kam, schmeckte das dicke, frische Weißbrot wie Stroh, und meine Kehle wehrte sich gegen alle Schluckversuche. So kann's nicht weitergehen, dachte ich. Ich muß essen. Wenn ich mich nicht besaufen kann, wenn ich Joanna nicht haben kann und wenn ich . . . wenn ich kein Jockei mehr sein kann . . . dann möchte ich wenigstens essen, so viel ich will, ohne mir Sorgen über mein Gewicht machen zu müssen . . . Aber nach zehn Minuten hatte ich erst zwei Bissen hinuntergebracht, und damit war endgültig Schluß.

Die Tatsache, daß Freitag war, hatte mir den ganzen Abend lang nichts Besonderes bedeutet, und ich merkte auch nicht auf, als es neun Uhr wurde. Aber als ich die Brote wegschob und das Bier angewidert anstarrte, stellte jemand das Fernsehgerät auf der Theke lauter, und die ersten Takte der Erkennungsmelodie von Maurice Kemp-Lores Sendung übertönten plötzlich das Gläserklirren und Stimmengewirr. Eine große Gruppe von Männern, die sich vor dem Fernsehgerät niedergelassen hatte, zischte den anderen Gästen zu, still zu sein, und bis Maurice Kemp-Lores Gesicht auf dem Bildschirm erschien, war es ziemlich ruhig geworden. Mein kleiner Tisch war der am weitesten von der Tür entfernte, so daß ich eigentlich hauptsächlich deswegen blieb, weil ich mich nicht zwischen den Leuten hindurchzwängen wollte.

»Guten Abend«, sagte Maurice mit seinem vertrauten Lächeln. »Heute abend sprechen wir über Handikaps, und ich möchte Ihnen zwei Fachleute vorstellen, die Gewichte und Maße von verschiedenen Standpunkten aus betrachten. Der erste ist Mr. Charles Jenkinson, seit mehreren Jahren amtlicher Handikaper.« Mr. Jenkinsons verlegenes Gesicht tauchte kurz auf dem Bildschirm auf. »Und der andere ist der weithin bekannte Trainer Corin Kellar.«

Corins hageres Gesicht strahlte vor Befriedigung. Das wird er uns die nächsten fünf Monate unter die Nase reiben, dachte ich, dann fiel mir plötzlich ein, daß ich jedenfalls nicht dabeisein würde, wenn er davon erzählte.

»Mr. Jenkinson«, plauderte Maurice, »wird Ihnen erklären, wie er ein Handikap errechnet. Und Mr. Kellar sagt Ihnen, wie er es anstellt, daß seine Pferde durch die festgesetzten Gewichte nicht alle Chancen verlieren. Die Auseinandersetzung zwischen Handikapern und Trainern ist, obwohl sie mit gentlemanhafter und klagloser Zurückhaltung geführt wird, sehr hart, und vielleicht bekommen Sie heute abend eine Andeutung davon zu spüren.« Er lächelte liebenswürdig. »Der Gipfel des Erfolges für einen Handikaper wäre, daß alle bei einem Rennen gemeldeten Pferde gleichzeitig durchs Ziel gehen – im vielfachen Bodenrennen –, weil es ihm darauf ankommt, jedem Pferd genau dieselbe Chance zu geben. Das kommt selbstverständlich vor, aber selbst Handikaper träumen manchmal.« Er grinste seine Gäste voll Herzlichkeit an, und als Mr. Jenkinson auf dem Bildschirm erschien, konnte man beinahe sehen, wie er selbstsicherer wurde, als er von seiner Arbeit zu erzählen begann.

Ich hörte nur mit halber Aufmerksamkeit zu, weil ich im übrigen mit meinem eigenen Elend beschäftigt war, und Corin war schon seit einiger Zeit zu Wort gekommen, bevor ich auf ihn achtete. Er war aus gutem Grund nicht ganz offen, weil ihn die blanke Wahrheit seine Lizenz gekostet hätte. In der Praxis hatte er keinerlei Bedenken, seinen Jockeis die Anweisung zu erteilen, daß sie hinter dem Feld bleiben sollten, aber in der Theorie stand er, wie ich sah, durchaus auf der Seite des Rechts.

»Die Pferde aus meinem Stall laufen grundsätzlich auf Sieg«, log er ohne Bedenken.

»Aber Sie bestehen doch sicherlich nicht darauf, daß sie auch am Ende noch hart hergenommen werden sollen, obwohl sie keine Chance mehr haben?« meinte Maurice verbindlich.

»So hart wie möglich, ja«, bestätigte Corin. »Ich kann es nicht vertragen, wenn Jockeis zu früh nachlassen, selbst wenn sie schon geschlagen sind. Ich habe erst vor kurzem einen Jockei entlassen, weil er beim Finish nicht alles gegeben hat. Er hätte dritter werden können, wenn er das Pferd angetrieben hätte . . .« Seine Stimme tönte weiter, heuchlerisch und klagend, und ich dachte an Tick-Tock, den man gerügt hatte, weil er sich zu gewissenhaft an seine Anweisungen gehalten hatte. Ich dachte an Art, den man beschimpft, angenörgelt und in den Tod getrieben hatte, und meine Abneigung gegenüber Corin Kellar steigerte sich zu Haß. Maurice brachte ihn aufs Thema zurück und rang ihm das widerwillige Eingeständnis ab, daß es im Hinblick auf die Gewichtsbelastung, die in Zukunft vorgeschrieben sein würde, für ein Pferd manchmal besser war, mit einer Länge Vorsprung zu gewinnen, als mit zehn. Maurice hätte besser daran getan, irgendeinen anderen Fachmann einzuladen, oder vielleicht kannte er Corin nicht gut genug, um zu wissen, daß er vor der Öffentlichkeit heuchlerisch bestritt, was er privat gesagt hatte. Jeder Jockei, der Kellars Pferde geritten hatte, wußte Bescheid.

»Man ist seinem Jockei immer ausgeliefert«, jammerte Corin gerade.

»Nur zu«, sagte Maurice anfeuernd und beugte sich vor. Eine Lichtquelle irgendwo im Stuio ließ seine Augen aufglänzen. »Man kann sich wochenlang mit einem Pferd abplagen«, fuhr Corin fort, »und dann kommt ein Jockei daher und vermasselt alles durch einen einzigen dummen Fehler.«

»Für das Handikap ist das allerdings nicht schlecht«, unterbrach ihn Maurice lachend. Die Zuhörer im Lokal lachten auch. »Na ja«, meinte Corin verständnislos.

»Wenn Sie die Sache so sehen«, fuhr Maurice fort, »gibt es immer einen Ausgleich dafür, daß ein Jockei dem Pferd nicht alles abverlangt. Was immer auch der Grund dafür sein mag. Harmlos, also ein Fehler, oder ernster, wenn er im entscheidenden Augenblick nicht seine ganze Entschlußkraft einsetzt.«

»Sie meinen, wenn er keinen Mut hat?« sagte Corin. »Ich

würde sagen, daß ein Handikaper darüber genauso Bescheid weiß wie jeder andere und es auch berücksichtigen würde. Es gibt zur Zeit ein praktisches Beispiel . . .« Er zögerte, aber Maurice fuhr nicht dazwischen, so daß er etwas kühler geworden fortfuhr: »Ein Fall, bei dem ein gewisser Jockei bei jedem Rennen hinter dem Feld bleibt. Er hat Angst vor einem Sturz, verstehen Sie? Mir können Sie nicht erzählen, daß ein Handikaper diese Pferde nicht für so gut hält, wie sie eigentlich sind. An ihnen liegt es nicht. Es ist einfach der Reiter, der immer weiter abrutscht.«

Ich spürte, wie mir das Blut in den Kopf schoß und zu pulsieren begann. Ich stützte die Ellenbogen auf den Tisch und biß in die Fingerknöchel. Die Stimmen sprachen unerbittlich weiter.

»Was haben Sie dazu zu sagen, Jenkinson?« fragte Maurice.

Und der Handikaper murmelte mit verlegenem Gesicht: »Selbstverständlich . . . äh . . . unter diesen Umständen würde man solche . . . äh . . . gelegentlichen Ergebnisse unbeachtet lassen.«

»Gelegentlich!« sagte Corin. »Wenn so etwas nahezu dreißigmal hintereinander passiert, kann man nicht mehr von gelegentlich sprechen. Wollen Sie das alles übersehen?«

»Ich kann das nicht beantworten«, protestierte Jenkinson.

»Was tun Sie gewöhnlich in solchen Fällen?« fragte Maurice.

»Ich . . . das heißt . . . normalerweise sind sie nicht so auffällig. Ich würde gegebenenfalls mit . . . äh . . . anderen Leuten sprechen müssen, bevor ich eine Entscheidung treffe, aber darüber kann ich hier wirklich nichts sagen.«

»Wo wäre es passender?« meinte Maurice. »Wir alle wissen, daß der arme Kerl vor drei Wochen gestürzt ist und seither . . . äh . . . nicht besonders viel geleistet hat. Sie müßten das doch sicher berücksichtigen, wenn Sie das Handikap errechnen?«

Während sich die Kamera auf Jenkinson richtete, sagte Corins Stimme: »Mich würde interessieren, was Sie für eine Meinung haben. Eines von den Pferden stammte von mir, wissen Sie. Es war eine blamable Sache. Finn wird für mich nicht mehr reiten, wahrscheinlich auch für keinen anderen Trainer mehr.«

Jenkinson meinte unsicher: »Ich glaube nicht, daß wir Namen nennen sollten«, und Maurice fuhr hastig dazwischen: »Nein, nein. Ich bin völlig Ihrer Meinung. Lieber nicht.« Aber es war schon passiert.

»Nun, ich bedanke mich vielmals, daß Sie uns heute abend Ihre

Zeit gewidmet haben. Leider geht die Sendung schon wieder ihrem Ende zu . . .« Geschickt fand er einen Übergang zur üblichen Vorschau und zu den Schlußsätzen, aber ich hörte nicht mehr hin. Er und Corin hatten meine kurze Laufbahn endgültig ruiniert, und das auf dem grellen kleinen Bildschirm mit ansehen zu müssen, hatte bei mir furchtbare Kopfschmerzen hervorgerufen.

Als sich die Gäste wieder zu unterhalten begannen, stand ich auf und ging ein wenig unsicher zur Tür. Die Rennsport-Anhänger leerten ihre Krüge, und als ich mich an ihnen vorbeizwängte, hörte ich, wie einer sagte: »Der hat aber schon arg übertrieben.«

»Gar nicht«, erwiderte ein anderer. »Finn hat mich am Dienstag zehn Pfund gekostet. Geschieht ihm recht, dem Dreckskerl –«

Ich taumelte auf die Straße hinaus, zog die kalte Luft ein und bemühte mich angestrengt, gerade zu stehen. Es hatte keinen Zweck, sich hinzusetzen und in der Gosse zu heulen, was mir sehr leichtgefallen wäre. Ich ging langsam zur dunklen, leeren Wohnung zurück und legte mich angezogen aufs Bett, ohne das Licht anzuknipsen.

Der Lichtschein der Straßenlaterne warf einen schwachen Schimmer in den kleinen Raum, und der Schatten des Fensterrahmens zeigte sich verzerrt an der Decke. Mein Schädel pulsierte. Ich erinnerte mich, schon einmal so dagelegen zu haben, an dem Tag, als Grant mich niedergeschlagen hatte. Ich entsann mich, ihn und Art bemitleidet zu haben. Das war so einfach gewesen. Ich stöhnte laut, und das Geräusch schockierte mich.

Von meinem Fenster bis zur Straße war ein weiter Weg – fünf Stockwerke. Ein langer, schneller Weg. Ich dachte darüber nach.

In der Wohnung unter uns gab es eine Uhr mit Glockenschlag, die sich jede Viertelstunde meldete, und in dem stillen Haus konnte ich sie deutlich hören. Es schlug zehn, elf, zwölf, eins, zwei.

Der Schatten des Fensters stand unverrückbar an der Decke. Ich sah zu ihm hinauf. Fünf Stockwerke. Aber so schlecht es auch sein mochte, ich konnte auch diesen Weg nicht gehen. Für mich war das kein Ausweg. Ich schloß die Augen und fiel endlich nach den langen, verzweifelten Stunden in einen erschöpften, unruhigen, von Träumen erfüllten Schlaf.

Ich erwachte zwei Stunden später und hörte die Uhr vier schlagen. Meine Kopfschmerzen waren verschwunden, und mein

Verstand wirkte so klar und scharf wie der bestirnte Himmel draußen: frisch gesäubert und glänzend. Es war, als trete man aus einem dichten Nebel in den Sonnenschein. Wie Kühle nach dem Fieber. Als sei ich neu geboren.

Irgendwann zwischen Schlaf und Erwachen war ich wieder zu mir selbst gekommen, hatte die Sicherheit gefunden, daß ich der war, für den ich mich hielt, und nicht der, als den mich die anderen sahen.

Und daß es so war, dachte ich verwirrt, wußte ich. Also mußte es eine andere Erklärung für meine Schwierigkeiten geben. Ich brauchte sie nur zu finden. Verärgert dachte ich an die schreckliche Stimmung, mit der ich mich herumgequält hatte, und begann endlich, meinen Verstand zu benutzen.

Eine halbe Stunde später war mir klar geworden, daß auch mein Magen wach war und so beharrlich darauf bestand, gefüllt zu werden, daß ich mich nicht konzentrieren konnte. Ich stand auf und holte die glasierten Maronen aus der Küche, wo ich auch noch Käsegebäck in Dosen fand. Ich machte die Dosen auf, legte mich wieder hin, aß das Käsegebäck und die Hälfte der Kastanien. Mein Magen beruhigte sich, wie ein Drache, der seine ihm zustehende Jungfrau verspeist hat, und draußen verblaßten die Sterne in der trüben Londoner Dämmerung.

Am Vormittag befolgte ich den Rat, den ich Grant gegeben hatte, und suchte einen Psychiater auf.

9

Ich kannte den Psychiater sehr gut, weil er mit meinem Vater befreundet war, und hoffte nur, daß er mich auch an einem Vormittag drannehmen würde, den er sonst immer fürs Golfspiel reserviert hatte. Um acht Uhr rief ich in der Wimpole Street an, wo er in einem großen Haus über seiner Praxis wohnte. Er erkundigte sich nach meinem Vater. Er schien es eilig zu haben.

»Kann ich bitte zu Ihnen kommen, Sir?«

»Jetzt? Nein. Am Samstag nicht. Golf«, erklärte er kurz angebunden.

»Bitte ... es dauert nicht lange.«

Es blieb kurze Zeit still.

»Dringend?«

»Ja.«

»Dann kommen Sie sofort. Ich muß um zehn in Wentworth sein.«

»Ich bin nicht rasiert . . .«, sagte ich, als ich mich im Spiegel sah und feststellte, daß ich einem Landstreicher glich.

»Wollen Sie sich rasieren oder mit mir reden?« fragte er ungeduldig.

»Reden«, antwortete ich.

»Dann los«, sagte er und legte auf.

Ich nahm ein Taxi, und er öffnete die Tür, einen Toast mit Marmelade in der Hand. Der bekannte Mr. Claudius Mellit, dessen Patienten ihn gewöhnlich in gestreifter Hose und schwarzem Jackett sahen, trug vernünftigerweise, da er ja zum Golfspielen wollte, eine wasserdichte Hose und einen weichen Norwegerpullover. Er sah mich durchdringend an und wies mit dem Daumen nach hinten.

»Oben.«

Ich folgte ihm ins obere Stockwerk. Unterwegs beendete er sein Frühstück. Wir betraten sein Speisezimmer, wo er mich an den ovalen Mahagonitisch bat und mir eine Tasse Kaffee hinstellte. »Also«, sagte er, mir gegenüber Platz nehmend.

»Nehmen Sie einmal an . . .«, begann ich und verstummte. Jetzt schien es auf einmal nicht mehr so einfach zu sein. Was ich um fünf Uhr früh für eindeutig und selbstverständlich gehalten hatte, war jetzt vom Zweifel angekränkelt. Die frühen Morgenstunden hatten mir etwas gezeigt, woran ich glaubte, aber im grellen Licht des Tages konnte es nicht anders als lächerlich klingen.

»Hören Sie zu«, sagte er. »Wenn Sie wirklich Hilfe brauchen, ist meine Golfspielerei völlig unwichtig. Als ich am Telefon sagte, daß ich es eilig hätte, wußte ich nicht, in welchem Zustand Sie sind . . . und wenn Sie es mir nicht übelnehmen, Ihr Anzug sieht aus, als hätten Sie darin geschlafen.«

»Ja, allerdings«, bekannte ich überrascht.

»Na, dann beruhigen Sie sich und erzählen Sie mir alles.« Er grinste, ein großer Bär von einem Mann, fünfzig Jahre alt und sehr klug.

»Es tut mir leid, daß ich so unrasiert und ungepflegt aussehe«, begann ich.

»Und hohläugig und bleichwangig«, murmelte er lächelnd.

»Aber ich fühle mich nicht so schlecht, wie ich wahrscheinlich aussehe. Jetzt nicht mehr. Ich möchte Sie nicht vom Golfspiel abhalten, wenn Sie mir nur sagen . . .«

»Ja?«

»Angenommen, ich hätte eine Schwester, die eine so gute Musikerin wäre, wie Mutter und Vater, und ich, der einzige in der ganzen Familie, dem ihr Talent fehlt – Sie wissen es ja selbst – und ich wäre der Meinung, daß sie mich verachten, weil ich es nicht besitze, was, glauben Sie, würde ich tun?«

»Sie verachten Sie nicht«, protestierte er.

»Nein . . . aber wenn sie's täten, gäbe es dann eine Möglichkeit, sie – und mich – davon zu überzeugen, daß ich einen sehr guten Grund hatte, kein Musiker zu werden?«

»O ja«, überlegte er sofort. »Dann würde ich genau das von Ihnen erwarten, was Sie getan haben. Daß Sie etwas finden, wofür Sie sich interessieren, um sich fanatisch damit abzugeben, bis Sie auf Ihrem Gebiet das erreichen, was Ihre Familie auf einem anderen geschafft hat.«

Ich war wie vor den Kopf geschlagen. Eine so einfache Erklärung für meinen Trieb zum Rennsport wäre mir nie eingefallen.

»Das . . . das hab' ich nicht gemeint«, sagte ich hilflos. »Aber wenn ich es mir recht überlege, stimmt es.« Ich machte eine Pause. »Was ich eigentlich fragen wollte: Könnte ich, als ich größer wurde, eine körperliche Untüchtigkeit entwickelt haben, um mein Versagen nicht deutlich werden zu lassen, eine Lähmung beispielsweise, so daß es mir einfach nicht möglich gewesen wäre, Geige oder Klavier oder irgendein anderes Instrument zu lernen? Einen scheinbar ehrenhaften Ausweg?«

Er sah mich eine Weile ernst an.

»Wenn Sie zu einem gewissen Typ gehören, ist das möglich. Aber nicht bei Ihnen. Hören Sie auf, um den Brei herumzureden, und fragen Sie, was Sie wissen wollen. Ich kenne mich mit solchen fiktiven Geschichten aus . . . ich habe jeden Tag damit zu tun . . . aber wenn Sie eine gescheite Antwort hören wollten, müssen Sie die entscheidende Frage stellen.«

»Es gibt zwei«, sagte ich. Ich zögerte immer noch. Von seiner Antwort hing so viel ab, vielleicht mein ganzes Lebben. Er wartete geduldig.

Ich sagte schließlich: »Könnte ein Junge, in dessen Familie es nur großartige Reiter gab, Asthma bekommen, um die Tatsache zu verbergen, daß er sich vor Pferden fürchtete?« Mein Mund war trocken.

Er antwortete nicht gleich. Er sagte: »Und die andere Frage?«

»Könnte dieser Junge, zum Mann geworden, Hindernisjockeis gegenüber einen solchen Haß empfinden, daß er sich bemüht, ihre Karriere zu vernichten? Obwohl er, wie Sie gesagt haben, etwas anderes gefunden hat, wo er sehr tüchtig ist?«

»Ich nehme an, daß dieser Mann eine solche Schwester hat, wie Sie vorhin erwähnen?«

»Ja«, sagte ich. »Sie ist die beste Jagdreiterin der letzten zwanzig Jahre.«

Er lehnte sich zurück. »Die ganze Geschichte ist für Sie offenbar so wichtig, Robert, daß ich Ihnen keine Antwort geben kann, ohne mehr darüber zu wissen. Ich möchte nicht einfach ja sagen und nachher feststellen müssen, daß Sie andere Leute in die größten Schwierigkeiten gebracht haben. Sie müssen mir sagen, warum Sie diese Fragen stellen.«

»Aber Ihr Golf«, sagte ich.

»Das hat Zeit«, sagte er ruhig. »Reden Sie.«

Ich fing an. Ich erzählte ihm, was mit Art geschehen war, mit Grant, Peter Cloony, Tick-Tock und mit mir.

Ich erzählte ihm von Maurice Kemp-Lore. »Er stammt aus einer Familie, in der Reiten geradezu eine Lebensanschauung war, und er hat auch die richtige Figur für den Rennsport. Aber beim Umgang mit Pferden bekommt er Asthma, und deshalb ist er nicht aktiv, wie jeder weiß. Also . . . ist das ein guter Grund? Natürlich gibt es Asthmatiker, die reiten – Asthma hält Leute nicht auf, die den Rennsport über alles lieben –, aber kein Mensch würde jemand verachten, der es nicht tut.«

Ich schwieg ein paar Augenblicke, aber als er nichts sagte, fuhr ich fort: »Man fühlt sich unwillkürlich zu ihm hingezogen. Sie können sich nicht vorstellen, wie charmant er ist, wenn Sie ihn nicht kennen. Man sieht die Leute aufwachen und strahlen, wenn er mit ihnen spricht. Er hat vom National Hunt Committee bis zum kleinsten Stallburschen nur Verehrer . . . und ich glaube, daß er seinen Einfluß dazu benützt, die Jockeis schlechtzumachen.«

»Weiter«, sagte Claudius, ohne sich dazu zu äußern.

»Die Männer, die besonders stark seinem Einfluß zu unterliegen scheinen, sind Corin Kellar, ein Trainer, und John Ballerton vom Hunt Committee. Keiner von beiden hat je ein gutes Wort für die Jockeis übrig. Ich glaube, daß Kemp-Lore sie sich als Freunde ausgesucht hat, weil sie gemein genug sind, alles unter die Leute zu bringen, was er ihnen einflößt. Ich glaube, daß alle gefährlichen Gerüchte vom Kemp-Lore stammen, und daß sogar die Substanz hinter den Gerüchten vorwiegend auf ihn zurückzuführen ist. Warum ist er nicht zufrieden mit seinem Erfolg? Die Jockeis, die er schädigt, mögen ihn und freuen sich, wenn er mit ihnen spricht. Warum will er sie fertigmachen?«

»Wenn das ein hypothetischer Fall wäre«, sagte er, »würde ich Ihnen sagen, daß ein solcher Mann seinen Vater – und seine Schwester – zugleich hassen und beneiden und diese Gefühle von früher Kindheit an gehabt haben kann. Aber weil er weiß, daß sie schlecht sind, unterdrückt er sie, und die Aggression wird unglücklicherweise auf Menschen mit denselben Fähigkeiten und Talenten umgelenkt, die er an seinem Vater haßt. Solchen Leuten kann man helfen. Man kann sie verstehen, behandeln und ihnen verzeihen.«

»Ich kann ihm nicht verzeihen«, sagte ich. »Und ich werde ihm das Handwerk legen.«

Er sah mich lange Zeit an. »Sie müssen vorher alles genau prüfen«, sagte er. »Bis jetzt stützen Sie sich nur auf Vermutungen. Da ich keine Gelegenheit gehabt habe, mit ihm zu sprechen, hören Sie von mir auch nicht mehr als das Eingeständnis, daß Ihr Verdacht Kemp-Lore gegenüber möglicherweise berechtigt ist. Nicht einmal wahrscheinlich. Er ist ein in der Öffentlichkeit bekannter Mann mit gutem Ruf. Sie erheben da eine sehr folgenschwere Anklage. Sie brauchen unwiderlegbare Tatsachen. Bis Sie die haben, besteht immer noch die Chance, daß Sie, was Ihnen zugestoßen ist, als bösartige Einflüsse von außen interpretieren, um Ihr inneres Versagen zu verdecken. Seelisches Asthma, sozusagen.«

»Gibt es bei euch eigentlich nie einen einfachen Standpunkt?« meinte ich seufzend.

Er schüttelte den Kopf. »Nichts ist einfach.«

»Ich besorge mir, was ich brauche. Ab heute«, sagte ich. Ich stand auf. »Vielen Dank, daß Sie so geduldig waren. Und das mit Ihrem Golf tut mir wirklich leid.«

»Ich bin gar nicht einmal so spät dran«, versicherte er mir, stieg die Treppe hinunter und öffnete die Haustür. Als er mir zum Abschied die Hand gab, sagte er: »Seien Sie vorsichtig, Robert. Wenn Sie recht haben, und es ist durchaus möglich, müssen Sie Kemp-Lore mit Nachsicht behandeln. Überreden Sie ihn, sich behandeln zu lassen. Setzen Sie ihm nicht zu hart zu. Es könnte von Ihnen abhängen, ob er sich wieder findet.«

»Ich kann mir Ihren Standpunkt nicht zu eigen machen«, sagte ich tonlos. »Ich halte Kemp-Lore nicht für krank, sondern für bösartig.«

»Wo die Krankheit aufhört und das Verbrechen beginnt ...« Er zuckte die Achseln. »Darüber streitet man sich seit Jahrhunderten, und nicht zwei Leute sind einer Meinung. Aber Vorsicht, Vorsicht!« Er wandte sich zum Gehen. »Grüßen Sie mir Ihre Eltern.« Er lächelte und schloß die Tür.

Nachdem ich mich in einem Friseurladen hatte rasieren lassen und in einem Lokal nebenan eine dreifache Portion Rührei mit Schinken verdrückt hatte, beschäftigte ich mich mit dem Problem, woher ich die unwiderlegbaren Tatsachen beschaffen sollte. Bei genauerem Hinsehen schien es nur sehr wenige zu geben, und bei meinen Nachforschungen würde ich gegen die Barriere aus Mitleid und Verachtung stoßen, die meine letzten Leistungen errichtet hatten. Scheußliche Medizin, aber wenn ich auf einem Heilmittel bestand, mußte ich sie einnehmen. Ich ging zum Telefon und läutete Tick-Tock an.

»Reitest du heute nachmittag?« fragte ich.

»Tu mir einen Gefallen«, sagte er. »Keine gemeinen Fragen so früh am Tag. Mit einem Wort – nein.« Er machte eine Pause.

»Und du?«

Unschuldig, zu unschuldig.

»Du bist ein Schuft«, sagte ich.

»Das muß schon mal jemand zu mir gesagt haben.«

»Ich brauche den Wagen«, sagte ich.

»Den kriegst du nicht, wenn du an einen Baum rasen willst.«

»Bestimmt nicht«, versicherte ich.

»Na, das freut mich. Aber wenn du dich doch anders entschließen solltest, dann sag mir Bescheid. Ich mach' mit.« Seine Stimme klang sorgenlos und spaßend; die verzweifelte Wahrheit hinter den Worten brauchte nicht ausgesprochen zu werden.

»Ich möchte ein paar Rennställe aufsuchen«, erzählte ich ihm.

»Welche?« unterbrach er mich.

»Mehrere. Ungefähr sechs im ganzen, Axminster nicht mitgerechnet. Und Kellar. Da muß ich auch hin.«

»Du hast vielleicht Nerven«, sagte Tick-Tock.

»Vielen Dank«, erwiderte ich. »Du bist so ungefähr der einzige Mensch, der das glaubt.«

»Verflucht noch mal, ich hab' doch nicht gemeint ...« Ich lachte ins Telefon. »Laß nur. Wo ist der Wagen jetzt?«

»Draußen vor dem Fenster.«

»Ich fahr mit dem Zug nach Newbury und nehm ihn mit, wenn du mich am Bahnhof abholst.«

»Es hat doch gar keinen Sinn, heute zu den Ställen zu fahren«, mahnte er. »Die Trainer sind alle bei dem Rennen.«

»Ja, das hoffe ich schwer«, sagte ich.

»Was hast du denn vor?« fragte er argwöhnisch.

»Ich möchte das Geschick des Hauses Finn ändern. Ich nehme den Zug um neun Uhr zwanzig. Du bist am Bahnhof. Okay?« Und ich legte auf, obwohl er protestierend: »Warte mal!« in die Muschel schrie.

Als ich in Newbury aus dem Zug stieg, wartete er auf mich, in einer eleganten, taillierten Reitjacke von einer Länge, wie man sie eigentlich nur im achtzehnten Jahrhundert gekannt hatte, dazu eine unglaublich enge Cordhose. Er grinste, während ich ihn von Kopf bis Fuß betrachtete.

»Wo sind Rüschenkragen und Schwert?« fragte ich.

»Du hast überhaupt keine Ahnung«, meinte er. »Ich bin der Mann von morgen. Mein Schwert wird ein Do-it-yourself-Antistrahlungskasten sein. Man muß seine Verteidigung auf die Gefahr einstellen, der man begegnet ...«, sagte er lachend.

Nicht zum erstenmal dachte ich, daß Tick-Tock die Welt sah, wie sie wirklich war.

Er öffnete die Wagentür und setzte sich ans Steuer. »Wohin?« fragte er.

»Du kommst nicht mit«, erklärte ich.

»Und ob. Der Wagen gehört zur Hälfte mir. Wenn er fährt, dann mit mir.« Er schien entschlossen zu sein. »Wohin?«

»Na ja ...« Ich stieg neben ihm ein, holte aus der Tasche eine Liste, die ich im Zug angefertigt hatte, und zeigte sie ihm. »Diese Ställe möchte ich aufsuchen. Ich habe mich bemüht, sie in die richtige Reihenfolge zu bringen, damit wir nicht jeden Weg zweimal machen müssen, aber es wird trotzdem ziemlich anstrengend werden.«

»Donnerwetter«, sagte er. »Das ist ja eine ganze Menge. Hampshire, Sussex, Kent, Oxford, Leicester und Yorkshire ... wie lange willst du denn in jedem Laden bleiben? Das schaffen wir nie an einem Tag. Du siehst sowieso schon recht müde aus.«

Ich warf ihm einen Blick zu, aber er starrte den Zettel an. Es stimmte, daß ich mich nicht sehr munter fühlte, aber es war mir nicht recht, daß das so deutlich zu sehen war.

»Du brauchst ja nicht mitzukommen«, begann ich.

»Das haben wir schon besprochen«, unterbrach er mich. »Wir fahren zuerst zu deinem Zimmer, dann zu meinem und holen uns die Sachen zum Übernachten. Dann fahren wir nach Kent. Unterwegs kannst du mir erzählen, worum es überhaupt geht.« Er legte den ersten Gang ein und fuhr los. Wenn ich ehrlich war, mußte ich zugeben, daß mir seine Gesellschaft sehr angenehm war.

Wir holten unsere Sachen, und Tick-Tock richtete die stumpfe Nase unseres Mini-Coopers auf den ersten Stall unserer Liste, Corin Kellars Unternehmen in Hampshire.

»Also los«, bat er. »Fang an.«

»Nein«, sagte ich. »Von mir erfährst du nicht, warum wir das machen. Hör und schau zu, dann sagst du mir Bescheid.«

»Du bist ein vorsichtiger Bursche«, meinte er, ohne zu protestieren. Er fügte hinzu: »Du bist dir doch im klaren darüber, daß man uns nicht gerade mit offenen Armen aufnehmen wird? Ich meine, milde ausgedrückt, gehören wir doch nicht zu den Leuten, für die man Begrüßungsteppiche entrollt. Wenn uns einer sieht, dann schließt er alle Türen ab.«

»Da hast du recht«, sagte ich lächelnd. Tick-Tock drehte den Kopf zur Seite und sah mich überrascht an.

»Schau lieber auf die Straße«, meinte ich.

»Aus dir werd' einer schlau!« sagte er. »Ich hätte gedacht, daß du es sehr schwer nimmst ... was passiert ist ... aber seit ich dich am Bahnhof abgeholt habe, bin ich zum erstenmal seit Wochen wieder guter Laune.« Er trat auf den Gashebel und begann vor sich hin zu pfeifen.

Wir erreichten Corins große, gutgepflegte Stallungen, während die Pferdeburschen nach dem zweiten Ausritt ihre Schutzbefohlenen pflegten. Arthur, der erste Pferdepfleger, ging mit einem Eimer Hafer durch den Hof, als wir aus dem kleinen Wagen stiegen, und das freundliche Lächeln, mit dem er mich gewöhnlich bedachte, erreichte beinahe seine Augen, bevor er sich erinnerte. Ich sah, wie die Verlegenheit Platz ergriff und das Willkommen verscheuchte.

»Der Chef ist nicht da«, sagte er unsicher. »Er ist beim Rennen.«

»Ich weiß«, antwortete ich. »Kann ich Davey sprechen?«

Davey war der Bursche, der sich um Shantytown kümmerte.

»Ich glaub' schon«, sagte Arthur zweifelnd. »Aber Sie machen uns keine Schwierigkeiten?«

»Nein, nein«, sagte ich. »Keine Schwierigkeiten. Wo ist er denn?«

»Die vierte Box von oben«, sagte er. Tick-Tock ging hinüber, wo Davey rings um einen großen Fuchs Stroh aufschüttete. Shantytown. Wir beugten uns über die untere Hälfte der Tür und sahen auch bei Davey, wie sich sein Gesichtsausdruck wandelte. Er war ein kleiner, zäher, sechzehn Jahre alter Bursche, mit langem, flammendrotem Haar und grimmigem Mund. Er drehte uns den Rücken zu und fuhr dem Pferd mit der Hand über den Hals. Dann spuckte er ins Stroh. Tick-Tock atmete heftig ein und ballte die Fäuste. Ich sagte hastig: »Davey, du kannst dir ein Pfund verdienen, wenn du dich ein bißchen mit uns unterhältst.«

»Worüber?« sagte er, ohne sich umzudrehen.

»Über den Tag, als ich in Dunstable Shantytown geritten habe«, flüsterte ich. »Vor drei Wochen. Erinnerst du dich?«

»Und ob ich mich erinnere«, sagte er beleidigend.

Ich beachtete den Ton nicht. »Na schön, dann erzähl' mir mal, was passiert ist, von dem Augenblick an, als du auf den Rennplatz kamst, bis ich Shantytown im Paradezirkel bestieg.«

»Was, zum Teufel, meinen Sie damit«, sagte er, drehte sich um und trat an die Tür. »Nichts war los. Was soll los gewesen sein?«

Ich nahm eine Pfundnote aus der Brieftasche und gab sie ihm. Er starrte sie ein paar Sekunden lang an, dann hob er die Schultern und steckte sie in die Tasche.

»Fang damit an, daß du von hier weggefahren bist. Laß aber nichts aus«, sagte ich.

»Sind Sie übergeschnappt?« wollte er wissen.

»Nein«, sagte ich, »und für das Geld will ich was hören.«

Er zuckte wieder die Achseln, sagte aber: »Wir sind mit dem Pferdewagen von hier nach Dunstable gefahren und . . .«

»Habt ihr unterwegs angehalten?« fragte ich.

»Ja. Bei Joes Café, wie immer, wenn wir nach Dunstable fahren.«

»Hast du dort jemand gesehen, den du kennst?«

»Tja ... Joe, und das Mädel, das dort bedient.«

»Aber niemand, mit dem du nicht gerechnet hast?«

»Nein, natürlich nicht. Wie gesagt, wir sind zur Rennbahn gekommen und haben die Pferde ausgeladen, zwei Stück. Dann gab's eine Tasse Kaffee und eine Zigarette in der Kantine, und dann bin ich zu den Buchmachern gegangen und hab' zehn Shilling auf Bloggs im ersten Rennen gesetzt, aber das war ein alter Hut, ich hab's von der Tribüne aus gesehen, dann ging ich zum Stall zurück, hab' Shantytown geholt, ihm die Decke aufgelegt und auf den Sattelplatz geführt ...« Seine Stimme klang gelangweilt.

»Könnte jemand Shantytown im Stall etwas zu fressen oder zu trinken gegeben haben? Sagen wir, einen Eimer Wasser kurz vor dem Rennen?«

»Machen Sie sich doch nicht lächerlich, natürlich nicht. Seit wann kriegt denn ein Pferd vor dem Rennen etwas zu fressen oder etwas zu trinken. Ein Maul voll Wasser vielleicht, zwei Stunden vorher, aber ein ganzer Eimer ...« Die Verachtung in seiner Stimme verwandelte sich plötzlich in Zorn. »Hören Sie, Sie wollen doch nicht behaupten, daß ich ihm etwas zu trinken gegeben hab', oder? Nein, Freundchen, ich laß mir die Schuld nicht anhängen, nur weil Sie alles verpatzt haben.«

»Nein«, sagte ich, »nein, Davey. Beruhige dich. Wie streng ist die Bewachung in den Stallungen von Dunstable? Könnte außer Pferdeburschen oder Trainern jemand hinein?«

»Nein«, meinte er etwas ruhiger. »Das ist ausgeschlossen. Der letzte Wächter ist entlassen worden, weil er einen Besitzer ohne Trainer hineingelassen hat, und der neue führt sich auf wie ein Verrückter.«

»Weiter«, sagte ich. »Jetzt sind wir auf dem Sattelplatz.«

»Ich hab' das Pferd ein bißchen herumgeführt und darauf gewartet, daß der Chef den Sattel aus dem Wiegeraum bringt.« Er lächelte plötzlich, als sei ihm etwas Erfreuliches eingefallen ... »und als er kam, führte ich Shanty in einer von den Sattelboxen, und der Chef hat ihn gesattelt, dann hab' ich Shanty in den Paradezirkel geführt und herumlaufen lassen, bis man mich weggeholt hat und Sie aufgestiegen sind.« Er verstummte. »Ich versteh' bloß nicht, warum Sie das alles hören wollen.«

»Was geschah, während du im Paradezirkel herumgegangen bist?« fragte ich. »Etwas Lustiges? Du hast vorhin gelächelt.«

»Das interessiert Sie ja doch nicht.«

»Für das Geld kannst du mir schon alles erzählen.«

»Na ja, meinetwegen, aber mit dem Rennen hat es nichts zu tun. Da war der Mann vom Fernsehen, Maurice Kemp-Lore. Er kam herüber und sprach mit mir und bewunderte das Pferd. Er sagte, er sei ein Freund vom Eigentümer, vom alten Ballerton. Er tätschelte Shanty und gab ihm ein paar Stückchen Zucker, was mir nicht besonders recht war, aber bei einem Mann wie Kemp-Lore darf man nicht so stur sein, und er hat mich gefragt, welche Aussichten Shantytown hat, und ich sagte, recht gute ... ich Trottel ... und dann ist er weggegangen. Ich hab' Ihnen gleich gesagt, daß es mit dem Rennen nichts zu tun hat.«

»Nein«, sagte ich. »Na ja, schon gut. Vielen Dank, daß du dich bemüht hast.«

Ich richtete mich auf und wandte mich zum Gehen. Tick-Tock war schon ein paar Schritte vorausgegangen, als Davey hinter mir leise sagte: »Bemühen ... bemüht ihr euch nur selber, das wär' wichtiger.« Aber Tick-Tock hörte es zum Glück nicht, wir setzten uns wieder in den Mini-Cooper und fuhren unbetrauert von dannen.

»Man möchte meinen, daß du deine Mutter umgebracht und deine Großmutter bestohlen hast«, platzte Tick-Tock heraus, »so wie sie dich ansehen. Es ist doch kein Verbrechen, den Mut zu verlieren.«

»Wenn du nicht ein paar harmlose Beleidigungen einstecken kannst, steigst du am nächsten Bahnhof besser aus«, meinte ich, fröhlich grinsend, weil ich in der letzten halben Stunde zu meiner Erleichterung festgestellt hatte, daß mich das innerlich nicht mehr traf. »Den Mut hab' ich nicht verloren. Noch nicht.« Er machte den Mund auf, klappte ihn wieder zu, sah mich von der Seite an und sprach während der nächsten dreißig Kilometer kein Wort.

Den nächsten Rennstall auf meiner Liste erreichten wir kurz vor eins, um den wohlhabenden Farmer, der seine eigenen Pferde trainierte, gerade zu stören, als er sich zum Mittagessen setzen wollte. Als er die Tür öffnete, schlug uns der Geruch nach Stew und Kohl entgegen, und aus der Küche hörten wir das Klappern von Töpfen. Ich hatte in den letzten zwei Jahren, bevor ich ihn mit seinem besten Pferd blamierte, ein paar Siege für ihn geritten, und nachdem er den unangenehmen Schock, mich auf der Schwelle zu finden, überwunden hatte, bat er uns doch relativ freundlich, auf einen Drink hereinzukommen. Ich bedankte mich und lehnte höflich ab und wollte lediglich wissen, wo ich den Burschen finden könne, der das fragliche Pferd zu betreuen hatte. Er kam mit uns zum Gatter und deutete auf ein Haus an der Straße.

Wir stöberten den Burschen in seinem Zimmer auf und verfrachteten ihn in den Wagen, wo ich ihm eine Pfundnote gab und mir dafür erzählen ließ, was an dem Tag geschehen war, als ich sein Pferd geritten hatte. Er war älter, weniger intelligent und weniger feindselig als Davey, aber seine Bereitwilligkeit hatte Grenzen. Er verstehe nicht, was dabei herauskommen solle, meinte er mehrere Male. Schließlich gelang es mir doch, ihn zum Reden zu bewegen, und dann war er nicht mehr aufzuhalten. Ich hatte Einzelheiten verlangt und die bekam ich, fast eine halbe Stunde lang.

Zwischen dem Bericht über die Entfernung der Decken und dem Festschnallen des Sattels erfuhr ich die Neuigkeit, daß Maurice Kemp-Lore in die Sattelbox geschlendert war, dem Besitzer Freundliches über sein Pferd gesagt und inzwischen dem Tier ein paar Stückchen Zucker gegeben hatte, um sich dann zu entfernen, wie üblich eitel Freude und Sonnenschein hinterlassend.

»Das ist doch ein Mordskerl, was?« drückte sich der Pferdebursche aus. Ich wartete, bis er mir zu erzählen begann, daß mir der Farmer beim Aufsteigen geholfen hatte, dann unterbrach ich ihn und bedankte mich für seine Mühe. Als wir uns verabschiedeten, murmelte er, es sei gern geschehen, aber er begreife immer noch nicht, was das alles zu bedeuten habe.

»Merkwürdig«, sagte Tick-Tock nachdenklich, als wir auf dem Weg zum nächsten Rennstall waren, der fünfzehn Kilometer entfernt war. »Merkwürdig, daß Maurice Kemp-Lore . . .« Aber er führte den Satz nicht zu Ende, und ich tat es auch nicht.

Zwei Stunden später lauschten wir in Kent gegen Hingabe einer weiteren Pfundnote einem hageren Burschen um die zwanzig, der uns erzählte, was für ein großartiger Kerl Maurice Kemp-Lore sei, wie sehr er sich für das Pferd interessiert habe, wie nett es von ihm gewesen war, ihm Zucker zu geben, obwohl es in seinem Stall eigentlich nicht erlaubt war, aber man könne doch bei einem solchen Mann nicht nein sagen, oder? Der Pferdebursche behandelte uns ziemlich von oben herab, aber inzwischen war Tick-Tocks Interesse so stark gestiegen, daß ihm das nichts mehr ausmachte.

»Er hat sie gedopt«, sagte er nach langem Schweigen, als wir auf die Straße nach Maidstone einbogen. »Er hat sie gedopt, damit es so aussah, als könntest du sie nicht reiten ... damit alle Leute glauben sollten, du hättest den Mut verloren.«

»Ja«, stimmte ich zu.

»Aber das ist doch unmöglich«, protestierte er zornig, »warum denn, verdammt noch mal? Das kann einfach nicht stimmen. Das muß ein Zufall sein, daß er drei von deinen Pferden Zucker gegeben hat.«

»Vielleicht. Wir werden sehen«, meinte ich.

Wir suchten jeden Rennstall, abgesehen von dem Axminsters, auf, für den ich seit Shantytown geritten war, und sprachen mit allen in Frage kommenden Pferdeburschen. Und jedesmal erfuhren wir, daß Maurice Kemp-Lore, bevor ich dem betreffenden Burschen den Nachmittag verdorben hatte, seine Tüchtigkeit bewundert und jedem Pferd Zucker gegeben hatte. Wir brauchten den ganzen Samstag und den ganzen Sonntagvormittag und strichen den letzten Stall nachmittags um zwei am Rand des Yorkshire-Moores von meiner Liste. Nur weil ich darauf bestanden hatte, unwiderlegliche Beweise zu finden, waren wir so weit nach Norden gefahren. Tick-Tock hatte sich schon in Northhamptonshire überzeugen lassen.

Ich setzte ihn in Berkshire ab, fuhr zu meinem Zimmer, und am folgenden Morgen, am Montag, ging ich zum Rennstall Axminsters hinüber, um mit James zu sprechen.

Er war eben von der Beaufsichtigung des Morgenausritts zurückgekommen, und der kalte Wind hatte ihm Nase und Hände gerötet.

»Kommen Sie ins Büro«, sagte er, als er mich warten sah. Sein Ton verzichtete auf Schärfe, aber sein vorgerecktes Kinn wirkte unerbittlich. Ich folgte ihm ins Bürozimmer. Er schaltete ein Heizgerät ein, um sich die Hände zu wärmen.

»Ich kann Ihnen nicht viel zu reiten geben«, sagte er, ohne sich umzudrehen. »Bis auf einen haben alle Besitzer abgelehnt. Schauen Sie sich das an; es ist heute früh gekommen.« Er streckte den Arm aus, nahm ein Blatt Papier von seinem Schreibtisch und hielt es mir hin. Ich nahm es. Es war ein Brief von Lord Tirrold. Er lautete:

›Lieber James, seit unserem Telefongespräch habe ich über unsere Entscheidung, Finn auf Template am nächsten Samstag zu ersetzen, nachgedacht, und ich bin jetzt der Ansicht, daß wir das revidieren und ihm gestatten sollten, das Pferd zu reiten, wie ursprünglich vorgesehen. Ich gestehe, daß das ebenso zu seinem wie zu unserem Vorteil geschieht, weil es nicht heißen soll, daß ich mich beeilt habe, ihn bei erster, bester Gelegenheit hinauszuwerfen und mich als ausgesprochen undankbar zu erweisen, nachdem er auf meinen Pferden so viele Siege errungen hat. Ich habe mich mit der Enttäuschung, den Winter-Cup nicht zu gewinnen, abgefunden und bitte um Entschuldigung, daß ich Ihnen die Chance nehme, diesen Sieg mitzuvereinnahmen, aber ich möchte lieber das Rennen, als den Respekt der Rennsportanhänger verlieren.
Mit den besten Grüßen

Ihr George.‹

Ich legte den Brief auf den Schreibtisch zurück.

»Er braucht sich keine Sorgen zu machen«, sagte ich heiser. »Template wird gewinnen.«

»Sie wollen ihn also nicht reiten?« fragte James und drehte sich um. Seine Stimme klang eifrig, und er begriff, daß ich ihn durchschaut hatte. »Ich . . . ich meine . . .«, stotterte er.

»James«, sagte ich und setzte mich ungebeten in einen der Sessel. »Es gibt da ein paar Dinge, die Sie wissen müssen. Erstens, so schlimm es auch aussieht, und was Sie auch glauben mögen, ich habe den Mut nicht verloren. Zweitens, jedes einzelne Pferd, das ich seit meinem Sturz vor drei Wochen geritten habe, ist gedopt gewesen. Nicht so stark, um besonders aufzufallen, aber gerade genug, daß es für eine gute Leistung nicht reichte. Drittens, alle Pferde sind von ein und demselben Mann gedopt worden. Viertens, die Pferde haben das Präparat mit einem Zuckerstückchen bekommen. Ich persönlich glaube, daß es sich um irgendein Schlafmittel gehandelt hat, weiß es aber nicht ganz genau.« Ich verstummte plötzlich.

James starrte mich mit offenem Mund an.

»Bevor Sie sich einreden, daß ich den Verstand verloren habe, tun Sie mir den Gefallen, rufen Sie einen der Burschen herein und hören Sie sich an, was er zu sagen hat.«

James machte den Mund zu. »Welchen Burschen?«

»Das spielt keine Rolle, Irgendeinen, dessen Pferd ich in den letzten drei Wochen geritten habe.« Er zögerte zweifelnd, ging aber schließlich zur Tür und brüllte hinaus, daß man Eddie holen solle, den Burschen, der sich um Hugos großen Fuchs kümmerte. Nicht einmal eine Minute später erschien der junge Mann atemlos. James ließ sich das Heft nicht aus der Hand nehmen. Er sagte brüsk: »Wann hast du das letztemal mit Rob gesprochen?«

»Der Junge erschrak und begann zu stottern: »S-eit der letzten Woche nicht mehr.«

»Seit letzten Freitag?« An diesem Tag hatte James mich zum letztenmal gesehen.

»Nein, Sir.«

»Gut. Du erinnerst dich, daß der große Fuchs am letzten Mittwoch schlecht gelaufen ist?«

»Ja, Sir.« Eddie warf mir einen verächtlichen Blick zu.

»Hat jemand vor dem Rennen dem Fuchs ein Stück Zucker gegeben?« James' Stimme klang nur interessiert, die Strenge war verschwunden.

»Ja, Sir«, sagte Eddie eifrig. Das vertraute Lächeln der Erinnerung hellte sein Gesicht auf, und ich stieß einen gewaltigen Seufzer der Erleichterung aus.

»Wer war das?«

»Maurice Kemp-Lore, Sir. Er sagte, es sei großartig, wie ich mich um die Pferde kümmere, Sir. Er beugte sich über das Geländer des Sattelplatzes und sprach mich an, als ich vorbeikam. Ich blieb stehen, und er war sehr freundlich zu mir. Er gab dem Fuchs ein bißchen Zucker, Sir, aber ich dachte, das macht nichts aus, weil Mr. Hugo sowieso immer Zucker für ihn schickt.«

»Danke, Eddie«, sagte James betroffen. »Das mit dem Zucker ist nicht so schlimm. Du kannst jetzt gehen.«

Eddie verschwand. James sah mich ausdruckslos an. Die Uhr tickte laut.

Nach einer Weile sagte ich: »Ich habe die letzten beiden Tage nichts anderes getan, als mit den Burschen all der Pferde zu sprechen, die ich für andere Rennställe seit meinem Sturz geritten habe. Jeder einzelne hat mir erzählt, daß Maurice Kemp-Lore vor dem Rennen dem Pferd ein Stückchen Zucker gegeben hat. Ingersoll war dabei. Er hat es auch gehört. Sie brauchen ihn nur zu fragen, wenn Sie mir nicht glauben.«

»Maurice kommt vor dem Rennen keinem Pferd zu nahe«, protestierte James. »Übrigens auch bei keiner anderen Gelegenheit.«

»Genau das hat mir begreiflich gemacht, was geschehen ist«, sagte ich. »Ich unterhielt mich mit Kemp-Lore auf der Tribüne in Dunstable, kurz nachdem Shantytown und zwei andere Pferde unter mir versagt hatten, und sein Atem ging pfeifend. Er hatte Asthma. Damit stand fest, daß er kurz vorher in der Nähe von Pferden gewesen sein mußte. Ich dachte mir damals nichts dabei, aber jetzt sehe ich die Sache mit anderen Augen.«

»Aber Maurice . . .«, wiederholte er ungläubig. »Das ist einfach nicht möglich!«

»Möglich ist aber«, sagte ich kühler, als ich ein Recht dazu hatte, nachdem ich zwölf schlimme Stunden selbst daran geglaubt hatte, »daß ich seelisch zusammenbreche, nur weil ich einmal gestürzt bin?« »Ich weiß nicht, was ich glauben soll«, sagte er verlegen.

Es wurde still. James mußte zweierlei tun, um mir zu helfen, aber angesichts seiner Abneigung, anderen Leuten Gefälligkeiten zu erweisen, konnte ich mir ausrechnen, wie er meine Bitte aufnehmen würde. Aber wenn ich mich nicht rührte, hatte ich überhaupt keine Chance.

Ich sagte zögernd, als sei es mir gerade eingefallen: »Lassen Sie mich ein Pferd für Sie reiten . . . eines von den Ihren, wenn mich die Besitzer nicht haben wollen . . . und stellen Sie selber fest, ob Kemp-Lore ihm Zucker geben will. Vielleicht ist es Ihnen möglich, die ganze Zeit bei dem Tier zu bleiben? Und wenn er mit seinen Zuckerstückchen kommt, vielleicht könnten Sie sie ihm aus der Hand schlagen, bevor das Pferd sie frißt. Vielleicht könnten Sie sie aufheben und in die Tasche stecken und dem Pferd aus Ihrer Tasche Zucker geben? Dann werden wir ja sehen, wie das Pferd läuft.«

Das war zuviel Mühe, ich konnte es an seinem Gesicht erkennen. Er sagte: »Das ist zu phantastisch; so etwas kann ich nicht tun.«

»Es ist ganz einfach«, sagte ich mit Nachsicht, »Sie brauchen ihn nur zu stoßen.«

»Nein«, lehnte er ohne Eigensinn ab. Ein hoffnungsvolles

Nein, für mein Gefühl. Ich drängte ihn nicht, weil ich aus Erfahrung wußte, daß er sich um so mehr sträubte, je dringlicher man ihn bat, etwas zu tun, was er nicht wollte.

Statt dessen begann ich: »Sind Sie nicht mit dem Mann befreundet, der die Doping-Untersuchungen durchführt?« Man nahm bei jeder Rennveranstaltung drei oder vier Proben, um Trainer zweifelhaften Rufs daran zu hindern, ihre Pferde mit Präparaten aufzuputschen oder langsamer zu machen. Zu Beginn jeden Nachmittags entschied die Rennleitung, welche Pferde getestet werden sollten – zum Beispiel der Gewinner des zweiten Rennens, der Favorit des vierten Rennens – vor allem, wenn er geschlagen worden war – und alle Starter im fünften. Niemand, nicht einmal die Rennleitung wußte im vorhinein genau, bei welchen Pferden Speichelproben genommen wurden, und gerade in dieser Unsicherheit war die Zweckmäßigkeit dieses Systems begründet.

James begriff meinen Gedankengang.

»Sie meinen, ob ich ihn fragen möchte, ob eines der Pferde, das Sie seit Ihrem Sturz geritten haben, untersucht worden ist?«

»Ja«, sagte ich. »Könnten Sie das wenigstens tun?«

»Ja, gemacht«, antwortete er. »Ich rufe ihn an. Aber ist Ihnen klar, daß Ihre verrückten Behauptungen völlig ohne Grundlage sind, wenn eines der Pferde untersucht und die Probe für negativ befunden worden ist?«

»Allerdings«, sagte ich. »Ich habe letzten Endes, so viele geschlagene Favoriten geritten, daß ich nicht begreife, warum ein derart systematisches Doping bisher nicht entdeckt worden ist.«

»Sie glauben also wirklich daran, was?« fragte James verblüfft.

»Ja«, sagte ich, stand auf und ging zur Tür. »Ja, ich glaube daran. Und Ihnen wird es nicht anders gehen, James.«

Aber er schüttelte den Kopf, als ich das Zimmer verließ, und starrte mit ausdrucksloser Miene zum Fenster hinaus, während das, was ich ihm gesagt hatte, immer noch gegen seine Meinung von Kemp-Lore unterlag. James konnte den Kerl leiden.

10

Am späten Montagabend rief mich James an und sagte mir, daß ich sein eigenes Pferd, Turniptop, das am folgenden Donnerstag für das Neulingsrennen in Stratford-on-Avon gemeldet war, reiten könne. Ich begann mich zu bedanken, aber er unterbrach mich: »Ich tu' Ihnen damit keinen Gefallen. Sie wissen, daß er nicht gewinnen kann. Er hat bisher nur niedrige Hindernisse gehabt, und Sie dürfen ihn nicht überanstrengen. Er soll sich an die großen Hindernisse gewöhnen. Einverstanden?«

»Ja«, sagte ich, »einverstanden.« Er legte auf. Davon, was er mit dem Zucker unternehmen wollte, war keine Rede.

Ich war müde. Ich hatte den ganzen Tag damit zugebracht, nach Devon und zurückzufahren, um Art Mathews schöne Witwe, die kühle Blondine, zu besuchen. Eine fruchtlose Fahrt. Sie war nicht aus sich herausgegangen. Blond, gut erzogen und kalt, hatte sie meine Fragen ruhig, ohne Neugier und völlig ohne Interesse beantwortet. Art war jetzt vier Monate tot. Sie sprach von ihm, als könne sie sich kaum erinnern, wie er ausgesehen hatte. Nein, sie wisse nicht genau, warum Art ständig mit Corin gestritten habe. Nein, sie wisse nicht, warum Art es für notwenig gehalten habe, sich zu erschießen. Nein, Art sei nicht gut mit John Ballerton ausgekommen, aber den Grund kenne sie nicht. Ja, Art sei einmal in Kemp-Lores Fernsehsendung als Gast aufgetreten. Es sei kein Erfolg gewesen, meinte sie verbittert. Art habe sich blamiert. Art, dessen Ehrenhaftigkeit und Ordnungssinn ihm auf den Rennplätzen nur Respekt eingetragen habe, sei auf dem Bildschirm als pedantischer, eigensinniger Mensch erschienen. Nein, sie wisse nicht mehr genau, wie das möglich gewesen sei, aber sie erinnere sich nur zu gut an die Wirkung auf ihre Familie und Freunde. Sie hätten sie wegen ihrer Wahl lautstark bemitleidet. Aber mir tat nur der arme tote Art leid, weil er sich eine solche Frau ausgesucht hatte.

Am folgenden Tag, dem Dienstag, entführte ich zu Tick-Tocks Ärger wieder den Mini-Cooper. Diesmal fuhr ich nach Cheltenham, um Peter Cloony aufzusuchen.

Peters Frau machte mir die Tür auf und bat mich mit gequältem Lächeln herein. Sie sah nicht mehr glücklich und zufrieden aus. Sie war zu mager, und ihr Haar wirkte strähnig. Im Haus war es beinahe ebenso kalt wie im Freien, und sie trug alte Pelzstiefel, dicke Strümpfe, warme Kleidung und Handschuhe. Ohne Lippenstift und mit leblosen Augen war sie beinahe nicht wiederzuerkennen.

»Kommen Sie 'rein«, sagte sie. »Peter ist leider nicht da. Jemand hat ihn nach Birmingham mitgenommen . . . vielleicht bekommt er da ein Pferd.« Ihre Stimme klang hoffnungslos.

»Selbstverständlich«, sagte ich. »Er ist ein guter Jockei.«

»Die Trainer sind anderer Meinung«, meinte sie verzweifelt. »Seit er seine feste Stellung verloren hat, bekommt er in der Woche höchstens einen Ritt. Davon können wir nicht leben. Wie auch? Wenn sich nicht bald etwas ändert, wird er den Rennsport aufgeben und es woanders versuchen. Aber nur das Reiten macht ihm Spaß . . . es wird furchtbar für ihn sein, wenn er aufhören muß.«

Sie hatte mich ins Wohnzimmer geführt. Es war so leer wie damals. Leerer noch. Das gemietete Fernsehgerät war fort. An seiner Stelle stand dort ein Babykorb. Ich ging hinüber und starrte das Baby an. Es schlief. Ich äußerte mich bewundernd, und das Gesicht seiner Mutter strahlte für Augenblicke auf.

Sie bestand darauf, uns eine Tasse Tee zu machen, und ich mußte Entschuldigungen für das Fehlen von Milch, Zucker und Keksen über mich ergehen lassen, bevor ich fragen konnte, worauf es mir ankam.

»Dieser Jaguar – durch den Peter zu spät gekommen ist –, wem hat er gehört?«

»Wir wissen es nicht«, sagte sie. »Das ist wirklich seltsam. Kein Mensch kam, um den Wagen abzuholen; er stand den ganzen Vormittag da. Die Polizei sorgte schließlich dafür, daß er abgeschleppt wurde. Ich weiß, daß sich Peter bei der Polizei erkundigt hatte, wem der Jaguar gehört, weil er dem Besitzer sagen wollte, was ihn das gekostet hatte, aber es hieß, man habe ihn noch nicht gefunden.«

»Wissen Sie zufällig, wo der Wagen jetzt steht?« fragte ich.

»Ich weiß nicht, ob er noch da ist«, meinte sie, »aber er stand vor der großen Garage neben dem Bahnhof Timberley. Das ist die einzige Garage in der Umgebung mit einem Abschleppwagen.«

Ich bedankte mich und stand auf. Sie begleitete mich zum Wagen, um sich zu verabschieden. Ich hatte mir die Mühe gemacht, zusammenzurechnen, wieviel Rennen Peter in den letzten Wochen geritten war und wie wenig er verdient hatte. Ich hatte eine große Kiste Lebensmittel mitgebracht, Butter, Eier, Käse und so weiter, dazu eine Anzahl Dosen und außerdem ein paar Gummitiere für das Baby. Ich schleppte die Sachen in den Bungalow und legte sie auf den Küchentisch, ihre überraschten Einwände ignorierend.

Ich lächelte. »Das Zeug ist zu schwer, ich kann's nicht mehr mitnehmen. Sie werden schon irgend etwas damit anfangen.«

Sie begann zu weinen.

»Kopf hoch«, sagte ich, »es wird schon wieder. Aber finden Sie nicht, daß das Haus für das Baby zu kalt ist? Ich habe irgendwo gelesen, daß jeden Winter durch kalten Luftzug ein paar Babys sterben, auch wenn sie so warm eingewickelt sind wie das Ihre.«

Sie starrte mich entsetzt an, während ihr die Tränen über die Wangen liefen.

»Sie müssen hier ein bißchen einheizen, vor allem nachts, wenn der Kleine hier schläft«, sagte ich.

»Aber ich kann doch nicht«, antwortete sie schluchzend, »die Raten auf das Haus sind so hoch . . . wir können uns kein Feuer leisten, höchstens am Abend. Ist das wirklich wahr, daß es für Säuglinge so gefährlich ist?« Sie hatte Angst.

»Ja, durchaus«, sagte ich. Ich nahm einen zugeklebten Briefumschlag aus der Tasche und gab ihn ihr. »Das ist ein Geschenk fürs Baby. Wärme. Kein Vermögen, aber für die Stromrechnung reicht's schon eine Weile. Kaufen Sie Kohle, wenn Sie wollen. Es wird sicher noch recht kalt werden, und Sie müssen mir versprechen, daß Sie es ausschließlich für die Heizung verwenden.«

»Ich versprech's«, sagte sie leise.

»Gut.« Ich lächelte sie an, während sie sich die Augen wischte, dann ging ich zum Wagen hinaus und fuhr davon.

Die Garage beim Bahnhof wirkte von vorn äußerst modern und elegant, aber sie war, wie ich bald entdeckte, ein billiges Ziegelgebäude. Der Jaguar stand zwischen einem ausgebrannten Wrack eines Standard 8 und einem Stapel alter Reifen.

Ich ging wieder nach vorn, um mit dem Tankwart zu sprechen, und fragte ihn, ob ich den Wagen kaufen könne.

»Tut mir leid, Sir, geht nicht«, sagte er, ein gutgekleideter Dreißiger mit sauberen Händen.

»Warum nicht?« sagte ich. »Der ist doch bloß noch gut für den Schrotthaufen.«

»Ich kann ihn Ihnen nicht verkaufen, weil ich nicht weiß, wem er gehört«, meinte er bedauernd, »aber«, sein Gesicht hellte sich auf »er steht jetzt schon so lange da, daß er mir vielleicht doch gehört ... Sie wissen schon, wie das so ist, bei Sachen, die nicht abgeholt werden. Ich erkundige mich bei der Polizei.«

Nachdem ich ihn ein bißchen gedrängt hatte, erzählte er mir in allen Einzelheiten, wie der Jaguar den Weg versperrt und seine Firma ihn abgeholt habe.

»Man muß den Fahrer doch gesehen haben, nachdem er den Wagen stehen ließ?« meinte ich.

»Die Polizei glaubt, daß er von einem anderen Wagen mitgenommen worden ist und sich dann gesagt hat, daß es sich nicht lohnt, den Wagen abzuholen. Aber er läuft noch, und gestohlen ist er auch nicht.«

»Wieviel ist er wohl wert?« fragte ich.

»Ihnen«, meinte er freundlich, »würde ich ihn für hundert Pfund geben.«

Hundert Pfund. Ich verabschiedete mich und ging. War es Kemp-Lore hundert Pfund wert, Peter Cloony zu ruinieren? War sein Haß den Jockeis gegenüber so stark? Aber für Kemp-Lore bedeuteten hundert Pfund lange nicht soviel wie für mich.

Der Bahnhof von Timberley – sechs Personenzüge am Tag und zweiundzwanzig durchfahrende Eilzüge – befand sich zu meiner Linken. Ich stand da und sah ihn mir an. Der Bahnhof war beinahe sechs Kilometer von der Straße entfernt, die zu Peters Wohnort führte; eine gute Stunde zu Fuß. Peter hatte den Jaguar um elf Uhr quer auf der Straße gesehen, und er konnte erst kurz vor seinem Erscheinen dort abgestellt worden sein, weil Peter als erster aufgehalten worden war. Ich sah Kemp-Lore vor mir, wie er im Wagen saß und Peters Haus durch das Fernglas beobachtete, ihn herauskommen, in den Wagen steigen und die Fahrt zum Rennplatz antreten sah. Er hatte nicht viel Zeit gehabt, den Jaguar quer auf die Straße zu stellen, die Tür abzusperren und zu verschwinden, bevor Peter an der Stelle eintraf. Nicht viel Zeit, aber genügend.

Und dann? Den gewaltigen Nachteil, den Kemp-Lore zu überwinden hatte, war sein eigener Ruhm. Sein Gesicht war fast allen Menschen in England so bekannt, daß er nicht damit rechnen durfte, unerkannt herumzulaufen; wo er auch hinkam, würde man ihn bemerken. In dieser schwach bevölkerten Gegend muß es doch möglich sein, jemand zu finden, der ihn gesehen hat, dachte ich.

Da ich schon einmal hier war, fing ich im Bahnhof an. Zuerst warf ich einen Blick auf die Ankunftszeiten der dort haltenden Züge. Es war, wie ich feststellte, ein von London kommender Zug, der um halb eins eintraf, es gab aber keinen Gegenzug bis fünf Uhr. Die anderen Züge gingen frühmorgens und später am Abend. Der Schalter war geschlossen. Ich fand den Bahnbeamten neben einem Ofen vor einer Rennsportzeitung. In einer Ecke gackerten Hühner in einem Korb. Der Bahnbeamte schreckte hoch und sagte mir, daß der nächste Zug in einer Stunde und zehn Minuten käme.

Ich benützte die Rennsportzeitung, um mit ihm ins Gespräch zu kommen, erfuhr aber nichts Brauchbares. Maurice Kemp-Lore habe – zu seinem Bedauern – in Timberley keinen Zug bestiegen. Wenn das der Fall gewesen sei, als er freigehabt habe, hätte man es ihm längst erzählt. Übrigens sei er an dem Tag, als man den Jaguar in die Garage gebracht habe, im Dienst gewesen. Wirklich unglaublich, so was.

Ich erkundigte mich, ob an jenem Tag im Bahnhof viel Betrieb gewesen sei, ob viele Fahrgäste den Mittagszug bestiegen hätten.

»Viele Fahrgäste?« wiederholte er verächtlich. »Wir haben nie mehr als drei oder vier, außer wenn in Cheltenham Rennen sind . . .«

»Ich fragte mich nämlich«, meinte ich leichthin, »ob der Kerl, der den Jaguar stehen ließ, vielleicht von hier aus den Zug genommen hat?«

»Von hier nicht«, sagte der Bahnbeamte. »Hier sind nämlich nur Frauen eingestiegen.«

»So?«

»Ja. Sie kaufen in Cheltenham ein. Bei uns ist kein Mann mehr in den Mittagszug gestiegen, abgesehen von den Renntagen, seit der junge Simpkins im letzten Sommer wegen der Schafblattern heimgeschickt worden ist. Wir machen hier nur Witze über den Mittagszug.«

Ich gab ihm einen guten Tip für die Rennen in Birmingham – das Pferd gewann, wie ich später erfuhr – und ließ ihn am Telefon zurück, wo er auf Kosten des Staates mit seinem Buchmacher sprach.

In der Wirtschaft von Timberley sei Maurice Kemp-Lore nie gewesen, berichtete man mir bedauernd.

Die beiden Imbißstuben für Fernfahrer an der Straße besuchte ich auch, aber niemand wollte Kemp-Lore mitgenommen haben. Auch in den Tankstellen im Umkreis von fünfzehn Kilometern hatte ihn niemand zu Gesicht bekommen.

Keines der Taxis im Ort hatte ihn befördert. Er war auch dort nie in einen Bus gestiegen.

Es war dort überall nicht schwierig, das Gespräch auf Kemp-Lore zu bringen. Aber die Zeit verging. Bis mir ein freundlicher Busfahrer bei einer Zigarette erzählte, daß keiner seiner Kollegen je diesen berühmten Mann an Bord gehabt habe, weil ihm das bestimmt zu Ohren gekommen wäre, stand die Uhr auf sieben. Wenn ich nicht so fest davon überzeugt gewesen wäre, daß Kemp-Lore den Jaguar quer auf die Straße gestellt hatte, wäre mir nichts anderes übriggeblieben, als zuzugeben, daß er nicht hier gewesen war, weil ihn niemand gesehen hatte. Der Mißerfolg meiner Umfrage bedrückte mich zwar, ich verlor aber trotzdem nicht die Überzeugung, daß meine Suche Früchte bringen mußte.

Der Wehrmachtstransportwagen, der Peter und mir den Weg nach Cheltenham verbarrikadiert hatte, war zufällig dort gewesen, soviel stand fest. Aber Peter hatte wegen seiner Verspätung so viele Schwierigkeiten bekommen, daß sein Feind nicht lange nach einer Sache hatte suchen müssen, er brauchte nur dafür zu sorgen, daß Peter wieder zu spät kam, seine Gerüchte zu verbreiten, und sein Ziel war erreicht. Kein Vertrauen, keine Ritte, keine Laufbahn für Cloony.

Ich entdeckte in mir die Hoffnung, daß durch Beharrungsvermögen doch noch etwas zu erreichen sein müßte, mietete mir ein Hotelzimmer in Chaltenham und verbrachte den Abend im Kino, um nicht ans Essen denken zu müssen. Tick-Tock war am Telefon mehr resigniert als zornig, als er erfuhr, daß er den Wagen nicht haben konnte. Er erkundigte sich, wie ich vorankäme, und als ich keinen Fortschritt melden konnte, sagte er: »Wenn du recht hast, ist unser Freund raffinierter und klüger, als wir bisher gedacht haben. Du wirst seine Spur nicht so leicht finden.«

Ohne große Hoffnung ging ich am nächsten Morgen zum Bahnhof von Cheltenham und fand nach einiger Mühe den Mann, der am Tag, als der Jaguar auf der Straße abgestellt worden war, den Fahrgästen im Zug aus Timberley die Fahrkarten abgenommen hatte.

Er gab bereitwillig Auskunft, hatte Kemp-Lore aber auch nur im Fernsehen gesehen, obwohl er für einen Augenblick zögerte, als er das sagte.

»Was ist denn?« fragte ich.

»Ja, Sir, ich hab' ihn noch nie gesehen, ich glaub' aber, daß mir seine Schwester begegnet ist.«

»Wie sah sie aus?«

»Sie war ihm natürlich sehr ähnlich, Sir, sonst hätte ich nicht gewußt, wer sie war. Und sie trug Reitkleidung – Sie wissen schon – Reithosen. Und ein Kopftuch. Sie sah hübsch aus, wirklich hübsch. Ich wußte zuerst nicht, wer sie war, aber später fiel es mir ein. Ich habe nicht mit ihr gesprochen, verstehen Sie, ich hab' ihr nur die Fahrkarte abgenommen, als sie durch die Sperre ging, das ist alles. Ich erinner' mich, daß ich ihre Fahrkarte eingesammelt hab'.«

»Wann haben Sie sie gesehen?« fragte ich.

»Ach, ich weiß nicht. Da kann ich mich nicht mehr erinnern. Aber vor Weihnachten, irgendwann vor Weihnachten, da bin ich sicher.« Er ließ die Pfundnote, die ich ihm gab, in einer Innentasche verschwinden. »Danke, Sir. Vielen Dank.«

Ich rasierte mich und zog mich am Donnerstagmorgen mit besonderer Sorgfalt an, als eine Art Schranke gegen den Empfang, der mir vermutlich bevorstand. Es war sechs Tage her, seit ich zum letztenmal auf einem Pferd gesessen hatte, sechs Tage, in denen man meine Mißerfolge gründlich besprochen haben würde. Im Umkleideraum verging das Leben sehr schnell; das Heute war wichtig, der morgige Tag noch mehr, aber die Vergangenheit war tot. Ich gehörte der Vergangenheit an.

Sogar mein Bursche war überrascht, als er mich sah, obwohl ich ihm geschrieben hatte.

»Sie reiten heute?« fragte er. »Ich wollte mich schon erkundigen, ob Sie Ihren Sattel verkaufen . . . jetzt fängt gerade ein Neuer an, der einen Sattel braucht.«

»Ich behalte ihn noch ein bißchen«, entgegnete ich. »Ich reite Turniptop im Vierten. Für Mr. Axminster.«

Es war ein merkwürdiger Tag. Da ich die mitleidigen Blicke, die man mir zuwarf, nicht mehr zu verdienen glaubte, stellte ich fest, daß sie mir zum größten Teil nichts mehr anhaben konnten, und ich sah sogar mit Gleichmut den Erfolg zweier meiner ehemaligen Pferde in den ersten beiden Rennen. Ich machte mir nur Sorgen darüber, ob James Zuckerstücke in der Tasche hatte und mir vertrauen würde.

Er hatte mit seinen anderen Pferden so viel zu tun, daß ich während der ersten Nachmittagsstunden kaum ein paar Worte mit ihm wechselte, und als ich vor meinem Rennen in den Paradezirkel hinausging, starrte er vor sich hin ins Leere.

»Maurice Kemp-Lore ist hier«, sagte er abrupt.

»Ja, ich weiß. Ich hab' ihn gesehen.«

»Er hat schon ein paar Pferden Zucker gegeben.«

»Was?« rief ich.

»Ich habe mich schon bei einigen Leuten erkundigt . . . Maurice hat in den letzten Wochen viel Pferden Zucker gegeben, nicht nur denen, die Sie geritten haben.«

»Oh«, sagte ich leise. Raffiniert bis dorthinaus, hatte Tick-Tock gesagt.

»Keines von den Pferden, die Sie geritten haben, ist zum Doping-Test herangezogen worden«, bemerkte James, »aber ein paar von den anderen, denen er Zucker gegeben hat. In allen Fällen war das Resultat negativ.«

»Präparate hat er nur meinen Pferden gegeben. Das mit den übrigen war Tarnung«, meinte ich. Es klang unglaubwürdig, aber ich war meiner Sache sicher.

James schüttelte den Kopf.

»Haben Sie –«, begann ich ohne Hoffnung. »Hat er . . . Kemp-Lore . . . versucht, Turniptop Zucker zu geben?«

James preßte die Lippen zusammen und starrte vor sich hin. Ich hielt buchstäblich den Atem an.

»Er war in der Sattelbox«, sagte er widerwillig. »Er hat das Pferd bewundert.«

Turniptop stolzierte vorbei, strahlend vor Gesundheit, aber bevor James noch etwas sagen konnte, sprach ihn ein Mitglied der Rennletiung an, und ich hatte keine Gelegenheit, noch etwas über den Zucker in Erfahrung zu bringen, bevor ich aufsteigen und zum Start reiten mußte.

Ich wußte schon am zweiten Hindernis, daß Turniptop nicht gedopt war, ob ihm Kemp-Lore nun Zucker gegeben hatte oder nicht. Die bleierne Schwere, die ich bei meinen letzten achtundzwanzig Pferden gespürt und auf meine eigene Untüchtigkeit zurückgeführt hatte, war wie weggeblasen.

Turniptop setzte an, sprang und warf sich über die Hindernisse, zog an wie ein Schnellzug und versuchte, mit mir durchzugehen. Ich hätte am liebsten vor Erleichterung gebrüllt. Er war ein ungenauer Springer, mit mehr Begeisterung als Urteilsfähigkeit, was ihn bei den Hürden noch nie in Schwierigkeiten gebracht hatte, aber jetzt, beim ersten Hindernisrennen, wollte er die hohen Hecken mit derselben Verve angehen. Das hatte natürlich keinen Sinn; zwischen den leichten, mit einem einzigen Tritt umzuwerfenden Hürden und den ein Meter breiten Hecken ist ein Riesenunterschied, vor allem, wenn ein Graben dahinter liegt. Aber Turniptop ließ sich nicht bremsen, er wollte alles wagen.

So, wie die Dinge standen, und weil James überzeugt werden mußte, entsprach meine Stimmung genau Turniptops Ungestüm. Wir steckten einander buchstäblich an. Wir gingen unmögliche Risiken ein und schafften es.

Ich trieb ihn ständig am Geländer entlang, zwängte ihn durch schmale Öffnungen und schenkte ihm nichts. Wenn er ein Hindernis richtig anging, gewann er Längen, traf er es verkehrt, dann würgte er sich hinüber und kam irgendwie auf die Beine. Es war eher eine Berg- und Talfahrt als das vernünftige, gut eingeteilte Rennen, das James gern gesehen hätte, lehrte Turniptop aber weit mehr, als wären wir vorsichtig auf der Außenbahn geritten.

Beim vorletzten Hindernis befürchtete ich schon, daß wir gewinnen könnten. Ich befürchtete es, weil ich wußte, daß James das Pferd verkaufen wollte; wenn es schon ein Neulingsrennen gewonnen hatte, war es nicht mehr so viel wert wie vorher. Scheinbar ein Paradox, aber Turniptop, noch grün und unerfahren, zeigte gute Anlagen. Ein voreiliger Sieg, und schon durfte er an einer Reihe guter Neulingsrennen in der kommenden Saison nicht mehr teilnehmen.

Ich wußte, daß es viel besser war, auf dem zweiten Platz zu landen. Zu zeigen, was er leisten konnte, ohne zu gewinnen, mußte seinen Wert beträchtlich vermehren. Wir waren aber zu scharf herangegangen, und am vorletzten Hindernis schien das Unglück meines Sieges kaum mehr zu vermeiden. Wir hatten nur ein schon etwas müdes Pferd neben uns, und ich konnte keine Verfolger hinter mir hören.

Turniptop erwies sich als unbezahlbar. Trotz meines Drängens, noch einen Zahn zuzulegen, startete er zu früh und landete mit der Hinterhand in der Hecke. Seine Vorderhand knickte unter der Belastung ein, und er sank auf die Knie, während ich mit dem Kinn auf seinem rechten Ohr lag und die Arme um seinen Hals schlingen mußte. Aber selbst jetzt rettete ihn seine unglaubliche Balance, er raffte sich mit einer gewaltigen Bewegung auf, schleuderte mich in den Sattel zurück, warf den Kopf hoch und raste auf das Ziel zu. Das Pferd, das neben uns gewesen war, hatte inzwischen einen sicheren Vorsprung erlangt, und zwei weitere, die hinter uns gewesen waren, hatten sich vorbeigedrängt, so daß wir das letzte Hindernis in vierter Position erreichten.

Ich hatte bei dem Halbsturz die Steigbügel verloren und konnte sie nicht mehr rechtzeitig finden, so daß wir über das Hindernis mit baumelnden Bügeln setzten. Ich nahm Turniptop auf, trieb ihn an, und er zog an zwei Pferden vorbei und ging als zweiter durchs Ziel.

James erwartete mich auf dem Sattelplatz mit undurchdringlichem Gesicht. Mit ebenso ausdrucksloser Miene stieg ich ab.

»Reiten Sie um Himmels willen nie mehr ein solches Rennen für mich«, sagte er.

»Nein«, stimmte ich zu. Ich löste die Gurte, nahm den Sattel unter den Arm und sah ihm endlich in die Augen.

Sie glitzerten. Er sagte: »Sie haben den Beweis geliefert. Aber dabei hätte mein Pferd zugrunde gehen können.«

Ich schwieg. »Und Sie auch«, fügte er hinzu, gleichsam andeutend, daß das weniger wichtig war.

Ich schüttelte den Kopf und lächelte schwach. »Ausgeschlossen.«

»Hm.« Er sah mich durchdringend an. »Kommen Sie heute abend zu mir. Wir können hier nicht . . . über dieses Thema reden. Es sind zu viele Leute da.«

Wie um seine Behauptung zu unterstreichen, beugte sich der Besitzer des Pferdes über das Geländer, um Turniptop zu bewundern, und ich mußte zum Wiegen gehen, ohne genau zu wissen, was vor dem Rennen auf dem Sattelplatz geschehen war.

Tick-Tock stand im Umkleideraum an meinem Platz, einen Fuß auf der Bank, den Tirolerhut ins Genick geschoben.

»Bevor du noch einmal so reitest, könntest du mir wenigstens testamentarisch deine Hälfte des Wagens vermachen«, sagte er. »Dann brauch' ich mich nicht mit den Gerichten herumzustreiten.«

»Ach, halt den Mund«, schnauzte ich und zog mich aus.

»Da werden ein paar Leutchen allerhand zurücknehmen müssen«, sagte Tick-Tock laut. Er begleitete mich und sah mir beim Waschen zu. »Du weißt hoffentlich, daß dir bei dem Rennen ein paar Millionen Hausfrauen, Invaliden, Kinder und Passanten zugesehen haben, die vor den Radiogeschäften auf der Straße stehen?«

»Was?« sagte ich.

»Im Ernst. Hast du das nicht gewußt? Die letzten drei Rennen sind im Fernsehen übertragen worden. Von Maurices Gesellschaft. Ich frage mich nur«, sagte er ernst, »was er tun wird, wenn er dahinterkommt, daß du das mit dem Zucker weißt.«

»Vielleicht hat er keine Ahnung«, meinte ich, während ich mich abrieb. »Vielleicht hält er es für einen Zufall. Ich habe von James noch nicht erfahren, was vor dem Rennen passiert ist.«

»Jedenfalls brauchst du von ihm nichts mehr zu befürchten«, meinte Tick-Tock zuversichtlich. »Nach allem, was heute passiert ist, kann er nichts mehr riskieren.«

Ich gab ihm recht. Das beweist nur, wie wenig wir beide vom Fanatismus verstanden.

James erwartete mich im Büro an seinem Schreibtisch. Das Feuer flackerte hell, und die Flammen spiegelten sich auf den Gläsern neben der Whiskyflasche.

Er hörte zu schreiben auf, als ich hereinkam, stand auf, füllte unsere Gläser und blieb vor mir stehen, als ich mich vor den Kamin setzte. Sein Gesicht hatte Sorgenfalten.

»Ich möchte mich entschuldigen«, begann er abrupt.

»Nicht nötig«, sagte ich.

»Ich hätte Maurice beinahe Turniptop den verdammten Zucker geben lassen«, sagte er. »Ich hab' ihm einfach etwas so Gemeines nicht zugetraut. Ich meine, das ist doch . . . das ist einfach lächerlich.«

»Was ist in der Sattelbox passiert?«

Er trank einen Schluck. »Ich habe Sid angewiesen, daß niemand, grundsätzlich niemand, Turniptop vor dem Rennen etwas zu fressen oder zu trinken geben darf. Als ich mit Ihrem Sattel in die Box kam, stand Maurice in der Box nebenan, und ich sah, daß er dem Pferd Zucker gab. Sid behauptete, daß Turniptop nichts bekommen hätte.« Er machte eine Pause und trank wieder.

»Ich begann den Sattel anzuschnallen. Maurice kam herüber und begrüßte mich. Sein ansteckendes Lächeln . . . ich lächelte auch und dachte, daß Sie verrückt sein müßten. Er hatte wieder sein Asthma, und er steckte die Hand in die Tasche und nahm zwei Stück Zucker heraus und hielt sie Turniptop hin. Ich hatte die Hände nicht frei und dachte sowieso, daß Sie sich irren müssen, aber . . . ich weiß nicht recht . . . etwas an der Art, wie er dastand, den Arm steif ausgestreckt und den Zucker flach auf der Hand . . . es sah einfach nicht richtig aus. Leute, die Pferde mögen, streicheln die Nüstern, wenn sie ihnen Zucker geben, sie stellen sich nicht so weit weg, wie es nur geht, und wenn Maurice Pferde nicht mag, warum gibt er ihnen Zucker? Jedenfalls dachte ich mir plötzlich, daß es nichts schaden könne, wenn Turniptop den Zucker nicht bekäme, deshalb ließ ich die Sattelgurte fallen und tat so, als stolperte ich, und packte Maurice beim Arm, um mein Gleichgewicht zu halten. Der Zucker fiel auf das Stroh am Boden, und ich trat wie zufällig darauf, während ich mich aufrichtete.«

»Was hat er gesagt?« fragte ich fasziniert.

»Nichts«, sagte James. »Ich entschuldigte mich, aber er sagte nichts. Einen Augenblick lang schien er sich vor Wut kaum beherrschen zu können. Dann lächelte er wieder und . . .« James' Augen glitzerten . . . »sagte, wie sehr er mich bewundere, daß ich dem armen Finn noch diese letzte Chance gebe.«

»Lieb von ihm«, murmelte ich.

»Ich sagte ihm, daß das nicht Ihre letzte Chance sei. Ich sagte, Sie werden auch am Samstag Template reiten. Er sagte nur: ›So, wirklich?‹, wünschte mir viel Glück und ging.«

»Der Zucker ist also zertreten und mit dem schmutzigen Stroh hinausgeschafft worden?« sagte ich.

»Nichts für die Analyse, kein Beweis. Unangenehm.«

»Wenn ich den Zucker nicht zertreten hätte, wäre Maurice vielleicht imstande gewesen, ihn wieder aufzuheben und Turniptop noch einmal anzubieten. Ich hatte keinen Zucker dabei . . . ich glaubte einfach nicht, daß ich ihn brauchen würde.«

Er hatte nicht vorgehabt, mir zu helfen, es aber schließlich doch getan.

Wir tranken unseren Whisky. James sagte plötzlich: »Warum? Ich verstehe nicht, warum er sich so viel Mühe macht. Was hat er gegen Sie?«

»Ich bin Jockei, er nicht«, sagte ich. »Das ist alles.« Ich erzählte ihm von meinem Besuch bei Claudius Mellit und was ich dort erfahren hatte. »Es ist kein Zufall, daß Sie und die meisten anderen Trainer nur mit Mühe einen Jockei gefunden haben. Ihr habt euch alle von Kemp-Lore dirigieren lassen, entweder von ihm selbst, oder von seinen zwei Marionetten, Ballerton und Kellar, die sein Gift in sich aufnehmen und weiterreichen. Sie haben es mir selbst erzählt, vor nicht allzu langer Zeit. Peter Cloony kommt immer zu spät, Tick-Tock gibt sich keine Mühe, Danny wettet zuviel, Grant hat Tips gegeben, Finn den Mut verloren . . .«

Er starrte mich entgeistert an.

»Sie haben das alles geglaubt, James, nicht wahr?« fragte ich. »Sogar Sie. Und alle anderen. Warum auch nicht, wo doch alles zu stimmen schien? Es gehört nicht viel dazu, einem Besitzer oder Trainer das Zutrauen zu einem Jockei zu nehmen. Man braucht nur gelegentlich einmal zu erwähnen, daß der Jockei zu spät kommt, unehrlich ist oder Angst hat, und schon wird er abgesägt . . . Art. Art hat sich umgebracht, weil Corin ihn hinausgeworfen hat. Grant erlitt einen Nervenzusammenbruch. Cloony ist so pleite, daß seine Frau in einem eiskalten Haus halb verhungert. Tick-Tock macht Witze wie der arme Bajazzo . . .«

»Und Sie?« fragte James.

»Ich? Na ja . . . die letzten drei Wochen waren nicht gerade ein Vergnügen für mich.«

»Nein«, sagte er, als sähe er das zum erstenmal von meinem Standpunkt aus, »nein, das kann ich mir denken.«

»Das war alles so genau berechnet. Jede Woche in seiner Sendung wurde irgendein Jockei schlechtgemacht. Als er mich eingeladen hatte, stellte er mich als erfolglosen Reiter vor, und er wollte dafür sorgen, daß ich es auch blieb. Erinnern Sie sich an den schrecklichen Film, den er gezeigt hat? Sie hätten mich nie genommen, wenn Sie ihn gesehen hätten, bevor ich für Sie geritten bin, oder?«

Er schüttelte bedrückt den Kopf.

»Bei jeder Gelegenheit – als beispielsweise Template das Königsrennen gewann –, erinnerte er alle Fernsehzuschauer, daß ich nur der Ersatzmann für Pip bin und hinausgeworfen werde, sobald das Bein verheilt ist. Zugegeben, das ist Pips Platz und er soll ihn zurückhaben, aber der gönnerhafte Ton, mit dem Kemp-Lore das sagte, sollte allen Leuten klarmachen, daß ich es nicht verdiente, ein bißchen Ruhm zu ernten. Vielleicht stimmt das auch. Aber ich glaube, daß viele von den Besitzern eher bereit gewesen wären, Ihrem Urteil zu trauen, und weniger eifrig, mich beim ersten Versagen hinauszuwerfen, wenn Kemp-Lore nicht dauernd das Feuerchen in Betrieb gehalten hätte. Und letzten Freitag . . .«, ich bemühte mich, ohne allzu großen Erfolg, um einen gleichmütigen Gesprächston.

»Letzten Freitag brachte er Corin und den Handikaper soweit, daß sie rundheraus sagten, ich sei erledigt. Haben Sie die Sendung gesehen?«

James nickte und füllte wieder die Gläser.

»Das ist ein Fall für das National Hunt Committee«, entschied er.

»Nein«, erwiderte ich. »Sein Vater ist Mitglied.«

James riß die Augen auf. »Das hatte ich vergessen . . .«

»Im Committee sind alle für Kemp-Lore. Keiner würde gegen ihn auftreten. Die meisten waren sogar auf derselben Schule wie er«, sagte ich lächelnd. »Ich wäre sehr froh, wenn Sie das alles vorerst noch für sich behielten. Sie wären weit weniger leicht zu überzeugen als Sie, und es gibt nichts, was Kemp-Lore nicht ableugnen könnte. Aber ich bleib' ihm auf der Spur«, knurrte ich. »Der Tag wird schon noch kommen.«

»Sie sind ja ganz fröhlich«, rief er erstaunt.

»Mein Gott, James.« Ich stand auf. »Letzte Woche wollte ich mich umbringen. Ich bin froh, daß ich es nicht getan habe. Warum soll ich da nicht fröhlich sein?«

Er sah so verblüfft aus, daß ich lachen mußte und mein Glas auf den Tisch zurückstellte.

»Warten Sie nur«, sagte ich. »Sie müssen verstehen, daß ich zum National Hunt Committee im Augenblick kein Vertrauen habe. Für den lieben Maurice lasse ich mir etwas anderes einfallen.« Aber ich hatte noch keinen brauchbaren Plan, und der liebe Maurice hatte noch seine Zähne. Sie waren scharf.

11

Obwohl weder Tick-Tock noch ich am nächsten Tag für ein Rennen engagiert waren, klaute ich ihm den Wagen, um nach Ascot zu fahren, und lief um die Bahn herum. Über die Heide wehte ein bitterkalter Nordostwind, und der Boden war steinhart. Der Winter war bisher recht mild gewesen, aber der klare Himmel versprach Schnee und Eis. Einen Tag noch, mehr verlangte ich nicht, nur noch einen Tag. Aber als ich mit dem Absatz gegen den Boden stieß, war ich enttäuscht.

Ich beendete meinen Rundgang und überlegte mir, wie ich das Rennen anpacken sollte. Wenn der Boden hart blieb, hatten wir ein schnelles Geläuf vor uns, aber das war Template nur angenehm, zumal er viel Gewicht zu schleppen hatte.

Vor dem Wiegeraum trat mir Peter Cloony in den Weg. Sein Gesicht war bleich, hager und bedrückt, und auf seiner Stirn zeigten sich Runen.

»Ich zahl's Ihnen zurück«, sagte er beinahe feindselig.

»Schon gut. Später mal. Eilt nicht«, meinte ich.

»Sie hätten meiner Frau nicht hinter meinem Rücken das Geld und die Lebensmittel geben dürfen. Ich wollte das alles sofort zurückschicken, aber sie ließ mich nicht. Wir sind nicht auf Wohltätigkeit angewiesen. Ich mag das nicht.«

»Sie sind ein Trottel, Peter«, sagte ich. »Ihre Frau hat recht gehabt, die Sachen zu behalten, und ich hätte mich schön geärgert, wenn sie abgelehnt hätte. Finden Sie sich ruhig damit ab: Jede Woche wird eine Kiste Lebensmittel in Ihr Haus geliefert, bis Sie wieder anständig verdienen.«

»Nein«, schrie er. »Das laß ich nicht zu.«

»Ich seh' nicht ein, warum Ihre Frau und Ihr Kind leiden sollen, nur weil Sie zu stolz sind«, rief ich. »Aber wenn es Ihr Gewissen beruhigt, sag' ich Ihnen, warum ich das mache. Sie werden nie ordentliche Arbeit kriegen, solange Sie mit einem solchen Gesicht herumlaufen. Sie müssen sich zusammennehmen und beweisen, daß es sich lohnt, Sie zu engagieren. Ich tue nichts anderes, als eine Ihrer Sorgen aus dem Weg zu räumen, damit Sie ein bißchen mehr an den Rennsport und ein bißchen weniger an Ihr kaltes Haus und die leere Speisekammer denken können. Und kommen Sie um Gottes willen nicht wieder zu spät.«

Ich ging weg, während mir Peter mit offenem Mund und hochgezogenen Brauen nachstarrte. Was Kemp-Lore eingerissen hatte, konnte ich versuchen wieder aufzubauen, dachte ich. Ich hatte ihn bei meiner Ankunft von ferne gesehen; er unterhielt sich angeregt mit einem Herrn der Rennleitung, der über das ganze Gesicht lachte.

Nach dem vierten Rennen brachte man mir ein Telegramm in den Umkleideraum. Es lautete: ›Hol mich in Uxbridge beim White Bear um halb sieben ab. Wichtig. Ingersoll.‹ Ich verfluchte Tick-Tock innerlich, weil Uxbridge in entgegengesetzter Richtung von meinem Heimweg war. Aber schließlich gehörte der Wagen zur Hälfte ihm, und in der letzten Woche hatte ich ihn für mich allein gehabt.

Der Nachmittag zog sich hin. Es war mir unangenehm, zusehen zu müssen, vor allem nach dem großartigen Rennen auf Turniptop, aber ich bemühte mich, meinen Rat auch hier zu befolgen und ein fröhliches Gesicht zu machen. Nach einer Weile schienen die anderen tatsächlich ein bißchen aufzutauen. Das Leben war viel einfacher, seit man wieder mit mir sprach, aber ich zweifelte nicht, daß die meisten noch abwarten wollten, bis ich Template geritten hatte. Das machte mir nichts aus. Ich war überzeugt davon, daß er einer der Schnellsten war, und ich hatte mir von James versprechen lassen, daß man ihn unablässig bewachen würde.

Nach der Rennveranstaltung lungerte ich herum, weil ich zwei Stunden Zeit hatte, bevor ich Tick-Tock abholen mußte. Ich sah den Leuten von der Universal Television zu, die alles für die Übertragung des morgigen Rennens aufbauten, und erkannte einen der Männer: Gordon Kildare, immer noch im blauen Nadelstreifenanzug. Er ging mit geübtem Lächeln an mir vorüber, was bei einem Mann wie ihm immer heißt, daß er nicht weiß, wen er anlächelt, es aber trotzdem tut, weil sich der Betreffende später als wichtig herausstellen könnte. Er war jedoch noch keine zwei Schritte an mir vorbei, als er sich umdrehte und zurückkehrte.

»Sie sind doch in der Sendung aufgetreten«, sagte er freundlich. »Nein, warten Sie mal . . .« Er runzelte die Stirn, dann schnalzte er mit den Fingern. »Finn, richtig, Finn.« Aber sein Lächeln verschwand schnell, und ich wußte, daß er auch daran dachte, was vor einer Woche in der Sendung über mich gesagt worden war.

»Ja, Finn«, sagte ich. »Alles fertig für morgen?«

»Oh, ja. Es wird ziemlich anstrengend werden. Tut mir leid, daß ich gleich weg muß, aber Sie wissen, wie es ist . . . Wir müssen heute noch die Sendung machen, und ich muß ins Studio. Maurice ist längst fort.«

Er sah auf die Uhr, lächelte verbindlich, zog sich zurück.

Ich sah ihn in einem nagelneuen Ford davonfahren und stellte mir das Studio vor, zu dem er zurückkehrte: die Kameras, die grellen Scheinwerfer, die Platte mit Sandwiches; immer dasselbe, und wer würde heute abend Kemp-Lores Opfer sein?

Ich konnte ja so wenig gegen ihn unternehmen. Mühsame Wühlarbeit, Gegengerüchte ausstreuen. Versuchen, seinen Einfluß zu untergraben? All das, ja, aber ich besaß werder sein Prestige noch seine Rücksichtslosigkeit. Ich steckte die Hände in die Taschen, ging zum Mini-Cooper hinaus, um Tick-Tock abzuholen. Auf dem dunklen Parkplatz neben dem ›White Bear‹ stand außer meinem Wagen nur noch ein Auto. Im Lokal saß ein einzelner alter Mann vor einem Bierglas. Ich kehrte an die Theke zurück und bestellte einen Whisky. Kein Tick-Tock. Ich sah auf die Uhr. Zwanzig vor sieben.

»Warten Sie zufällig auf jemand, Sir?« fragte der Schenkkellner.

»Ja, allerdings«, sagte ich.

»Sie sind nicht zufällig ein Mr. Finn?«

»Doch.«

»Dann hab' ich eine Nachricht für Sie, Sir. Ein Mr. Ingersoll hat eben angerufen, daß er Sie hier nicht treffen kann, Sir, es tue ihm sehr leid, aber Sie möchten ihn doch um 6.55 Uhr am Bahnhof abholen. Sie brauchen nur geradeaus zu fahren und bei der ersten Straße links abzubiegen, dann ist es noch ein Kilometer.«

Ich leerte mein Glas, bedankte mich und ging zu meinem Wagen hinaus. Ich setzte mich ans Steuer und wollte das Licht und die Zündung einschalten. Ich streckte die Hand aus . . . aber ich kam nicht an den Knopf.

Von hinten packte mich jemand am Hals. Ich hörte ein Geräusch hinter mir, als eine Schuhsohle über die dünne Matte kratzte. Ich warf die Hände hoch und versuchte mich festzukrallen, erreichte aber das Gesicht des Angreifers nicht, und gegen die Handschuhe blieben meine Fingernägel erfolglos. Es waren dicke Lederhandschuhe. Die Finger hatten viel Kraft und, was schlimmer war, sie wußten genau, wo sie zupacken mußten, über dem Schlüsselbein, an den Halsschlagadern. Aber, erinnerte ich mich dunkel, der Druck auf eine Ader unterbindet die Arterienblutung aus dem Kopf ... der Druck auf beide zugleich verhindert die Blutzufuhr zum Gehirn.

Ich hatte keine Chance. Meine Abwehrbewegung war durch das Lenkrad behindert und brachte mir nichts ein. In den letzten Sekunden, bevor eine dröhnende Dunkelheit mich aufnahm, hatte ich nur noch einen kurzen Augenblick für zwei Gedanken Zeit. Erstens, daß ich Tick-Tock nie in einem so miesen Lokal erwartet hätte, und zweitens, und das zornig, daß ich tot war.

Ich kann nicht lange bewußtlos gewesen sein, aber es genügte. Als ich langsam zu mir kam, stellte ich fest, daß ich weder die Augen noch den Mund zu öffnen vermochte. Beide waren mit Heftpflaster verklebt. Meine Handgelenke waren gefesselt, und meine Füße konnte ich nur ein kleines Stück bewegen, sie waren zusammengebunden wie bei einem Zigeunerpony.

Ich lag auf der Seite hinter den Vordersitzen meines Mini-Cooper, wie ich an der Größe und dem Geruch erkannte; es war eiskalt, und nach einer Weile begriff ich auch, warum. Ich hatte weder einen Mantel noch ein Jackett an. Meine Arme waren zwischen die beiden Vordersitze geklemmt, so daß ich das Heftpflaster nicht abreißen konnte. Alles tat mir weh. Ich versuchte mit aller Kraft, meine Arme zu befreien, aber es gelang mir nicht – und eine Faust, so nahm ich an – sauste so brutal auf sie hernieder, daß ich es nicht mehr versuchte. Ich konnte nicht sehen, wer den Mini-Cooper steuerte, aber das war auch nicht nötig. Es gab nur einen Menschen auf der Welt, der mir eine solche Falle gestellt haben konnte; kompliziert, aber wirksam, wie der Jaguar mitten auf der Straße. Nur einen Menschen, der Grund dazu hatte, mich zu entführen, so irrsinnig auch dieser Grund sein mochte. Ich machte mir keine Illusionen. Maurice Kemp-Lore wünschte nicht, daß ich den Winter-Cup gewann, und unternahm Schritte, das zu verhindern.

Ich fragte mich bloß, ob er wußte, daß es kein Zufall war, daß Turniptop den präparierten Zucker nicht gefressen hatte? Hatte er erraten, daß ich genau über ihn Bescheid wußte? Hatte er erfahren, daß ich mich bei allen Rennställen erkundigt und auch dem Jaguar nachgespürt hatte? Wenn er das wußte, was würde er mit mir tun? Ich hatte es gar nicht eilig, auf diese Frage eine Antwort zu erhalten.

Als wir eine Weile gefahren waren, bog der Wagen plötzlich

links ab und holperte über eine unebene Straße. Nach einiger Zeit wurde er langsamer, bog wieder ab und hielt.

Kemp-Lore stieg aus, klappte die Lehne des Vordersitzes herunter und zerrte mich hinaus. Ich kam wegen der Fußfesseln nicht auf die Beine und stürzte auf die Schulter. Der Boden war hart und kiesig. Mein Hemd zerriß, und die harten Steine zerkratzten mir die Haut. Er zerrte mich hoch, und ich stand schwankend da, blind und unfähig, davonzulaufen, selbst wenn ich mich aus seinem Griff hätte befreien können. Er befestigte eine Art Leine an meinen Handfesseln und zog mich daran fort. Der Boden war uneben und die Schnur um meine Knöchel sehr kurz. Ich stolperte immer wieder und fiel zweimal hin.

Es war sehr unangenehm zu stürzen, ohne etwas sehen zu können, aber irgendwie gelang es mir, mich beiseite zu drehen, bevor ich aufprallte, so daß ich mit dem Körpergewicht auf den Schultern landete. Er zog mir die Hände immer so weit vor den Körper, daß ich das Heftpflaster nicht erreichen konnte. Beim zweiten Sturz habe ich mir alle Mühe gegeben, es abzuziehen, aber er riß mir die Arme brutal über den Kopf und zerrte mich ein ganzes Stück auf dem Boden dahin. Wieder mußte ich eine ganze Menge Haut lassen.

Endlich ließ er mich aufstehen. Er sagte nichts. Kein Wort. Und ich konnte nicht reden. Man hörte nur unsere Schritte auf dem kiesigen Boden und das Wispern des scharfen Nordostwindes in den Bäumen. Mein zerfetztes Hemd war kein Schutz gegen diesen Wind, und ich begann zu zittern.

Er blieb stehen, ich hörte, daß eine Tür geöffnet wurde, dann zerrte er mich weiter. Diesmal hatte ich eine Stufe vor mir, wie ich zu spät erkannte, bevor ich wieder hinfiel. Ich hatte auch nicht mehr die Zeit, mich zur Seite zu drehen. Ich fiel auf Magen, Ellenbogen und Brustkasten. Der Sturz benahm mir den Atem, ich fühlte mich schwindelig. Ein Holzboden, dachte ich, während ich so dalag. Es roch nach Staub und undeutlich nach Pferden. Er zerrte mich wieder hoch, und ich spürte, wie meine Handgelenke hochgehoben und irgendwo über meinem Kopf festgemacht wurden. Als er fertig war und zurücktrat, tastete ich mit den Fingern umher, weil ich feststellen wollte, was es war. Sobald ich die glatten Metallhaken fühlte, wußte ich genau, in welcher Art von Raum ich mich befand.

Es war eine Sattelkammer. Es gibt sie in jedem Rennstall. Dort werden die Sättel und Zaumzeuge aufbewahrt, gemeinsam mit all den Gürteln, Riemen, Bandagen und Decken, die die Pferde brauchen. Von der Decke jeder Sattelkammer hängt ein Geschirrhaken, ein Gerät, das einem dreizackigen Anker gleicht und auf das man Zaumzeug zum Putzen hängt. An diesem Haken hing kein Zaumzeug, nur ich. Ich war fest dort angebunden, wo sich die metallenen Arme teilten.

Die meisten Sattelkammern waren warm, geheizt von einem Ofen, der feuchte Decken trocknet und verhindert, daß Leder Schimmel ansetzt. In dieser Sattelkammer war es sehr kalt, und der Geruch nach Leder und Sattelseife war sehr schwach. Die Kammer war unbenützt und leer. Die Stille nahm eine neue Bedeutung an. In den Boxen bewegten sich keine Pferde. Die Stallung war unbenützt. Ich schauderte, nicht nur vor der Kälte. Ich hörte ihn in den mit Kies beworfenen Hof hinaustreten, dann klapperte ein Riegel und eine Stalltür wurde geöffnet. Nach ein paar Sekunden fiel sie zu, und eine zweite Tür wurde geöffnet und klappte zu. Eine dritte ging auf. Er öffnete der Reihe nach sechs Türen. Ich nahm an, daß er etwas suchte, und fragte mich bedrückt, was es wohl sein konnte.

Nachdem die sechste Tür zugefallen war, blieb er einige Zeit aus. Ich konnte nicht hören, was er tat. Aber der Motor des Wagens war nicht zu hören gewesen, er mußte also noch da sein. Gegen meine Handfesseln konnte ich nichts ausrichten. Sie waren schmal und glatt, fühlten sich wie Nylon an, und es gab nicht einmal einen Knoten, geschweige denn, daß ich ihn lösen konnte. Nach einer Weile kam er zurück und stellte etwas auf den Boden. Einen Eimer.

Er betrat die Kammer und ging leise auf mich zu. Vor mir blieb er stehen. Überall war es ganz still. Ich hörte ein neues Geräusch, das hohe, asthmatische Pfeifen seiner Atmung. Schon eine leere Stallung schien also zu genügen.

Eine Weile geschah gar nichts. Er ging langsam um mich herum und blieb wieder stehen. Ging und blieb stehen. Was will er tun? dachte ich.

Er berührte mich einmal, fuhr mit dem Handschuh, der eiskalt war, über meine abgeschürften Schultern. Ich zuckte zusammen, und er atmete heftig ein. Er begann zu husten, trocken und asthmatisch. Hoffentlich erstickst du, dachte ich.

Er ging hustend hinaus, hob den Eimer auf und ging über den

Hof davon. Ich hörte, wie der Eimer klirrend abgestellt und ein Wasserhahn aufgedreht wurde. Das Wasser rauschte in den Eimer, unnatürlich laut in der Stille.

Ein Riese und ein Zwerg gingen auf den Berg, sagte eine alberne Stimme in mir, und holten einen Kübel Wasser. Der Riese steckt den Zwerg hinein, der wurde immer nasser.

Nein, dachte ich, o nein, mir ist doch schon so kalt. In irgendeinem Winkel meines Verstandes sagte ich mir, daß mir ganz egal war, was er mir antat, wenn ich Template nur rechtzeitig reiten konnte, und eine andere Stimme sagte, sei kein Narr, darauf kommt es ihm ja an, er läßt dich nie reiten, und selbst wenn du fliehen kannst, wirst du so durchfroren und steif sein, daß du nicht einmal einen Esel reiten könntest.

Er drehte den Hahn zu und ging wieder über den Hof; ich hörte das Wasser im Eimer hin- und herschwappen. Er trug ihn in die Kammer und blieb hinter mir stehen. Der Henkel klirrte. Ich biß die Zähne zusammen, atmete tief ein und wartete. Er kippte den Eimer.

Der Guß traf mich zwischen den Schulterblättern und durchnäßte mich von Kopf bis Fuß. Das Wasser war eiskalt und brannte in meinen Schürfwunden. Nach einer kurzen Pause ging er wieder durch den Hof und füllte den Eimer wieder auf. Ich dachte mir, das macht jetzt schon fast nichts mehr aus. Nässer kannst du nicht werden, ärger frieren kannst du auch nicht. Meine Arme, die er über dem Kopf festgebunden hatte, begannen bereits schwer zu werden und zu schmerzen. Ich machte mir jetzt nicht mehr solche Sorgen um die unmittelbare Zukunft, ich dachte vielmehr daran, wie lange er mich hier festhalten würde.

Er kam mit dem Eimer zurück und schüttete mir diesmal den Guß ins Gesicht. Ich hatte mich geirrt, als ich annahm, daß mir das nichts mehr ausmachen würde. Es war mindestens so schlimm wie beim erstenmal, vor allem, weil ich sehr viel Wasser in die Nase bekam. Sah er denn nicht, daß er mich ertränkte, dachte ich verzweifelt. Meine Brust schmerzte. Ich konnte kaum atmen. Jetzt wird er dir sicher das Heftpflaster vom Mund reißen, sicher . . . sicher . . .

Er tat es nicht.

Bis ich wieder einigermaßen Luft in meine gequälten Lungen bekam, ließ er draußen im Hof schon wieder den Eimer vollaufen. Der Wasserhahn wurde abgedreht und die knirschenden

Schritte kamen das dritte Mal auf mich zu. Die Stufe hinauf und auf den Holzboden. Ich konnte nichts tun, um ihn aufzuhalten. Meine Gedanken in diesem Augenblick lassen sich nicht wiedergeben.

Er blieb wieder vor mir stehen. Ich drehte den Kopf zur Seite und preßte die Nase an den Oberarm. Er schüttete mir das Eiswasser über den Kopf. Von jetzt an, dachte ich, tun mir die Clowns im Zirkus leid. Hoffentlich verwenden sie wenigstens warmes Wasser. Es hatte den Anschein, als wäre ich ihm jetzt naß genug. Jedenfalls stellte er den Eimer draußen vor der Tür ab, kam zurück und blieb neben mir stehen. Sein Asthma war schlimmer geworden.

Er packte mich bei den Haaren, riß meinen Kopf hoch und begann zum erstenmal zu sprechen.

Leise und mit offensichtlicher Zufriedenheit sagte er: »Du pfuschst mir nicht mehr dazwischen.«

Er ließ mein Haar los, verließ die Kammer, und ich hörte ihn durch den Hof gehen. Seine Schritte verklangen, und nach einer Weile wurde die Tür des Mini-Coopers zugeschlagen. Der Motor sprang an, und schon bald konnte ich ihn nicht mehr hören.

Es war gar nicht lustig, tropfnaß in einer kalten Nacht gefesselt hier stehen zu müssen. Ich wußte, daß er frühestens in ein paar Stunden zurück sein konnte, weil Freitag war. Von acht bis mindestens halb zehn war er mit seiner Sendung beschäftigt, und ich fragte mich, welche Auswirkungen dieses Abenteuer auf sein Auftreten haben würde.

Eines stand fest, ich konnte nicht einfach geduldig stehenbleiben und warten, bis ich befreit wurde. Das Wichtigste war zunächst, das Heftpflaster abzulösen. Ich glaubte, daß sich das leicht machen lassen müsse, weil es naß war, aber es klebte ganz fest. Nachdem ich lange Zeit meinen Mund am Arm gerieben hatte, gelang es mir nur, eine Ecke aufzurollen. Das verschaffte mir zwar etwas mehr Luft, aber um Hilfe schreien konnte ich nicht.

Die Kälte erwies sich als ernstes Problem. Meine Nässe war schrecklich, die Hose klebte klamm an meinen Beinen, die Schuhe waren voll Wasser, und die Fetzen meines Hemds schienen an Armen und Brust wie Mörtel zu haften. Meine Finger waren schon völlig gefühllos, und auch die Füße spürte ich kaum mehr. Er hatte die Tür absichtlich offengelassen, da gab es keinen Zweifel, und obwohl der beißend kalte Wind nicht direkt hereinwehte, herrschte doch ein starker Luftzug. Ich zitterte am ganzen Körper.

Zaumzeughaken. Ich stellte mir ihre Form vor. Ein Metallstab mit drei aufwärtsgebogenen Haken. Oben am Ende ein Ring und am Ring befestigt eine Kette. Die Länge der Kette hing von der Höhe der Decke ab. Am obersten Glied der Kette eine in den Holzbalken eingeschlagene Krampe. Da die ganze Anlage jahrelang halten mußte, war es völlig aussichtslos, sie aus der Decke ziehen zu wollen.

Ich hatte Zaumzeughaken gesehen, die nur auf die Kette gehängt waren und leicht abgenommen werden konnten, aber nach nutzlosen und ermüdenden Anstrengungen war mir klar geworden, daß es mir hier nicht so leicht gemacht wurde.

Aber irgendwo, dachte ich, irgendwo muß ein schwaches Glied sein. Buchstäblich ein schwaches Glied. Im Laden bekam man die Haken nicht mit Ketten zu kaufen. Man schnitt irgendeine Kette auf die benötigte Länge zu, und irgendwo mußte sich also ein Verbindungsglied befinden.

Die Wölbung der Haken streifte an meine Haare, und meine Handgelenke waren etwa sechs Zentimeter darüber festgebunden. Das ließ mir wenig Hebelwirkung, aber eine andere Hoffnung hatte ich nicht. Ich begann mich zu drehen, stemmte die Unterarme auf die Haken und verdrehte die Kette, hängte mich daran und hörte, daß sich die Glieder aneinander rieben. Nach zweieinhalb Umdrehungen konnte ich sie nicht mehr weiterdrehen. Sobald es mir gelang, darüber hinwegzukommen, würde das schwache Glied auseinanderreißen.

Die Theorie war einfach. Sie in die Praxis umzusetzen, erwies sich als schwierig. Sobald ich an der Kette drehte, verkürzte sie sich, meine Arme wurden höher hinaufgezogen, die Hebelwirkung verringerte sich. Außerdem begannen sie mir jetzt im Ernst wehzutun.

Ich drückte, so stark ich konnte. Nichts rührte sich. Ich drehte sie ein wenig zurück, setzte wieder an. Der Anprall fuhr durch meinen ganzen Körper und riß mich von den Beinen. Mühsam raffte ich mich wieder hoch, ging ein wenig in die Grätsche und begann von neuem. Diesmal spürte ich die Erschütterung nur bis zur Brust. Ich versuchte es wieder. Die Kette hielt.

Zur Abwechslung befaßte ich mich wieder mit dem Heftpflaster und konnte es nach einer Weile ganz entfernen. Endlich war mir die Möglichkeit gegeben, laut zu schreien. Ich schrie.

Niemand kam. Meine Stimme hallte in der Kammer, klang laut in meinen Ohren, aber ich fürchtete, daß der Wind draußen sie verschlucken würde. Ich schrie, mit kurzen Pausen, lange Zeit. Ohne Erfolg.

Und jetzt, es war etwa eine Stunde, nachdem Kemp-Lore gegangen war, stiegen Angst und Wut in mir hoch.

Ich fürchtete für meine Hände, die ich nicht mehr spürte. Ich zitterte nicht bloß, sondern schauderte vor Kälte, und die Blutzufuhr zu meinen Händen mußte sich buchstäblich hochquälen; die Fessel um meine Handgelenke wurde immer enger.

Ich mußte mich dem schrecklichen Gedanken stellen, daß meine Hände am Morgen abgestorben sein würden, wenn ich hier die ganze Nacht zubringen mußte. Meine Einbildungskraft ging ungebeten mit mir durch. Abgestorben. Gangrän. Amputiert.

Das kann er nicht gewollt haben, dachte ich plötzlich. Das hat er doch nicht vorgehabt. Niemand kann so gemein sein. Ich erinnerte mich an die Befriedigung in seiner Stimme. Er hatte mir doch sicher nur eine Lehre erteilen und mich nicht für das ganze Leben zum Krüppel machen wollen.

Die Wut gab mir Kraft und Entschlossenheit zurück. Ich gedachte nicht zuzulassen, daß er sein Ziel erreichte. Die Kette mußte zerreißen.

Ich drehte sie wieder bis zum Anschlag und riß daran; der Atem blieb mir weg. Ich befahl mir, nicht nachzulassen. Ich ließ locker und riß, ließ locker und riß, stemmte mich gegen die Haken, versuchte sie mit aller Kraft herumzudrehen. Die Kette klirrte und hielt.

Ich ging methodisch vor. Sechsmal zerren, dann eine Pause, sechsmal zerren, eine Pause. Unaufhörlich, sechsmal zerren, Pause, bis ich zu schluchzen anfing.

Wenigstens erwärmt mich die Bewegung ein bißchen, dachte ich mit einer Spur von Galgenhumor, aber das war ein schwacher Trost für die unerträglichen Schmerzen in meinen Armen und Schultern, für die glühendheißen Zangen, die sich in meinem Genick festgebissen hatten, oder für den Einschnitt der Fessel in meine Handgelenke, als die Reibung die Haut wegschürfte.

Sechsmal zerren, Pause. Sechsmal zerren, Pause. Die Pausen wurden länger. Jeder, der schon einmal mit Heftpflaster auf den

Augen geweint hat, wird wissen, daß die Tränen in der Nase herunterlaufen. Wenn ich hochschluckte, bekam ich sie in den Mund, salzig, der Geschmack war mir zuwider.

Sechsmal zerren, Pause. Ich wollte nicht aufhören. Ich weigerte mich, aufzuhören. Sechsmal zerren, Pause. Sechs. Pause.

Nach einer Weile verdrehte ich die Kette in der anderen Richtung. Ich dachte, daß die Kette dadurch schneller auseinanderreißen und meinen Muskeln Erleichterung verschaffen würde, aber ich irrte mich. Ich versuchte es wieder anders herum.

Die Zeit verging. Weil ich nicht sehen konnte, wurde ich schwindelig. Ich begann zu schwanken und in den Knien einzuknicken, wenn ich mich nicht konzentrierte, und beides schadete meinen Armen ungemein.

Warum – anreißen – wollte – anreißen – die verdammte Kette – anreißen – nicht zerbrechen. Ich wollte nicht zugeben, daß mir das zuviel war, ohne mich bis zum Ende abzuplagen, obwohl die Versuche, endlich aufzuhören, einfach dazuhängen, bewußtlos zu werden und Fieber zu haben, immer stärker wurde. Aber dieser Frieden würde nur vorübergehend, täuschend, nutzlos, gefährlich sein.

Ich riß und riß, wie mir schien, stundenlang, manchmal schluchzend, manchmal fluchend, vielleicht manchmal sogar betend.

Ich war völlig unvorbereitet, als es endlich passierte. Im Augenblick zuvor raffte ich den Rest meiner Willenskraft zusammen, um wieder anzureißen, und im nächsten, nach einem krampfhaften, verzweifelten Aufbäumen, stürzte ich zu Boden, während der Zaumzeughaken klirrend auf mich fiel, immer noch an meine Handgelenke gebunden.

Ein paar Sekunden lang konnte ich es kaum glauben. Alles drehte sich um mich, ich fand mich nicht mehr zurecht. Aber der Boden unter meinem Körper war hart, roch nach Staub, war wirklich, feucht und Zuversicht einflößend.

Nach einer Weile, als ich wieder einigermaßen zu mir gekommen war, warf ich mich auf die Knie, so daß endlich das Blut in meinen Armen nach unten strömte und steckte die Hände zwischen die Schenkel, um sie zu wärmen. Sie fühlten sich an wie Klumpen erstarrten Fleisches, ohne Gefühl, ohne Bewegung. Die Fessel um meine Handgelenke schnitt nicht mehr so stark ein, seit sie kein Gewicht mehr zu tragen hatte, und jetzt hätte das Blut

Platz gehabt, in die Hände zurückzukehren, dachte ich, wenn es nur wollte.

Die unvorstellbare Erleichterung, die Arme endlich nach unten nehmen zu können, ließ mich eine Weile vergessen, wie sehr ich fror, wie naß ich war, wie weit davon entfernt, warm und trocken zu werden.

Ich war beinahe guter Laune, als hätte ich einen entscheidenden Kampf gewonnen, und so war es schließlich auch.

12

Das Knien wurde mir bald beschwerlich, ich kroch am Boden dahin, bis ich eine Wand erreichte und mich sitzend dagegenlehnen konnte.

Das Pflaster auf meinen Augen klebte immer noch fest. Ich versuchte es abzukratzen, indem ich es an den Fesseln rieb, aber ich erreichte nichts. Die Haken behinderten mich, ich stieß sie mir immer wieder ins Gesicht und schließlich gab ich es auf und konzentrierte mich darauf, meine Hände zu wärmen. Abwechselnd klemmte ich sie zwischen die Schenkel und schlug sie gegen die Knie, um den Blutkreislauf anzuregen.

Nach langer Zeit stellte ich fest, daß ich die Finger bewegen konnte. Ich spürte sie immer noch nicht, aber es war doch ein gewaltiger Fortschritt, und ich erinnere mich daran, daß ich mindestens zehn Minuten lang gelächelt habe.

Ich hob die Hände zum Gesicht und versuchte, das Heftpflaster mit dem Daumennagel herunterzukratzen. Mein Daumen glitt über meine Wange, kam am Rand des Pflasters zum Stillstand, und als ich vom Ellbogen aus andrückte, bog er sich und rutschte davon. Ich versuchte es wieder. Ich mußte das tun, weil ich die Kammer nicht verlassen konnte, solange ich blind war. Draußen war es kälter, meine Füße waren immer noch gefesselt, und in diesem Zustand blind herumwandern zu müssen, wollte mir nicht behagen. Ich beugte den Kopf und steckte den rechten Daumen in den Mund, um ihn zu wärmen. Alle paar Minuten prüfte ich den Erfolg am Rand des Heftpflasters und erreichte schließlich, daß der Daumen andrücken konnte, ohne sich zu biegen. Ich brauchte nur eine Ecke hochzuziehen, aber selbst das dauerte sehr lange. Schließlich konnte mein Daumennagel ein Stück Heftpflaster hochziehen, das groß genug war, um es mit beiden Handgelenken fassen zu können, und nach ein paar vergeblichen Versuchen und einer Reihe wilder Flüche konnte ich das hartnäckige Ding endlich abreißen.

Blendend heller Mondschein drang durch die offene Tür und ein Fenster herein. Ich saß an der Rückwand, die Tür zu meiner Linken. Über meinem Kopf und ringsum an den Wänden befanden sich leere Holzhaken für Sättel und Zaumzeug, Regale und ein Schrank an der Wand mir gegenüber.

Mitten von der Decke hing, blaß im Mondlicht, eine Eisenkette von einem halben Meter Länge.

Ich starrte meine Hände an. Der Zaumzeughaken glitzerte. Kein Wunder, daß ich soviel Mühe gehabt hatte, dachte ich. Kette und Haken waren fast neu. Nicht die dunklen, alten, rostigen Geräte, wie ich sie mir vorgestellt hatte. Ich schluckte erschrokken. Es war ganz gut, daß ich das nicht gewußt hatte.

Meine Hände, einschließlich des Daumens, den ich zu wärmen versucht hatte, waren weiß. Beinahe so weiß wie meine Arme. Beinahe so weiß wie die Nylonschnur. Nur die Handgelenke waren dunkel.

Ich streckte die Hände aus. An den Knöcheln waren sie mit weißer Nylonschnur gefesselt. Meine Finger brachten die Knoten nicht auf. Meine Taschen waren leer. Kein Messer, keine Zündhölzer. In der ganzen Sattelkammer gab es nichts, womit man schneiden konnte. Ich stand mühsam auf, lehnte mich an die Wand und schlurfte langsam und vorsichtig zur Tür. Mein Fuß stieß gegen einen Gegenstand, und ich blickte hinunter. Am Rand eines Mondscheinflecks lag das auseinandergerissene Kettenglied.

Ich ging zur Tür und stieg die Stufe hinunter. Dort stand der Eimer, grau und drohend. Ich sah mich im mondbeschienenen Hof um. Drüben an der Wand der Wasserhahn und daneben, am Boden, etwas, das ich mit großer Freude entdeckte. Ein Stiefelabkratzer aus dünnem Metall, in Beton gebettet.

Mit kleinen, vorsichtigen Schritten humpelte ich auf dem Kies dahin, und der schneidende Wind nahm meinem Körper die letzte Wärme.

Ich lehnte mich an die Wand, beließ einen Fuß auf dem Boden und spannte das Seil über den Stiefelabkratzer und rieb es hin und her. Die Schneide des Abkratzers war nicht scharf, das Seil neu; es dauerte lange, bis ich es durchgescheuert hatte, aber endlich riß es auseinander. Ich kniete nieder und versuchte dasselbe mit der Fessel an meinen Handgelenken zu erreichen, aber der Zaumzeughaken kam mir dauernd dazwischen und behinderte mich. Ich stand erschöpft auf. Es sah so aus, als würde ich den schweren Haken noch eine Weile mit mir herumschleppen müssen.

Meine Beine wieder bewegen zu können, verlieh mir jedoch ein wunderbares Gefühl der Freiheit. Steif und vor Kälte zitternd ging ich um das Haus herum. Alles war dunkel, und alle Läden an den Parterre-Fenstern waren geschlossen. Leer wie die Stallung. Eine unwillkommene, aber nicht unerwartete Entdekkung.

Ich ging schwankend am Haus vorbei und die Auffahrt hinunter. Sie war lang. Am Tor gab es kein Häuschen, nur die Tafel eines Grundstücksmaklers, auf der zu lesen war, daß dieser wunderbare Herrensitz zu verkaufen sei, zusammen mit moderner Stallung, zehn Hektar Land und einem Obstgarten.

Ich stieß auf eine Landstraße, ohne zu wissen, in welcher Richtung die Zivilisation zu erreichen war. Ich versuchte mich zu erinnern, aus welcher Richtung der Mini-Cooper gekommen war, aber es gelang mir nicht. Es schien schon so lange her zu sein. Ich starrte automatisch auf mein linkes Handgelenk, aber da war nur eine Fessel, keine Uhr. Da es nur zwei Möglichkeiten gab, wandte ich mich nach rechts. Die Straße zog sich endlos dahin, und hinter den niedrigen Hecken lag nur flaches Land, keine Autos kamen, nirgends sah ich Licht. Ich verfluchte den Wind und stolperte, von Schmerzen gepackt, weiter, mich an die Tatsache klammernd, daß es schließlich doch auch irgendwo mal ein Haus geben müsse, wenn ich weit genug ging.

Worauf ich zuerst stieß, war kein Haus, sondern etwas viel Besseres. Eine Telefonzelle. Sie stand ganz allein, hell erleuchtet, massiv und einladend an der Ecke, wo der Weg in eine größere Straße mündete, und ich löste das peinliche Problem, mich an der Tür eines Fremden wie eine Vogelscheuche präsentieren und erklären zu müssen, wie ich in diesen Zustand geraten war.

Es gab viele Leute, die ich hätte anrufen können. Die Polizei, einen Krankenwagen oder die Feuerwehr; aber bis es meinen nahezu immer noch unbrauchbaren Händen gelungen war, die Tür so weit aufzumachen, daß ich meinen Fuß hineinzwängen konnte, hatte ich Zeit zum Nachdenken gehabt. Sobald ich irgendeine Behörde verständigte, mußte ich mit endlosen Fragen rechnen, Aussagen zu Protokoll geben und wahrscheinlich die Nacht im örtlichen Krankenhaus verbringen. Ich hatte eine Abneigung gegen Krankenhäuser. Außerdem herrschte kein Frost, obwohl ich mich vor Kälte kaum rühren konnte. Die Pfützen am Straßenrand hatten keinen Eisüberzug. Das Rennen in Ascot würde stattfinden, Template würde zum Kampf um den Winter-Cup antreten, und James wußte nicht, daß sein Jockey, zum Reiten unfähig, herumwanderte.

Unfähig ... Zwischen dem Auftauchen der Telefonzelle und dem ungeschickten Abnehmen des Hörers kam ich zu dem Schluß, daß ich Kemp-Lore nur dann um die Früchte seines Sieges bringen konnte, wenn ich hinging und ritt – und gewann, wenn es ging. Wenn ich so tat, als sei das alles nicht geschehen. Alles war bisher nach seinem Willen gelaufen. Ich wollte mich von ihm nicht unterkriegen lassen.

Ich wählte mühsam die Vermittlung, nannte die Nummer meiner Kreditkarte und bat, mich mit dem einzigen Menschen auf der Welt zu verbinden, der mir helfen, Stillschweigen bewahren und nicht versuchen würde, mich von den Dingen abzuhalten, die ich vorhatte.

Ihre Stimme klang schläfrig. Sie sagte: »Hallo?«

»Joanna ... hast du zu tun?« fragte ich.

»Zu tun? Mitten in der Nacht?« sagte sie. »Bist du's Rob?«

»Ja«, sagte ich.

»Na, dann geh wieder ins Bett und ruf mich morgen früh an«, sagte sie. »Ich hab' schon geschlafen«, meinte sie. »Weißt du nicht, wie spät es ist?«

Ich hörte sie gähnen. »Nein«, rief ich.

»Na, es ist ... äh ... zwanzig vor eins. Gute Nacht.«

»Joanna, nicht auflegen«, sagte ich hastig. »Ich brauche deine Hilfe. Wirklich. Bitte nicht auflegen.«

»Was ist denn los?« Sie gähnte wieder.

»Ich ... ich ... Joanna, komm und hilf mir. Bitte.«

Es blieb kurze Zeit still, und ihre Stimme klang plötzlich ganz wach. »So hast du noch nie zu mir ›bitte‹ gesagt.«

»Kommst du?« – »Wohin?«

»Ich weiß es nicht genau«, sagte ich verzweifelt. »Ich bin in einer Telefonzelle an einer Landstraße irgendwo draußen. Die

Telefonvermittlung ist Hampden Row.« Ich buchstabierte es. »Ich glaube nicht, daß es sehr weit von London entfernt ist. Wahrscheinlich im Westen.«

»Kannst du nicht von selbst zurückkommen?« fragte sie.

»Nein«, sagte ich. »Ich habe kein Geld und bin tropfnaß.«

»Oh.« Es blieb kurze Zeit still. »Also gut. Ich stelle fest, wo du bist, und komme in einem Taxi. Noch etwas?«

Bring einen Pullover mit«, sagte ich. »Ich friere. Und trockene Socken, wenn du sie hast. Und Handschuhe. Vergiß die Handschuhe nicht. Und eine Schere.«

»Pullover, Socken, Handschuhe, Schere. Okay. Du mußt warten, bis ich mich angezogen habe, aber ich komme, so schnell es geht. Bleib bei der Zelle.«

»Ja«, sagte ich.

»Ich beeil' mich. Mach dir keine Sorgen«, sagte sie. »Auf Wiedersehen.«

»Auf Wiedersehen . . .« Ich hängte ungeschickt ein. So schnell sie auch sein mochte, vor einer Stunde konnte sie nicht hier sein. Was war schon eine Stunde, nach so vielen? Ich hatte keine Ahnung gehabt, daß es schon so spät war. Der Abend war mir zwar wie eine Ewigkeit erschienen, aber ich hatte jedes Zeitgefühl verloren. Und Kemp-Lore war nicht zurückgekommen. Seine Sendung war schon seit Stunden vorbei, und er war nicht zurückgekommen. Der verdammte Dreckskerl, dachte ich.

Ich setzte mich auf den Boden der Zelle und lehnte mich an die Wand neben dem Telefonapparat. Bewegung und eiskalter Wind draußen, Untätigkeit und Geborgenheit hier drinnen; das eine war so schlecht wie das andere. Aber ich war zu müde, um herumzulaufen, wenn es nicht sein mußte, also fiel mir die Wahl leicht.

Ich hob die Hände vors Gesicht und biß der Reihe nach in meine Finger. Sie waren eiskalt, von gelblich-weißer Farbe und völlig gefühllos. Sie ließen sich biegen und strecken, aber nur langsam und schwach, das war alles. Ich machte mich ernsthaft an die Arbeit, rieb sie an den Beinen entlang, schlug sie gegen die Knie, zwang sie, sich zu öffnen und zu schließen, aber nichts schien zu helfen. Ich machte weiter, aus Angst, daß es schlimmer werden könnte, wenn ich mich nicht anstrengte, und bezahlte mit schmerzhaftem Knarren meiner Schultern. Ich hatte sehr viel Stoff zum Nachdenken. Das Heftpflaster, zum Beispiel. Warum hatte er es verwendet? Der Streifen über dem Mund sollte verhindern, daß ich um Hilfe schrie, aber als ich ihn endlich abgerissen und geschrien hatte, war niemand in der Nähe gewesen, der mich hören konnte.

Der Streifen auf den Augen sollte mich nicht sehen lassen, wohin die Reise ging, aber was spielte es für eine Rolle, wenn ich einen leeren Hof und eine leere Sattelkammer sah? Was wäre anders gewesen, dachte ich, wenn ich in der Lage gewesen wäre, zu sprechen und zu sehen?

Zu sehen ... ich hätte Kemp-Lores Gesicht sehen können, während er sich bemühte, mich zu erledigen. Ich hätte Kemp-Lore sehen können ... das war's! Ihn selbst hatte ich nicht sehen sollen.

Wenn das so war, hatte er mich vielleicht am Sprechen hindern wollen, um nicht zu einer Antwort gezwungen zu sein. Er hatte nur einmal den Mund aufgemacht und mit leiser, nicht wiederzuerkennender Stimme gesprochen. Ich war überzeugt davon, daß er vorgehabt hatte, mich seine Stimme nicht hören und erkennen zu lassen.

Dann mußte er geglaubt haben, ich wüßte nicht, wer mich entführt hatte, wüßte nicht, wer er war. Er mußte es immer noch glauben. Und das bedeutete, daß seiner Meinung nach James ihm den Zucker für Turniptop unabsichtlich aus der Hand geschlagen hatte, daß er nichts von meinem Besuch bei den Stallungen erfahren hatte und daß er nicht wußte, daß ich mich nach dem Jaguar erkundigt hatte. Das verlieh mir einen kleinen Vorteil, dachte ich. Wenn er irgendwo Spuren hinterlassen hatte, würde er es nicht für nötig halten, sie zu verwischen. Wenn er nicht wußte, daß er selbst der Katastrophe zusteuerte, würde er sich nicht allzu sehr vorsehen.

Während ich meine blutleeren Hände anstarrte und mir darüber klar war, daß ich zu allem anderen noch ihre Rückkehr zum Leben ertragen mußte, begriff ich, daß mein Gewissen keine zivilisierten Hemmungen mehr anerkannte. Aufzubauen, was er zerstört hatte, genügte nicht. Er selbst hatte mir die Unerbittlichkeit eingehämmert, die mir gefehlt hatte, um mich und alle anderen gründlich zu rächen, es physisch, endgültig und ohne Bedenken zu tun.

Sie kam endlich. Ich hörte einen Wagen vorfahren und eine Tür zufallen, dann ihre schnellen Schritte auf der Straße. Die Tür der

Telefonzelle öffnete sich, eiskalter Wind strömte herein. Und da war sie, in Hosen, Pelzstiefeln und einer warmen blauen Windjacke. Das Licht fiel auf ihr dunkles Haar.

Ich war unendlich froh, sie zu sehen. Ich sah zu ihr auf und gab mir Mühe zu lächeln, aber es gelang mir nicht sehr gut. Ich zitterte zu stark.

Sie kniete nieder und sah mich genauer an. Ihr Gesicht erstarrte. »Deine Hände«, flüsterte sie.

»Ja. Hast du die Schere mitgebracht?«

Wortlos öffnete sie ihre Handtasche, nahm eine große Schere heraus und befreite mich von den Fesseln. Sie ging behutsam zu Werke. Sie nahm den Zaumzeughaken zwischen meinen Knien heraus und legte ihn auf den Boden, dann löste sie vorsichtig die Schnüre von meinen Handgelenken. Sie waren blutbefleckt, und unter ihnen zeigte sich die Haut dunkelrot und abgeschürft.

»Da unten auch noch«, ich wies mit dem Kinn auf meine Füße. Sie durchschnitt die durchtrennten Fesseln an meinen Knöcheln, und ich sah, daß sie den Rand meines Hosenbeins zwischen den Fingern rieb. Die Luft war zu kalt gewesen, um den Stoff trocknen zu können. »Warst du schwimmen?« sagte sie keck. Ihre Stimme brach.

Ich hörte draußen Schritte, dann tauchte ein breitschultriger Mann hinter Joanna auf.

»Alles in Ordnung, Miss?« fragte er mit verläßlicher Cockneystimme.

»Ja, danke«, meinte sie. »Könnten Sie meinem Vetter ins Taxi helfen?«

Er kam näher und sah auf mich hinunter, den Blick auf meine Handgelenke und Hände gerichtet.

»Mein Gott«, sagte er.

»Das kann man sagen«, meinte ich.

Er starrte mir ins Gesicht. Er war ein großer, stämmiger Mann um die Fünfzig mit wettergegerbtem Gesicht und Augen, die alles gesehen zu haben schienen.

»Da hat Sie aber einer schön fertiggemacht, was?«

»Und ob.«

Er lächelte schwach. »Na los.«

Ich stand ungeschickt auf, taumelte gegen Joanna und legte die Arme um ihren Hals, um nicht hinzufallen; da ich schon einmal in dieser Situation war, wollte ich die Gelegenheit nicht ungenutzt vorübergehen lassen und küßte sie. Auf eine Braue, wie es sich gerade ergab.

»Sagten Sie ›Vetter‹?« meinte der Taxichauffeur.

»Vetter«, sagte Joanna entschieden. Zu entschieden.

Der Fahrer öffnete die Tür. »Sie bringen ihn wohl am besten zu einem Arzt«, empfahl er.

»Nein«, entgegnete ich. »Kein Arzt.«

»Das sind Frostbeulen«, sagte der Fahrer und deutete auf meine Hände.

»Nein«, sagte ich. »Wir haben ja gar keinen Frost. Nur die Kälte. Keine Frostbeulen.« Meine Zähne klapperten, und ich konnte nur in kurzen Sätzen sprechen.

»Was ist denn mit Ihrem Rücken?« fragte der Chauffeur, als er das zerfetzte Hemd sah.

»Ich ... bin hingefallen«, sagte ich. »Auf Kies.«

Er machte ein skeptisches Gesicht.

»Sieht schlimm aus, und die Wunden sind verschmutzt«, sagte Joanna besorgt.

»Du kannst sie ja auswaschen«, sagte ich. »Zu Hause.«

»Sie brauchen einen Arzt«, erklärte der Chauffeur wieder.

Ich schüttelte den Kopf. »Ich brauch' ein paar Tabletten und Schlaf.«

»Hoffentlich weißt du, was du tust«, sagte Joanna. »Was noch?«

»Pullover«, sagte ich.

»Im Taxi«, antwortete sie. »Und ein paar andere Sachen. Du kannst dich unterwegs umziehen. Je früher du in ein heißes Bad kommst, desto besser.«

»Da würd' ich lieber vorsichtig sein, Miss«, meinte der Fahrer. »Wenn Sie die Hände zu schnell anwärmen, fallen die Finger ab.« Sehr beruhigend. Übrigens auch falsch, hoffte ich. Joannas Besorgnis nahm zu. Wir gingen von der Telefonzelle zum Taxi. Es war ein ganz gewöhnliches schwarzes Londoner Taxi. Ich fragte mich, wie es Joanna gelungen war, den Fahrer mitten in der Nacht zu einer so weiten Fahrt zu bewegen, und mit einem Gefühl fürs Praktische, ob der Taxameter noch lief. Er tat's.

»Steig ein, damit du nicht mehr im Wind stehen mußt«, sagte sie und öffnete die Taxitür. Ich tat wie mir geheißen. Sie hatte einen Koffer mitgebracht, aus dem sie jetzt einen dünnen, blaßblauen Pullover und einen olivfarbenen Anorak mit Reißverschluß hervorzog. Sie sah mich prüfend an und nahm die Schere. Ein paar schnelle Schnitte, und die Reste meines Hemds lagen auf dem Sitz neben mir. Sie schnitt zwei lange Streifen zurecht und band sie sorgfältig um meine Handgelenke. Der Taxichauffeur sah zu.

»Das ist etwas für die Polizei«, meinte er.

Ich schüttelte den Kopf. »Private Auseinandersetzung«, sagte ich.

Er hob den Zaumzeughaken hoch, den er aus der Zelle mitgebracht hatte. »Was soll denn das sein?« fragte er.

»Werfen Sie's in den Graben«, befahl ich und wandte den Blick ab.

»Sie brauchen es für die Polizei«, sagte er hartnäckig.

»Ich hab' Ihnen doch schon gesagt, daß ich die Polizei nicht will!«

Sein Gesicht verriet, daß er sich mit den Leuten auskannte, die, obwohl übel zugerichtet, nicht zur Polizei gingen. Er verschwand achselzuckend in der Dunkelheit und kam ohne den Haken zurück.

»Er liegt im Graben hinter der Telefonzelle, falls Sie es sich anders überlegen«, sagte er.

»Danke.«

Joanna war mit den Verbänden fertig und half mir in den Pullover und den Anorak. Als nächstes kam aus dem Koffer ein Paar pelzgefütterte Handschuhe, die sich ohne große Schwierigkeiten überstreifen ließen, und schließlich eine Thermosflasche voll heißer Suppe und ein paar Tassen.

Ich sah in Joannas schwarze Augen, als sie mir die Tasse an die Lippen hielt. Ich liebte sie. Wer hätte ein Mädchen, das in einem solchen Augenblick an heiße Suppe dachte, nicht geliebt?

Der Fahrer trank auch Suppe, stapfte hin und her und erklärte schließlich, daß es doch reichlich kühl sei. Joanna warf ihm einen gequälten Blick zu, und ich lachte.

Er sah mich forschend an und meinte: »Vielleicht kommen Sie doch ohne Arzt aus.« Er bedankte sich bei Joanna für die Suppe, gab ihr die Tasse zurück, setzte sich ans Steuer, knipste die Beleuchtung aus und fuhr los, zurück nach London.

»Wer war das?« fragte Joanna.

»Erzähl' ich dir später.«

Sie drängte mich nicht, sondern bückte sich zum Koffer hinunter und holte Hausschuhe, dicke Socken und eine ihrer Elastikhosen heraus.

»Zieh die Hose aus.«

»Ich kann den Reißverschluß nicht aufmachen«, sagte ich ironisch.

»Oh, ich hab' vergessen.«

»Ich bin schon mit den Socken zufrieden.« Sogar ich konnte die Erschöpfung in meiner Stimme hören, und Joanna kniete in dem schwankenden Taxi nieder und zog mir trockene Socken und Schuhe an.

»Deine Füße sind eiskalt«, sagte sie.

»Ich kann sie nicht spüren«, erwiderte ich. Der Mond schien durch das Fenster; ich sah die Hausschuhe an. Sie waren sogar mir zu groß, geschweige denn Joanna.

»Ich trete also in Brians Fußstapfen?« fragte ich.

Nach einer längeren Pause meinte sie unverbindlich: »Sie gehören Brian, ja.«

»Und der Anorak?«

»Den hab' ich ihm zu Weihnachten gekauft.«

So war das also. Nicht gerade der ideale Augenblick, dahinterzukommen.

»Ich habe ihn ihm nicht gegeben«, sagte sie nach einer Weile, als sei sie sich über etwas klargeworden.

»Warum nicht?«

»Ich hatte plötzlich das Gefühl, daß das nicht das richtige Geschenk ist. Ich hab' ihm dann eine goldene Krawattennadel geschenkt.«

»Sehr passend«, sagte ich trocken.

»Ein Abschiedsgeschenk«, erwiderte sie leise.

»Das tut mir leid«, meinte ich aufrichtig. Ich wußte, daß es nicht leicht für sie gewesen war.

Sie zuckte zusammen. »Bist du aus Eisen, Rob?«

»Aus Eisenspänen.«

Das Taxi brauste weiter.

»Es war übrigens gar nicht einfach, dich zu finden«, sagte sie. »Tut mir leid, daß es so lange gedauert hat. Das Gebiet ist sehr groß, weißt du?«

»Du bist aber gekommen.«

»Ja.«

Die Fahrt in dem schwankenden Taxi nahm mich sehr mit.

Meine Arme und Schultern schmerzten unaufhörlich, und wenn ich mich zurücklehnte, brannte mein Rücken wie Feuer. Nach einer Weile gab ich es auf und legte den Rest des Weges auf dem Boden des Wagens zurück, Kopf und Hände in Joannas Schoß.

Ich war natürlich an körperliche Beschwerden gewöhnt. Ich hatte schließlich einen Beruf, bei dem Verletzungen eine häufige, wenn auch unwichtige Rolle spielten; vor allem in meiner ersten Saison, als ich noch recht ungeübt war und die meisten meiner Pferde nichts taugten, verging selten eine Woche, in der nicht irgendeine Stelle meines Körpers grün und blau war. Ich hatte mir ein paar kleinere Knochen gebrochen, unzählige Prellungen davongetragen und mir ein paar Gelenke ausgerenkt. Auf mein allgemeines Gefühl des Wohlbefindens und meinen Optimismus, daß ich sicher keinen inoperablen Schaden davontragen würde, hatten diese Unfälle nicht den geringsten Einfluß gehabt. Wie die meisten anderen Jockeis schien ich mit einer widerstandsfähigen Konstitution ausgerüstet, die ruhig ein paar Schläge einstecken und wenn nicht schon am nächsten Tag, dann doch weit schneller wieder auf dem Damm war, als bei den Ärzten als normal galt.

Die Erfahrung hatte mir eine gewisse Routine für den Umgang mit Schmerzen beigebracht, die vor allem darin bestand, daß man sie ignorierte und sich auf etwas anderes konzentrierte, aber an diesem Abend klappte es damit nicht ganz so gut. Ich kam beispielsweise nicht damit zurecht, als ich eine Weile in Joannas warmem Zimmer in einem Sessel saß, die Ellbogen auf den Knien, und zusah, wie meine Finger langsam die Farbe wechselten, von gelblich-weiß zu schwärzlichem Grau, zu fleckigem Purpur und schließlich zu Rot.

Es begann als Kribbeln, schwach und willkommen, kurz nachdem wir heimgekommen waren und Joanna beide Heizgeräte eingeschaltet hatte. Sie hatte sofort darauf bestanden, mir die feuchte Hose aus- und ihre Elastikhose anzuziehen, die zwar warm, aber bei weitem nicht lang genug war.

Sie fand ein paar Schmerztabletten in einem Fläschchen. Es waren nur noch drei Stück, und ich schluckte sie hinunter. Dann kochte sie Kaffee und gab ihn mir schwarz zu trinken. Er bestand mindestens zur Hälfte aus Kognak.

»Wärmt«, sagte sie lakonisch. »Wenigstens hast du aufgehört zu zittern.«

Und dann begann es in meinen Fingern zu kribbeln. Ich sagte

es ihr.

Wird es schlimm werden?« fragte sie sachlich und stellte die leere Kaffeetasse weg.

»Möglich.«

»Dann willst du sicher nicht, daß ich dasitze und dir zusehe«, meinte sie.

Ich schüttelte den Kopf.

Sie trug die leere Tasse in die Küche und blieb zehn Minuten aus, bevor sie mit einer vollen Tasse für sich selbst zurückkam.

Das Kribbeln steigerte sich zuerst zu starkem Brennen, dann hatte ich das Gefühl, in einen Schraubstock eingeklemmt zu sein, den jemand zudrehte, Umdrehung für Umdrehung, unbarmherzig, bis es mir schien, als müßten meine Finger jeden Augenblick zerquetscht werden. Aber da waren sie, hingen harmlos in der warmen Luft, äußerlich unverändert, wenn man davon absah, daß sie langsam braunrot wurden.

Joanna kam aus der Küche und wischte mir den Schweiß von der Stirn. »Geht's?« fragte sie.

»Ja«, sagte ich.

Sie nickte und schenkte mir eine Andeutung des vertrauten Lächelns, bei dem mein Herz einen Salto schlug, und trank ihren Kaffee. Als der Puls spürbar wurde, hatte ich das Gefühl, daß meine Hände aus dem Schraubstock genommen, auf eine Bank gelegt und rhythmisch behämmert wurden. Es war entsetzlich. Und es dauerte zu lange. Mein Kopf sank mir auf die Brust. Als ich aufsah, stand sie vor mir und beobachtete mich mit einem Ausdruck, den ich nicht benennen konnte. Sie hatte Tränen in den Augen.

»Ist es vorbei?« fragte sie.

»Mehr oder weniger.«

Wir starrten beide meine Hände an, die jetzt eine grellrote Färbung angenommen hatten.

»Und deine Füße?« fragte sie.

»Sind in Ordnung«, sagte ich. Bei ihnen war die Rückkehr zur normalen Zirkulation harmlos gewesen.

»Ich wasch' dir lieber die Wunden am Rücken aus«, sagte sie.

»Nein«, erwiderte ich, »morgen.«

»Sie sind aber verschmutzt«, wandte sie ein.

»Dann schaden ein paar Stunden mehr auch nicht«, sagte ich. »Ich habe in den letzten zwei Jahren vier Tetanusspritzen bekommen, und schließlich gibt's ja auch noch Penicillin ... Außerdem bin ich zu müde.« Sie verzichtete auf Einwände, half mir, den Anorak auszuziehen, und brachte mich in ihr Bett. Ich trug noch immer ihre schwarze Hose, den blauen Pullover und sah aus wie ein zweitklassiger Ballettänzer nach einer durchzechten Nacht.

Im Kopfkissen war noch eine Einbuchtung, wo ihr Kopf gelegen hatte. Ich legte meinen Kopf auch dort hinein, mit einem gewissen inneren Vergnügen. Sie sah mich lächeln und erriet meine Gedanken.

»Es ist das erste Mal, daß du da 'reinkommst, aber auch das letzte Mal.«

»Hab' ein Herz, Joanna«, flehte ich.

Sie setzte sich auf den Bettrand und schaute auf mich hinunter. »Bei Verwandten geht das nicht«, sagte sie.

»Aber wir sind doch nur ganz entfernt verwandt! Und wenn wir es gar nicht wären?«

»Ich weiß nicht ...« Sie seufzte. »Wir sind's aber.«

Sie beugte sich vor, um mir einen Gutenachtkuß auf die Stirn zu geben.

Ich konnte mir nicht helfen, ich legte die Arme um ihre Schultern, zog sie zu mir herunter und küßte sie richtig, auf den Mund. Es war das erste Mal, und mit diesem Kuß drückte sich die ganze unterdrückte und aufgestaute Sehnsucht aus, die ich mein ganzes Leben für sie gefühlt hatte. Der Kuß war zu begierig, zu leidenschaftlich, viel zu verzweifelt. Ich wußte es, aber ich konnte nicht aufhören. Einen Augenblick lang begann sie zu schmelzen und mich zurückzuküssen, aber das verging so schnell, daß ich glaubte, es mir eingebildet zu haben, dann wurde ihr Körper starr.

Ich ließ sie los. Sie stand auf und starrte mich an, ohne innere Bewegung. Ohne Wut, ohne Widerwillen, ohne Liebe. Sie drehte sich wortlos um und ging zum Sofa, wickelte sich in eine Decke und legte sich hin. Und dann knipste sie die Tischlampe aus.

Ihre Stimme klang durch den dunklen Raum, ruhig und beherrscht. »Gute Nacht, Rob.«

»Gute Nacht, Joanna«, sagte ich höflich.

Es wure totenstill. Ich legte mich auf den Bauch und preßte das Gesicht in ihr Kissen.

13

Ich weiß nicht, ob sie während der nächsten vier Stunden schlief oder nicht. Im Zimmer war es still. Die Zeit verging langsam.

Der Puls in meinen Händen hämmerte noch eine ganze Zeit, aber was war das schon? Tröstend, obwohl es wehtat. Ich dachte daran, wie sich die dicken roten Blutkörperchen durch die eingeschrumpften Kapillaren zwängten, wie Wasser, das nach der Dürre in trockene Kanäle stürzt. Sehr schön. Lebenspendend. Bis morgen nachmittag, dachte ich – halt, heute nachmittag – könnten sie vielleicht wieder gebrauchsfähig sein. Sie mußten einfach, etwas anderes kam gar nicht in Frage.

Nachdem es hell geworden war, hörte ich Joanna in ihre kleine Badezimmer-Küche gehen, wo sie sich die Zähne putzte und frischen Kaffee machte. Der angenehme Geruch drang bis zu mir.

Samstagmorgen, dachte ich. Winter-Cup-Tag. Ich sprang nicht eifrig aus dem Bett, um ihn zu begrüßen; ich drehte mich langsam auf die Seite, schloß die Augen vor der Steifheit, die jeden Muskel vom Hals bis zu den Hüften spürbar werden ließ, vor den Schmerzen im Rücken und an den Handgelenken. Ich fühlte mich wirklich nicht besonders gut. Sie kam mit einer Tasse herein und stellte sie auf den Nachttisch. Ihr Gesicht war blaß und ausdruckslos.

»Kaffee«, sagte sie unnötigerweise.

»Danke.«

»Wie fühlst du dich?« fragte sie, ein wenig zu sachlich.

»Ich lebe.«

Es blieb eine Weile still.

»Ach, hör doch auf«, sagte ich. »Gib mir entweder eine Ohrfeige oder lach . . . eins von beiden. Aber steh nicht da und mach ein tragisches Gesicht, als sei kurz vor der Vorstellung der Konzertsaal abgebrannt.«

»Na, weißt du, Rob«, sagte sie lachend.

»Waffenstillstand?« fragte ich.

»Einverstanden«, meinte sie lächelnd. Sie setzte sich sogar wieder auf den Bettrand. Ich setzte mich auf, verzog das Gesicht wegen der Schmerzen und zog eine Hand unter der Decke hervor, um nach der Tasse zu greifen.

Die Finger glichen dicken Würsten. Ich zog die andere Hand

heraus. Sie war auch geschwollen. Die Haut fühlte sich sehr empfindlich an, und die unnatürliche Rötung war immer noch vorhanden.

»Verdammt«, sagte ich. Wie spät ist es?«

»Kurz vor acht«, erwiderte sie. »Warum?«

Acht Uhr. Das Rennen begann um halb drei. Ich zählte rückwärts. Ich mußte spätestens um halb zwei in Ascot sein, wenn möglich sogar früher, und die Fahrt mit dem Taxi dorthin würde ungefähr fünfzig Minuten dauern. Eine halbe Stunde zusätzlich mußte ich für Unvorhergesehenes einkalkulieren. Damit blieben mir genau viereinhalb Stunden, um für das Rennen fit zu werden, aber in meinem Zustand schien das allerhand verlangt zu sein. Ich begann, Mittel und Wege zu überdenken. Dampfbäder mit Hitze und Massage. Aber ich hatte zuviel Haut verloren, um das riskieren zu können. Training in einer Sporthalle; eine Möglichkeit, aber zu rauh. Ein Ritt durch den Hyde-Park – fast immer eine gute Lösung, nur am Samstag nicht, wo die Row praktisch überfüllt war, oder noch besser, ein Galopp auf einem Rennpferd in Epsom, aber dafür blieb mir weder genug Zeit noch eine gute Ausrede.

»Was ist los?« fragte Joanna.

Ich sagte ihr Bescheid.

»Das ist doch nicht dein Ernst?« meinte sie. »Du denkst doch nicht wirklich daran, heute zu reiten?«

»Und ob.«

»Du bist nicht fit.«

»Genau das ist es. Darüber sprechen wir ja, wie ich fit werden kann.«

»So hab' ich's nicht gemeint«, wandte sie ein. »Du siehst krank aus. Du mußt mindestens einen ganzen Tag im Bett bleiben.«

»Morgen«, sagte ich. »Heute reite ich Template im Winter-Cup.«

Sie versuchte mich davon abzubringen, und ich erzählte ihr, warum ich reiten wollte. Ich berichtete alles, Kemp-Lores Haß auf alle Jockeis und die Ereignisse am vergangenen Abend, bevor sie mich in der Telefonzelle gefunden hatte. Das nahm ziemlich viel Zeit in Anspruch. Ich sah sie nicht an, als ich von der Episode in der Sattelkammer erzählte, weil es mir aus irgendeinem Grund peinlich war, davon zu sprechen, selbst vor ihr, und ich wußte schon in diesem Augenblick, daß ich es sonst niemandem sagen konnte.

Als ich fertig war, sah sie mich dreißig Sekunden lang stumm an, dann räusperte sie sich und sagte: »Ja, ich verstehe. Dann müssen wir wohl.«

Ich lächelte sie an.

»Was kommt als erstes?« fragte sie.

»Ein heißes Bad und das Frühstück«, sagte ich. »Können wir den Wetterbericht einschalten? Ich höre ihn mir aus Gewohnheit jeden Morgen an.«

Sie schaltete das Radio ein, das schmalzige Musik produzierte, und begann im Zimmer aufzuräumen. Bevor sie fertig war, hörte die Musik auf. Wir lauschten den Halb-Neun-Uhr-Nachrichten und anschließend dem Wetterbericht.

»Gestern nacht herrschte in vielen Teilen des Landes leichter Frost«, erklärte der Sprecher, »und vor allem in niedrigen Bodenlagen wird auch heute nacht mit Frost zu rechnen sein. Mittagstemperaturen um fünf Grad Celsius. Winde aus nordöstlicher Richtung, im Süden heiter und sonnig. Weitere Aussichten: Zunahme der kälteren Witterung. Hier noch eine Meldung: Die Rennleitung in Ascot gibt nach einer Besichtigung der Rennbahn um acht Uhr folgendes bekannt: Auf dem Rennkurs wurden gestern nacht 2 bis 3 Grad unter Null gemessen, aber der Boden auf beiden Seiten der Hindernisse war durch Stroh abgedeckt. Falls während des Vormittags nicht plötzlich strenger Frost eintritt, wird die Rennveranstaltung auf jeden Fall abgehalten.«

Joanna schaltete ab.

»Bist du absolut entschlossen?« fragte sie.

»Absolut«, erwiderte ich.

»Ja . . . dann sag' ich's dir lieber . . . ich habe mir gestern abend die Fernsehsendung angesehen. Neues vom Turf.«

»Tatsächlich?« sagte ich überrascht.

»Seit du da aufgetreten bist, sehe ich sie mir manchmal an, wenn ich zu Hause bin.«

»Und?«

»Er sprach fast die ganze Zeit vom Winter-Cup«, sagte sie. »Kurzbiographien der Pferde und Trainer und so weiter. Ich wartete die ganze Zeit darauf, daß er deinen Namen erwähnte, aber das hat er nicht getan. Er sprach die ganze Zeit nur davon, wie großartig Template sei. Dich erwähnte er mit keinem Wort. Aber was ich dir sagen sollte, ist folgendes. Er behauptete, das

Rennen sei sehr wichtig, so daß er persönlich das Finish kommentieren würde und nachher auch den Siegerjockei interviewen würde. Wenn du gewinnen kannst, wird er das am Mikrophon beschreiben müssen, eine bittere Pille für ihn, um dir dann vor ein paar Millionen Menschen öffentlich zu gratulieren.«

Ich starrte sie verblüfft an. »Das ist eine tolle Idee«, rief ich.

»Wie beim Interview nach dem Rennen am zweiten Weihnachtstag«, fügte sie hinzu.

»Da war mein Schicksal bei ihm besiegelt«, meinte ich. »Und du scheinst ja sehr viel fernzusehen, wenn ich das sagen darf.«

Sie riß die Augen auf. »Hm . . . Habe ich dich nicht letzten Sommer im Konzertsaal sitzen sehen, als ich in Birmingham auftrat?«

»Ich hab' gedacht, man sieht vom Podium aus nichts«, meinte ich.

»Du würdest staunen«, sagte sie.

Ich schlug die Decke zurück. Die schwarze Elastikhose sah bei Tageslicht noch viel merkwürdiger an mir aus.

»Ich muß mich auf die Socken machen. Was hast du denn an Verbänden, Rasierapparaten und Jod zu Hause?«

»Nur ein paar Stückchen Heftplaster«, meinte sie, »und den Rasierapparat, mit dem ich mir die Haare an den Beinen abrasiere. Aber in der Nähe ist eine Apotheke, die bestimmt schon auf hat. Ich mache eine Liste.« Sie schrieb alles auf einen alten Briefumschlag.

»Und Schmerztabletten«, sagte ich.

»Alles notiert«, bemerkte sie. »Ich bin gleich wieder da.«

Als sie gegangen war, stieg ich aus dem Bett und ging ins Bad. Das sagt sich so leicht, aber es war äußerst kompliziert, weil ich mir vorkam, als hätte mich eine übereifrige Wäscherin mehrere Male durch die Wäschemangel gedreht. Ich ließ das Wasser einlaufen, zog Hose und Socken aus und stieg in die Wanne. Der blaue Pullover war an meinem Rücken, die Bandagen an meinen Handgelenken festgeklebt, weshalb ich mich in das heiße Wasser legte und wartete, bis sie aufgeweicht waren.

Langsam löste die Hitze meine verkrampften Muskeln, bis ich die Schultern bewegen und meinen Kopf hin- und herdrehen konnte. Ich hatte das Gefühl, daß irgend etwas auseinanderreißen müsse. Alle paar Minuten ließ ich heißes Wasser nachlaufen. Als Joanna zurückkam, lag ich bis zum Hals im Wasser, angenehm erwärmt.

Sie hatte noch in der Nacht meine Hose getrocknet und bügelte sie jetzt, während ich widerwillig aus der Wanne stieg. Ich zog die Hose an und sah ihr zu, als sie die eingekauften Sachen auf den Tisch legte. Eine dunkle Locke fiel ihr in die Stirn, die Lippen hatte sie zusammengepreßt. Eine großartige Frau.

Sie wusch die Wunden mit Alkohol aus, trocknete sie und legte große Stücke Gaze, bestrichen mit kühler Salbe, darauf, die sie mit Heftplaster festklebte. Sie arbeitete sauber und schnell, und ihre Finger gingen sanft zu Werk.

»Zum Glück war der ganze Schmutz beim Baden schon herausgewaschen worden«, meinte sie, eifrig mit der Schere klappernd. »Du hast ja tolle Muskeln! Ich hab' gar nicht gewußt, daß du so stark bist.«

»Im Augenblick fühl' ich mich recht schwach«, meinte ich seufzend. »Und alles tut mir weh.«

Sie ging in den anderen Raum, kramte in einer Schublade und brachte eine Strickjacke, blaßgrün diesmal; die Farbe paßte zu meinem Zustand recht gut.

»Ich kauf' dir neue Sachen«, sagte ich, als ich die Jacke zuknöpfte.

»Laß nur«, meinte sie, »ich kann beide nicht leiden.«

»Danke«, sagte ich, und sie lachte.

Ich zog den Anorak wieder an und schob die gestrickten Bündchen an den Armen hoch. Joanna wickelte langsam die blutbefleckten Verbände an den Handgelenken auf. Trotz des Aufweichens in der Wanne klebten sie immer noch ein bißchen fest; und was darunterlag, bot einen ziemlich unangenehmen Anblick.

»Da kann ich nichts machen«, sagte sie entschieden. »Du mußt zu einem Arzt.«

»Heute abend. Du brauchst jetzt nur zu verbinden.«

»Die Wunden sind zu tief«, sagte sie. »Sie werden eitern. Du kannst so nicht reiten, Rob, wirklich nicht.«

»Ich kann«, sagte ich. »Ich leg' sie ein bißchen in warmes Wasser, dann kannst du sie wieder verbinden. Aber ganz flach, damit man nichts sieht.«

»Tut's denn nicht weh?« fragte sie. – Ich schwieg.

»Ja«, sagte sie. »Alberne Frage.« Sie seufzte, holte eine Schüssel mit warmem Wasser und goß ein Desinfektionsmittel hinein. Ich badete die Handgelenke zehn Minuten lang.

»So«, bat ich, »und jetzt verbinden. Ganz flach.«

Sie tat, wie ihr geheißen, und befestigte die Verbände mit kleinen Sicherheitsnadeln. Als sie fertig war, sahen die weißen Verbände sauber und schmal aus. Und ich wußte, daß man sie unter der Rennkleidung nicht sehen würde.

»Großartig«, bedankte ich mich und zog die Ärmel des Anoraks darüber. »Vielen Dank, Florence.«

»Für Sie Nightingale«, antwortete sie und streckte mir die Zunge heraus. »Wann gehst du zur Polizei?«

»Überhaupt nicht. Ich hab's dir doch schon gesagt.«

»Aber warum nicht? Warum denn nicht?« Sie begriff es nicht. »Du könntest ihn doch anzeigen.«

»Ich helf' mir schon selber«, beharrte ich. »Und außerdem kann ich es nicht ertragen, der Polizei zu erzählen, was gestern nacht passiert ist. Ich will mich nicht fotografieren und vernehmen lassen oder vor Gericht auftreten, vor aller Öffentlichkeit dastehen und alles in den Zeitungen lesen. Das ertrag' ich einfach nicht.«

»Oh«, sagte sie langsam. »Das wäre dir sicher unangenehm, da hast du recht. Vielleicht kämst du dir gedemütigt vor . . . Ist es das?«

»Da kannst du recht haben«, gab ich zu. »Und diese Demütigung möchte ich mit mir selber abmachen, wenn es dir nichts ausmacht.«

Sie lachte. »Das ist doch Quatsch«, sagte sie. »Ihr Männer!«

Das Dumme an heißen Bädern ist, daß sie nicht lange nachwirken. Man muß durch Bewegung nachhelfen. Und meine mißhandelten Muskeln protestierten gegen jede Art von Bewegung. Trotzdem machte ich ein paar gymnastische Übungen, während Joanna Eier in die Pfanne schlug. Nach dem Frühstück und dem Rasieren fing ich wieder mit den Bewegungsübungen an, weil ich wußte, daß Template nicht gewinnen konnte, wenn ich nicht einigermaßen auf Draht war. Niemandem war gedient, wenn ich beim ersten Hindernis herunterfiel.

Nach einer Stunde war ich immerhin soweit, daß ich die Arme über Schulterhöhe heben konnte, ohne aufschreien zu müssen. Joanna spülte ab und räumte die Wohnung auf. Kurz nach zehn, während ich mich ein bißchen ausruhte, sagte sie: »Machst du jetzt so weiter, bis du nach Ascot fährst?«

»Ja.«

»Tja«, meinte sie, »es ist ja nur ein Vorschlag, aber warum gehen wir nicht lieber zum Eislaufen?«

»Pfui Teufel, Eis«, rief ich schaudernd.

Sie lächelte. »Ich dachte, man muß sofort nach einem Sturz wieder aufstehen?«

Ich mußte ihr recht geben.

»Jedenfalls wird einem da warm dabei, und interessanter ist es auch als dein Turnen.«

»Du bist ein Genie, liebste Joanna«, lobte ich begeistert.

»Äh . . . vielleicht«, sagte sie. »Du gehörst trotzdem ins Bett.«

Als sie fertig war, fuhren wir zur Wohnung meiner Eltern, wo ich von meinem Vater Hemd und Krawatte und seine Schlittschuhe ausborgte. Dann fuhren wir zur Bank, weil die Taxifahrt in der vergangenen Nacht Joannas Bargeld verschlungen hatte und ich ihr das Geld zurückgeben wollte; außerdem brauchte ich ja selbst welches. Schließlich gingen wir noch in ein Geschäft und kauften braune, mit Seide gefütterte Lederhandschuhe, die ich anzog. Anschließend fuhren wir zur Eislaufbahn Queensway, wo wir seit unserer Kindheit Mitglieder waren.

Wir hatten seit unserem sechzehnten Lebensjahr nicht mehr gemeinsam auf Schlittschuhen gestanden, und es war erstaunlich, wie schnell wir uns wieder zusammenfanden.

Sie hatte recht gehabt. Nach einer Stunde war ich von Kopf bis Fuß gelockert, und es gab kaum einen Muskel, der sich nicht frei bewegte. Joanna hatte rote Backen und glänzende Augen. Sie sah jung und frisch aus. Um zwölf Uhr verließen wir die Eislaufbahn.

»War's gut?« fragte sie lächelnd.

»Phantastisch«, ich bewunderte das klare, intelligente Gesicht, das sie mir zuwandte.

Sie wußte nicht, ob ich sie oder das Eislaufen meinte, und damit war ich zufrieden.

»Ich meine . . . wie ist es mit den Schmerzen?«

»Weg«, sagte ich.

»Du bist ein Lügner«, meinte sie. »Aber wenigstens siehst du nicht mehr so grau aus wie vorher.«

Wir zogen uns um, daß heißt, ich zog anstelle der blaugrünen Strickjacke Hemd und Krawatte meines Vaters an, darüber den Anorak und streifte die Handschuhe über. Sie waren notwendig. Obwohl meine Finger nicht mehr so angeschwollen und auch weniger gerötet waren, begann die Haut an verschiedenen Stellen aufzuplatzen.

Im Vorraum packte Joanna Strickjacke und Schlittschuhe meines Vaters in die Tasche, machte den Reißverschluß zu, und wir gingen auf die Straße hinaus. Sie hatte mir vorher schon gesagt, daß sie mit mir nicht nach Ascot fahren, aber im Fernsehen zuschauen wolle.

»Und daß du mir gewinnst«, betonte sie. »Nach so vielen Anstrengungen.«

»Kann ich nachher zu dir zurückkommen?« fragte ich.

Aber ja . . . ja«, sagte sie, als überrasche sie die Frage.

»Fein«, rief ich. »Na, dann . . . auf Wiedersehen.«

»Viel Glück, Rob«, sagte sie ernst.

14

Der Fahrer des dritten Taxis, das ich um die Ecke der Bayswater Road anhielt, erklärte sich bereit, mich nach Ascot zu bringen. Unterwegs bewegte ich ständig Arme und Finger; und falls mich der Fahrer im Rückspiegel beobachtete, hielt er mich wohl für vom Veitstanz befallen.

Als ich ihn am Rennplatz bezahlte, meinte er, er wolle sich das Rennen auch ansehen, weshalb ich mit ihm ausmachte, daß er mich nach der Veranstaltung nach London zurückbringen sollte.

»Wie wär's mit einem Tip?« sagte er, während er das Kleingeld zählte.

»Wie wär's mit Template im Winter-Cup?« meinte ich.

»Na, ich weiß nicht. Ich glaub', dieser Finn taugt nichts. Er soll doch völlig fertig sein.«

»Glauben Sie nicht alles, was Sie hören«, sagte ich lächelnd. »Bis später.«

»Bis später.«

Ich ging durch das Tor und machte mich auf den Weg zum Wiegeraum. Die Zeiger der Uhr wiesen auf fünf nach eins. Sid, James' erster Pferdepfleger, stand vor dem Wiegeraum, und als er mich sah, kam er mir entgegen und sagte: »Sie sind also doch da.«

»Ja«, sagte ich. »Warum nicht?«

»Der Chef hat mich als Wache aufgestellt. Ich soll ihm sofort Bescheid geben, wenn Sie da sind. Er ist gerade beim Essen . . .

es wird gemunkelt, daß Sie nicht kommen wollten, verstehen Sie?« Er hastete davon.

Ich ging durch den Wiegeraum in den Umkleidesaal.

»Na so was«, sagte mein Bursche. »Ich dachte, Sie kneifen.«

»Sie sind also doch gekommen«, meinte Cloony.

»Wo, zum Teufel, bist du gewesen?« fragte Tick-Tock.

»Warum glauben denn alle, daß ich nicht mitmache?« fragte ich.

»Keine Ahnung. Irgendein Gerücht. Alle haben behauptet, du hättest am Donnerstag wieder Angst bekommen und den Rennsport endgültig aufgegeben.«

»Sehr interessant«, sagte ich grimmig.

»Denk nicht mehr dran«, meinte Tick-Tock. »Du bist hier, darauf kommt's an. Ich habe heute früh bei dir angerufen, aber deine Vermieterin sagte, du seist die ganze Nacht nicht dagewesen. Ich wollte fragen, ob ich nach dem Rennen heute den Wagen haben kann und du dich von Axminster mitnehmen läßt. Ich habe ein tolles Mädchen kennengelernt. Sie ist hier, und wir gehen nachher aus.«

»Den Wagen?« sagte ich. »Oh, ja, sicher. Wir treffen uns nach dem letzten Rennen vor dem Wiegeraum, dann zeig' ich dir, wo er steht.«

»Großartig«, sagte er. »Hör mal, fühlst du dich ganz wohl?«

»Ja, selbstverständlich.«

»Du siehst ein bißchen mitgenommen aus«, meinte er. »Jedenfalls recht viel Glück mit Template – du weißt ja Bescheid.«

Ein Funktionär steckte den Kopf zur Tür herein und rief meinen Namen. James wartete im Wiegeraum.

»Wo sind Sie gewesen?« fragte er.

»In London«, sagte ich. »Was ist das für ein Gerücht, daß ich nicht komme?«

»Weiß der Himmel«, meinte er achselzuckend. »Ich war überzeugt davon, daß Sie nicht wegbleiben würden, ohne mir Bescheid zu sagen, aber . . .«

»Nein«, sagte ich. »Natürlich nicht.« Außer ich hinge noch in einer verlassenen Sattelkammer, dachte ich, für's ganze Leben verkrüppelt.

Er wechselte das Thema und begann über das Rennen zu sprechen.

»Der Boden ist noch ein bißchen gefroren«, berichtete er, »aber das ist nur zu unserem Vorteil.«

Ich sagte ihm, daß ich gestern die Bahn abgeschritten sei und genau wüßte, wo wir uns in acht nehmen müßten.

»Gut«, sagte er.

Ich sah, daß er zur Abwechslung einmal aufgeregt war. Seine Augen glitzerten, und er lächelte fast ständig. Die Vorfreude auf den Sieg. Wenn ich nicht eine so furchtbare Nacht und einen so anstrengenden Vormittag hinter mir gehabt hätte, wäre ich in derselben Stimmung gewesen.

Statt dessen sah ich dem Rennen ohne große Freude entgegen, weil ich aus Erfahrung wußte, daß ein Ritt im verletzten Zustand kein Vergnügen war. Trotzdem hätte ich meinen Platz auf Template für nichts in der Welt hergegeben.

Als ich in den Umkleideraum zurückging, um Breeches und Pullover anzuziehen, waren die für das erste Rennen gemeldeten Jockeis schon verschwunden. Es war leer und still. Ich ging zu meinem Platz, wo alles bereit lag und setzte mich eine Weile auf die Bank. Mein Gewissen hätte mich eigentlich quälen sollen. James und Lord Tirrold hatten ein Recht darauf, ihren Jockei bei einem derart wichtigen Rennen in erstklassiger körperlicher Verfassung vorzufinden, und das war nun ganz und gar nicht der Fall. Ich starrte auf meine behandschuhten Hände hinunter und dachte, wenn wir alle Verletzungen zugäben, wären wir die meiste Zeit auf der Tribüne und müßten zusehen, wie andere auf unseren Pferden gewännen. Es war nicht das erste Mal, daß ich Besitzer und Trainer eines Pferdes auf diese Weise hinterging und trotzdem ein Rennen gewann, hoffentlich auch nicht das letzte Mal.

Ich dachte über das Cup-Rennen nach. Sehr viel hing davon ab, wie es sich entwickeln würde, aber prinzipiell hatte ich vor, mich am Geländer zu halten, den ganzen Umlauf auf dem vierten Platz zu reiten und die letzten sechshundert Meter zu sprinten. Es gab da eine neue irische Stute mit Namen Emerald, der ein toller Ruf vorauseilte; sie wollte erst geschlagen sein, zumal ihr Jockei ein sehr geschickter Bursche war. Falls Emerald in der letzten Kurve führte, mußte Template in ihrer Nähe sein und nicht auf dem vierten Platz abwarten. So schnell er auch war, ich durfte mich nicht allein auf sein Finish verlassen.

Es ist bei den Jockeis nicht üblich, während eines Rennens im Umkleideraum zu bleiben; ich sah, daß mich die Betreuer überrascht anstarrten. Ich stand auf, nahm den Unterjersey und Lord Tirrolds Renndreß und ging in den Waschraum, um mich umzuziehen. Sollen die Kerle denken, was sie wollen, dachte ich. Ich wollte mich unbeobachtet umziehen, teils weil ich es vorsichtiger tun mußte als sonst, vor allem aber, damit sie die Bandagen nicht sahen. Ich zog die Ärmel des dünngestrickten, grünschwarzen Jerseys nach unten, bis sie die Verbände verbargen.

Das erste Rennen war vorbei. Die Jockeis strömten in den Umkleideraum, als ich zu meinem Platz zurückging. Ich zog Breeches, Nylonstrümpfe und Stiefel an und trug Sattel und Ballastdecke zur Probewaage, damit Mike die Bleistücke einfüllen konnte.

»Sie haben Handschuhe an«, meinte er.

»Ja«, sagte ich gelassen. »Es ist ziemlich kalt. Aber zum Reiten nehme ich besser seidene.«

»Okay«, sagte er. Er holte aus einem Korb ein Bündel weicher Handschuhe und gab mir ein Paar. Ich ging zur Eichwaage, um mich prüfen zu lassen, und gab meinen Sattel an Sid weiter, der schon darauf wartete.

»Der Chef hat befohlen, daß ich Template im Stall satteln und ihn dann, wenn es Zeit ist, sofort in den Paradezirkel bringen soll, ohne vorher in die Sattelbox zu gehen.«

»Gut«, sagte ich mit Nachdruck.

»Zwei Privatdetektive und ein Riesenhund haben die ganze Nacht Wache gehalten. Und ein dritter Privatdetektiv sitzt bei Template in der Box. So einen Zirkus haben Sie noch nicht gesehen!«

»Wie geht's dem Pferd?« fragte ich lächelnd. Offenbar hielt James sein Wort, daß Template nicht gedopt sein würde.

»Er wird Sie fertigmachen«, sagte Sid lakonisch. »Die Iren werden gar nicht wissen, was passiert ist. Alle Betreuer haben einen ganzen Wochenlohn auf ihn gewettet. Ja, ich weiß, daß sie ein bißchen verärgert waren, weil Sie ihn reiten, aber ich habe Sie am Donnerstag auf Turniptop beobachtet und ihnen gesagt, daß sie sich keine Sorgen zu machen brauchen.«

»Danke«, sagte ich.

Die Zeit verging langsam. Meine Schultern schmerzten. Um mich abzulenken, stellte ich mir Kemp-Lores Gesicht vor, sobald er meinen Namen auf der Anzeigetafel las. Zuerst würde er das für einen Irrtum halten und auf eine Berichtigung warten. Aber jeden Augenblick muß ihm klar sein, daß ich tatsächlich hier bin, dachte ich grimmig.

Während des zweiten Rennens saß ich im Umkleideraum, neugierig beäugt von den Betreuern. Ich zog die braunen Handschuhe aus und ersetzte sie durch die weißen. Ich bewegte meine Finger. Die Schwellung war weitgehend abgeklungen, und trotz der aufgesprungenen und empfindlichen Haut schienen die Finger wieder kräftiger zu sein.

Wieder kamen die anderen Jockeis lachend, fluchend und diskutierend zurück, teilten freundliche und weniger freundliche Beschimpfungen aus, brüllten die Betreuer an, warfen ihre Sachen auf die Bänke – und ich schien in einer anderen Welt zu leben.

Mühsam verging eine weitere Viertelstunde. Dann steckte ein Funktionär den Kopf herein und schrie: »Jockeis auf die Plätze, bitte beeilen.« Ich stand auf, zog den Anorak an, schnallte meinen Helm fest, nahm meine Peitsche und ging mit den anderen zur Tür. Immer noch kam mir alles unwirklich vor.

Auf dem Sattelplatz, wo im Juni die Bänder in der Hitze flatterten, standen Pferdebesitzer und Trainer durchfroren herum, die meisten bis zu den Augen in dicke Schals eingehüllt. Der helle Wintersonnenschein täuschte eine Wärme vor, der tränende Augen und blau angelaufene Nasen widersprachen. Aber mein Anorak schützte mich gegen den Wind.

Lord Tirrolds Miene zeigte dieselbe aufgeregte Erwartung, wie ich sie schon bei James bemerkt hatte. Sie sind beide felsenfest davon überzeugt, daß Template gewinnen wird, dachte ich unsicher. Ihre Zuversicht schwächte die meine.

»Na, Rob«, sagte Lord Tirrold und drückte mir die Hand. »Jetzt geht's um die Wurscht!«

»Ja, Sir«, erwiderte ich, »das kann man wohl sagen.«

»Was halten Sie von Emerald?« fragte er.

Wir sahen sie mit gesenktem Kopf im Ring herumgehen.

»Sie soll eine zweite Kerstin sein«, meinte James, auf die beste Rennstute des Jahrhunderts anspielend. »Man kann sich noch kein endgültiges Urteil erlauben«, entgegnete Lord Tirrold. Ich fragte mich, ob er dasselbe dachte wie ich, daß es nach dem Winter-Cup vielleicht anders aussehen mochte. Aber wie um diese Möglichkeit auszuschließen, fügte er hinzu: »Template wird sie schlagen.«

»Das glaube ich auch«, stimmte James zu.

Ich schluckte. Sie waren ihrer Sache zu sicher. Wenn er gewann, entsprach das nur ihren Erwartungen. Wenn er verlor, würden sie mir die Schuld geben, wahrscheinlich mit gutem Grund. Template selbst stolzierte in seiner marineblauen Decke im Kreis herum, den Kopf vor dem Wind abwendend, während sein Pfleger wie ein kleines Kind an einem großen Drachen am Leitzügel hing.

Eine Glocke läutete, das Zeichen, daß die Jockeis aufsteigen mußten. James winkte dem Jungen, der Template herüberbrachte und die Decke abnahm.

»Alles in Ordnung?« sagte James.

»Jawohl, Sir.«

Templates Augen glänzten, seine Ohren standen steil in die Höhe, seine Muskeln schienen nur auf den Start zu warten. Das Bild einer gespannten, sprungbereiten Rennmaschine. Er war kein braves Pferd und erregte eher Bewunderung als Zuneigung, aber ich mochte ihn wegen seines Temperaments, seiner Angriffslust und seines Siegeswillens.

»Du hast ihn lang genug bewundert, Rob«, sagte James scherzend. Ich zog den Anorak aus und warf ihn auf die Decke. James half mir in den Sattel, ich nahm die Zügel und steckte die Füße in die Steigbügel.

Was er in meinem Gesicht las, weiß ich nicht, aber er sagte plötzlich besorgt: »Ist etwas?«

»Nein«, erwiderte ich. »Alles bestens.« Ich lächelte zu ihm hinunter.

Lord Tirrold sagte: »Viel Glück«, als sei ich gar nicht darauf angewiesen, ich legte die Hand an die Mütze und ritt Template zur Parade auf dem Kurs.

Auf einem Turm in der Nähe des Startplatzes stand eine Fernsehkamera. Der Gedanke an Kemp-Lore, der mich jetzt auf dem Monitor sehen mußte, erwies sich als wunderbares Gegengift für den eiskalten Wind. Wir ritten fünf Minuten lang im Kreis herum, elf Pferde insgesamt, während der Startergehilfe die Gurte fester schnallte und über die Kälte jammerte.

»Aufstellen«, rief der Starter, und wir bildeten eine Reihe quer über die Bahn, Template ganz innen neben dem Geländer.

Ich beobachtete die Hand des Starters. Er hatte die Gewohnheit, die Finger zu strecken, bevor er den Hebel umlegte, und ich dachte gar nicht daran, ein anderes Pferd vor mir wegzulassen, damit es mir die Position, die ich am Geländer eingenommen hatte, streitig machen konnte.

Der Starter streckte die Finger. Ich stieß Template in die Flanken. Er brauste davon, unter dem hochschnellenden Startband heraus, während ich flach auf seinem Hals lag, um nicht heruntergerissen zu werden. Andere Reiter, die zu früh gestartet waren, konnten das nicht verhindern. Das Band pfiff über meinen Kopf dahin, und wir waren auf dem Weg, ungefährdet am Geländer, und die nächsten zwei Meilen von der Innenbahn nicht zu vertreiben.

Die ersten drei Hindernisse waren die schlimmsten, was meinen Zustand betraf. Bis wir das vierte – den Wassergraben – hinter uns hatten, waren die Wunden an meinem Rücken wieder aufgebrochen, meine Arme und Schultern schienen von Hämmern zermalmt zu werden, und ich hatte erfahren müssen, wieviel meine Handgelenke und Hände zu erdulden hatten.

Als wir hinter dem Wassergraben aufkamen, fühlte ich nur noch Erleichterung. Alles war erträglich. Ich kam damit zurecht, konnte es ignorieren und mich auf meine Aufgabe konzentrieren.

Von meinem Standpunkt aus war der Rennablauf unkompliziert, weil ich vom Start bis zum Ziel nur drei andere Pferde sah, Emerald und die beiden nur leicht gehandikapten Tiere, denen ich erlaubt hatte, in Führung zu gehen und das Tempo zu bestimmen. Die Jockeis dieser beiden Pferde ließen ständig eine sechzig Zentimeter breite Lücke zwischen sich selbst und dem Geländer; und ich überlegte mir, daß sie beim vorletzten Hindernis auf der Geraden wie üblich etwas zu den Tribünen hinüberdrängen würden, wie das in Ascot gebräuchlich ist, um mir damit eine Lücke zu schaffen, durch die ich vorwärtsdringen konnte.

Meine Hauptaufgabe bis dahin verlangte, Emerald daran zu hindern, daß sie statt Template diese Öffnung nutzte. Ich beließ nicht Platz genug zwischen mir und den beiden ersten Pferden, damit Emerald nicht herein konnte, so daß die Stute den ganzen Weg auf der Außenbahn zurückzulegen hatte. Es spielte keine Rolle, daß sie einen guten halben bis einen Meter vor mir war; da konnte ich sie besser sehen, und Template war ein zu geschickter Springer, um sich irritieren zu lassen.

In unveränderter Reihenfolge beendeten wir die erste Runde und rasten wieder hinaus. Template übersprang die vier Hindernisse in Richtung Swinley Bottom so großartig, daß wir die Schrittmacher allzusehr bedrängten, ich mußte ihn auf der flachen

Strecke jedesmal ein bißchen zurücknehmen, um nicht zu früh an die Spitze zu gehen, hatte aber dabei darauf zu achten, daß Emerald sich nicht zwischen die führenden Pferde und Template drängen konnte. Von Zeit zu Zeit sah ich das grimmige Gesicht von Emeralds Jockei. Er wußte sehr wohl, was ich da trieb, und wenn ich nicht als erster am Geländer gewesen wäre, hätte er dasselbe mit mir gemacht. Vielleicht hatte ich es Kemp-Lore zu verdanken, daß er nicht einmal den Versuch unternommen hatte; wenn der Ire durch Kemp-Lores Bemühungen, meinen Ruf zu zerstören, leichtsinnig geworden war, sollte es mir nur recht sein.

Die nächste halbe Meile liefen die beiden Pferde an der Spitze wunderbar, aber am drittletzten Hindernis benützte einer der Jockeis seine Peitsche, der andere arbeitete schon mit beiden Händen. Sie waren erledigt und wurden deshalb ein bißchen nach außen getrieben, als sie in die letzte Kurve gingen. Der Ire mußte sich zu sehr auf seine übliche Taktik versteift haben, weil er diesen Augenblick benützte, um an die Spitze zu gehen. Das war der ideale Zeitpunkt für dieses Manöver. Ich sah ihn neben mir vorwärtsspurten und beschleunigen, aber er mußte um die beiden Pferde, die gerade nach rechts ausbogen, herumgehen, wobei er Längen verschwendete. Die Stute trug sieben Pfund weniger Gewicht als Template, und in dieser Kurve verlor sie den Vorteil, der ihr durch das geringere Gewicht erwachsen war.

Nach der Kurve, als wir zum letzten Mal in die Gerade gingen und das vorletzte Hindernis vor uns hatten, war Emerald außen in Führung, dann kamen die beiden müde werdenden Pferde, schließlich ich.

Zwischen dem inneren Schrittmacher und dem Geländer war eine Lücke von neunzig Zentimeter. Ich trieb Template an. Er stellte die Ohren hoch, wölbte seine kolossalen Muskeln und stürmte in die schmale Öffnung. Am vorletzten Hindernis sprang er mit einer halben Länge Rückstand ab und landete eine Länge vor dem nachlassenden Pferd, so nah an ihm vorbeizischend, daß ich den anderen Jockei überrascht aufschreien hörte.

Eines von Templates großen Talenten war seine Geschwindigkeit nach dem Aufsprung. Ohne Zögern raste er weiter, am Geländer entlang, während Emerald nur noch eine Länge vor uns war. Ich trieb Template ein bißchen an, um die Stute nicht ans Geländer kommen und mich am letzten Hindernis blockieren zu lassen. Sie brauchte nur zwei Längen Führung, um das ungefährdet tun zu können, aber ich dachte nicht daran, das zuzulassen.

Das einmalige Erlebnis bei einem Ritt auf Template lag in dem Gefühl unermeßlicher Kraft begründet. Auf ihm hatte man es nicht nötig, aus der jeweiligen Situation das Beste zu machen, auf die Fehler der anderen zu hoffen und im Finish nichts mehr zulegen zu können. Er hatte genug Kraftreserven, um seinem Jockei zu ermöglichen, sich das Rennen nach Wunsch einzuteilen, und etwas Schöneres gab es überhaupt nicht.

Als wir auf das letzte Hindernis zu galoppierten, wußte ich, daß Template Emerald schlagen konnte, wenn er nur halbwegs so gut sprang wie sonst auch. Sie führte mit einer Länge und zeigte keinerlei Ermüdungserscheinungen, aber ich hielt Template immer noch zurück. Zehn Meter vor dem Hindernis gab ich ihm freie Hand. Ich stieß ihm in die Flanken, preßte die Schenkel zusammen, und er flog wie ein Engel über das Hindernis, hoch, weit hinauf, als hätte er Flügel.

Er rückte um eine halbe Länge näher an die Stute heran, aber sie gab nicht so leicht auf. Ich sank in den Sattel zurück, trieb Template mit aller Kraft an, und er streckte sich. Auf der flachen Strecke holte er Emerald ein. Sie ging noch eine kurze Strecke mit, aber Template war nicht zu halten. Er stürmte mit unglaublichem Tempo an ihr vorbei und gewann schließlich ganz klar mit zwei Längen Vorsprung.

Es gibt Gelegenheiten, bei denen Worte nicht ausreichen, und ich konnte nur noch Templates Hals immer und immer wieder tätscheln. Ich hätte ihn am liebsten abgeküßt. Ich hätte ihm alles gegeben. Wie bedankt man sich bei einem Pferd? Wie sollte man sich bei ihm für einen derartigen Sieg bedanken?

Die beiden großen, breitschultrigen Männer konnten ihre Freude kaum verbergen. Sie standen nebeneinander, erwarteten uns auf dem eingezäunten Platz, wo die Pferde abgesattelt wurden. Ich lächelte sie an, nahm die Füße aus den Steigbügeln und stieg ab. Auf den Boden – zurück auf die Erde. Das Ende eines unvergeßlichen Erlebnisses.

»Rob«, sagte James kopfschüttelnd. »Rob.« Er tätschelte Template und sah mir zu, wie ich den Sattelgurt mit zitternden Fingern aufschnallte.

»Ich hab' gewußt, daß er es schafft«, sagte Lord Tirrold. »Was für ein Pferd! Was für ein Rennen!«

Endlich hatte ich den Sattelgurt offen und den Sattel unter dem Arm, als ein Funktionär Lord Tirrold bat, sich nicht zu entfernen, weil man in wenigen Minuten den Cup überreichen würde. Zu mir sagte er: »Würden Sie bitte nach dem Abwiegen gleich wieder herauskommen? Für den Siegerjockei gibt es auch eine Trophäe.«

Ich nickte und ging hinein, um mich auf die Waage zu setzen. Jetzt, da die Konzentration auf das Rennen überstanden war, entdeckte ich, welche Schäden ich davongetragen hatte. Alle Muskeln an meinen Schultern und die Arme hinunter bis zu den Fingerspitzen waren wie Blei, durchzuckt von brennenden und stechenden Schmerzen. Ich war schrecklich schwach und müde, und die Schmerzen in meinen Handgelenken hatten sich so verstärkt, daß ich die Zähne zusammenbeißen mußte, um mir nichts anmerken zu lassen. Ein schneller Blick zeigte, daß die Verbände blutig geworden waren, ebenso die Stulpen der seidenen Handschuhe und zum Teil auch der Unterjersey.

Mit breitem Lächeln nahm mir Mike im Umkleideraum den Sattel ab und den Helm vom Kopf.

»Sie werden draußen erwartet, wußten Sie das?« fragte er.

Ich nickte. Er hielt mir einen Kamm hin.

»Richten Sie sich ein bißchen her.«

Ich nahm gehorsam den Kamm, bändigte mein Haar und ging hinaus.

Die Pferde waren weggeführt worden. An ihrer Stelle stand ein Tisch mit dem Winter-Cup und anderen Trophäen, dahinter eine Gruppe von Funktionären und Angehörigen der Rennleitung sowie des National Hunt Committees. Und Maurice Kemp-Lore.

Es war ein Glück, daß ich ihn sah, bevor er den Blick auf mich richtete. Meine Kopfhaut zog sich bei seinem Anblick zusammen, Ekel schüttelte mich. Wenn er das gesehen hätte, wäre ihm die Bedeutung dieses Vorgangs nicht verborgen geblieben.

James stand plötzlich neben mir. Er folgte meinem Blick.

»Warum sehen Sie so grimmig drein?« sagte er. »Er hat nicht einmal versucht, Template zu dopen.«

»Nein«, gab ich zu. »Er war wohl mit seiner Arbeit zu sehr beschäftigt.«

»Er hat es endgültig aufgegeben«, meinte James zuversichtlich. »Er muß eingesehen haben, daß es keinen Zweck hat, andere Leute davon zu überzeugen, Sie hätten den Mut verloren. Nach

Ihrem Rennen am Donnerstag war es aus.«

Es war meine verwegene Reitattacke am Donnerstag gewesen, die Kemp-Lore veranlaßte, mich am Freitag seiner Sonderbehandlung zu unterziehen. Das war mir völlig klar.

»Haben Sie jemandem von dem Zucker erzählt?« fragte ich James.

»Nein«, sagte er. »Sie hatten mich ja ausdrücklich gebeten, es nicht zu tun. Aber ich glaube, daß wir etwas unternehmen müssen. Beweis hin, Beweis her . . .«

»Würden Sie bis nächsten Samstag warten?« fragte ich. »Genau eine Woche? Dann können Sie tun, was Sie wollen.«

»Meinetwegen«, sagte er langsam. »Ich glaube aber immer noch . . .«

Das Eintreffen des Ehrengastes am Trophäentisch, einer hübschen Herzogin, die mit gutgewählten Worten und freundlichem Lächeln Lord Tirrold den Winter-Cup, James ein silbernes Tablett und mir ein Zigarettenkästchen überreichte, unterbrach ihn. Ein Pressefotograf ließ das Blitzlicht aufflammen, als wir drei beieinanderstanden und unsere Preise bewunderten, und dann gaben wir sie an einen Funktionär zurück, damit er unsere und Templates Namen eingravieren ließ.

Als ich das Zigarettenkästchen übergab, hörte ich Kemp-Lores Stimme hinter mir, und ich hatte Zeit, mein Gesicht in Gewalt zu bekommen, bevor ich mich umdrehte.

Ich wandte mich ihm zu und begegnete seinen Augen. Sie waren durchdringend blau und sehr kalt, aber es war ihnen keinerlei Reaktion anzumerken, als ich ihren Blick erwiderte. Ich fühlte mich ein wenig erleichtert. Er hatte in meinem Gesicht die Bestätigung gesucht, aber nicht gefunden, daß ich wußte, wer mich am Abend zuvor entführt hatte.

»Rob Finn«, sagte er mit einer charmanten Fernsehstimme, »ist der Jockei, den Sie eben auf seinem Wunderpferd Template dem Sieg zueilen sahen.« Er sprach in ein Handmikrophon, hinter dem sich ein endloses schwarzes Kabel herschlängelte und sah abwechselnd mich und eine Kamera auf einer Plattform in der Nähe an. Das rote Auge der Kamera glühte. Ich gürtete innerlich meine Lenden und bereitete mich darauf vor, all seinen hinterlistigen Einwänden zuvorzukommen.

»Es hat Ihnen sicher Spaß gemacht, auf ihm zu sitzen?« meinte er.

»Es war wunderbar«, sagte ich nachdrücklich und strahlte über das ganze Gesicht. »Es ist für jeden Jockei ein tolles Erlebnis, ein so großartiges Pferd zu reiten. Natürlich«, fuhr ich fort, bevor er etwas sagen konnte, »bin ich nur durch einen glücklichen Zufall in diese Situation gekommen. Wie Sie wissen, habe ich in den letzten Monaten Pip Pankhursts Platz eingenommen, während sein Bein heilt, und der heutige Sieg gehört eigentlich ihm. Es geht ihm zum Glück schon viel besser, und wir freuen uns alle, daß er bald wieder in den Sattel steigen kann.« Ich meinte es ernst; wenn ich auch dann weniger Ritte bekommen würde, der ganze Rennsport konnte nur gewinnen, wenn der Champion wieder seinen Platz einnahm.

Kemp-Lores Mundwinkel zuckten ein wenig. »In der letzten Zeit lief es für Sie nicht ganz so gut . . .«, begann er.

»Nein«, unterbrach ich ihn herzlich. »Ist es nicht merkwürdig, wie häufig solche Pechsträhnen auftreten? Wußten Sie, daß Doug Smith einmal hintereinander neunundneunzig Verlierer geritten hat? Das muß gräßlich gewesen sein. Dagegen verblassen meine guten zwanzig Mißerfolge.«

»Sie waren also nicht besorgt über. . . äh . . über diese Pechsträhne, die Sie durchmachen mußten?« Sein Lächeln wirkte gezwungen.

»Besorgt?« wiederholte ich fröhlich. »Na ja, ich war nicht gerade begeistert, aber solche Pechsträhnen hat schon jeder Jockei durchgemacht, und man muß sie einfach durchstehen, bis wieder einmal ein Sieg dabei ist wie heute«, fügte ich hinzu.

»Die meisten Leute sahen dahinter mehr als Pech«, sprach er scharf. Seine Freundlichkeit hatte einen argen Sprung, und für einen Sekundenbruchteil sah ich in seinen Augen die Wut aufzukken, die er zu beherrschen versuchte. Ich verspürte große Befriedigung und lächelte ihn nur um so strahlender an.

»Die Leute glauben alles, wenn es ihnen an die Tasche geht«, meinte ich. »Leider haben viele der Zuschauer Geld verloren, die auf meine Pferde gewettet haben . . . da ist es nur natürlich, daß man dem Jockei die Schuld gibt . . . damit muß man sich eben abfinden.«

Er hörte mir zu, während ich reparierte, was er kaputtgemacht hatte, und er konnte mich nicht bremsen, ohne sich bloßzustellen; nichts ist der Popularität eines Fernsehkommentators abträglicher, als wenn er sich als schlechten Sportsmann zu erken-

Kemp-Lore sprach gelassen in Richtung Kamera, seine Sendung zu Ende bringend. Er schüttelte mich ein letztes Mal freundschaftlich und nahm den Arm von meinen Schultern. Langsam und methodisch sagte ich mir stumm die zehn unanständigsten Worte vor, die ich kannte, und danach hörte der Ringplatz auf, sich um mich zu drehen.

Der Mann mit der Kamera hob die Hand, und das rote Auge erlosch.

Kemp-Lore wandte sich mir zu und sagte: »So, das wär's. Die Sendung ist vorbei.«

»Danke, Maurice«, erwiderte ich, über das ganze Gesicht lachend. »Genau das hab' ich gebraucht, um wieder ganz oben zu sein. Ein richtiger Sieg und ein Fernsehinterview mit Ihnen. Herzlichen Dank.« Ich konnte genausogut Salz in seine Wunde streuen.

Er warf mir einen Blick zu, in dem die angelernte Gewohnheit des Charmes mit der Bösartigkeit kämpfte und noch einmal gewann. Dann drehte er sich auf dem Absatz um und ging davon, sein Mikrophonkabel hinter sich herziehend.

Wer von uns beiden den anderen mehr haßte, ließ sich nicht entscheiden.

15

Fast den ganzen nächsten Tag verbrachte in in Joannas Bett. Sie gab mir eine Tasse Kaffee zum Frühstück, dazu ein liebes Lächeln und den Befehl, jetzt zu schlafen. Ich schlüpfte in den Schlafanzug, den sie mir gekauft hatte, träumte von ihr auf ihrem eigenen Kissen und unternahm nichts Anstrengenderes, als gelegentlich meinen Blutdruck zu steigern, indem ich an Kemp-Lore dachte.

Ich war am Abend zuvor in leicht demoliertem Zustand an ihrer Schwelle eingetroffen, nachdem ich Tick-Tock und seine Freundin mit dem Taxi zum ›White Bear‹ in Uxbridge gebracht hatte, wo, wie ich richtig vermutete, der Mini-Cooper auf dem Parkplatz stand. Ich war überzeugt davon gewesen, daß Kemp-Lore in seinem eigenen Wagen zum ›White Bear‹ gefahren war, den Mini-Cooper für seinen Ausflug zu der verlassenen Stallung benützt und nach der Rückkehr wieder in sein eigenes Auto umgestiegen war. Trotzdem erleichterte es mich, den kleinen Mini unbeschädigt wiederzufinden.

Tick-Tocks Bemerkungen über meine Nachlässigkeit mit Besitztümern, die ich mit anderen zu teilen hätte, verstummten, als er meine Armbanduhr, die Brieftasche und alle anderen Sachen aus meinen Taschen im Handschuhfach, meinen Sakko, den Mantel und ein weißes Nylonseil auf dem Rücksitz fand.

»Warum, zum Teufel, hast du deine Sachen hiergelassen?« sagte er langsam. »Ein Wunder, daß man sie nicht gestohlen hat, und den Wagen dazu.«

»Das liegt am Nordostwind«, antwortete ich ernsthaft. »Wie beim Mond, verstehst du? Ich mach' nur verrückte Sachen, wenn der Nordostwind weht.«

»Von wegen.« Er grinste, nahm Sakko und Mantel und trug sie in das wartende Taxi. Dann schob er zu meiner Überraschung die kleineren Sachen in meine Hosentaschen und gab mir die Uhr.

»Du magst ja alle anderen Leute hereingelegt haben«, sagte er leichthin, »aber für mich hast du den ganzen Tag ausgesehen wie ein Geist, und das hängt mit deinen Händen zusammen. Die Handschuhe sind neu ... du trägst doch sonst keine. Was war los?«

»Zerbrich dir nur den Kopf«, sagte ich liebenswürdig und stieg ins Taxi, »wenn du nichts Besseres zu tun hast.« Ich sah zu seiner kleinen Freundin hinüber, er lachte, schnippte mit den Fingern und ging hinüber, um ihr in den Mini-Cooper zu helfen.

Der Taxichauffeur, guter Stimmung, weil er auf drei Sieger gesetzt hatte, fuhr mich ohne die geringste Beschwerde über den Umweg zu Joanna. Als ich bezahlte und ihm ein dickes Trinkgeld gab, sagte er: »Haben Sie auch auf einen Sieger gesetzt?«

»Ja«, sagte ich. »Template.«

»Komisch«, sagte er. »Ich hab' auch auf ihn gewettet, weil Sie gesagt haben, daß man nicht alles glauben soll, was man so hört. Sie hatten sogar recht, was? Dieser Finn ist noch lange nicht erledigt. Ein tolles Rennen. Ich glaub', auf den setz' ich wieder.« Er legte den Gang ein und fuhr davon.

Während ich seinen über die Pflastersteine dahinhoppelnden Heckleuchten nachsah, fühlte ich mich unsinnig glücklich und wieder ganz im Einklang mit mir selbst. Mein Sieg im Rennen war den Einsatz wert gewesen. Und der Taxichauffeur hatte mir, ohne zu wissen, wen er vor sich hatte, noch eine Prämie geschenkt, nämlich daß ich, was die Anhänger des Rennsports anging, wieder im Geschäft war. Restlos erschöpft, aber zufrieden, lehnte ich mich an Joannas Türpfosten und läutete.

Das war aber noch nicht ganz das Ende der anstrengendsten vierundzwanzig Stunden meines Lebens. Meine teilnahmsvolle Cousine, die zu Recht voraussah, daß ich mich weigern würde, noch einen Arzt aufzusuchen, hatte gleich einen mitgebracht. Er wartete schon auf mich, als ich die Wohnung betrat, ein barscher Schotte mit buschigen Brauen und drei Warzen am Kinn.

Mein aufgebrachter Protest, daß ich nicht in der Verfassung sei, seine Behandlungsmethoden über mich ergehen zu lassen, begegnete tauben Ohren. Sie setzten mich in einen Stuhl. Wieder mußte ich mich ausziehen, die Lederhandschuhe und die seidenen, die ich nach dem Rennen nicht abgelegt hatte, dann den Anorak, das Hemd meines Vaters, den Unterjersey und die Gazestücke, die mir Joanna am Morgen aufgeklebt hatte, und schließlich die blutdurchtränkten Verbände an den Handgelenken. Gegen Ende dieser recht unbarmherzigen Entkleidungsszene begann sich das Zimmer um mich zu drehen, und ich kippte bedauerlicherweise auf den Boden, einer Ohnmacht näher als je zuvor.

Der Schotte hob mich auf, setzte mich wieder in den Stuhl und befahl mir, mich zusammenzunehmen und ein Mann zu sein.

»Sie haben nur ein ganz klein bißchen Haut verloren«, sagte er streng.

Ich begann erschöpft zu lachen, was auch nicht besonders gut aufgenommen wurde. Er war keine Frohnatur. Als ich auf seine Fragen den Kopf schüttelte und mich weigerte zu erzählen, was mir zugestoßen war, preßte er die Lippen zusammen, bis die Warzen zitterten. Aber er verband mich geschickt und gab mir ein paar Schmerztabletten, die sich als sehr wirksam erwiesen. Als er gegangen war, stieg ich in Joannas Bett und versank dankbar in Schlummer.

Joanna arbeitete fast den ganzen nächsten Tag an ihrem Porträt. Als ich aufwachte, saß sie vor der Leinwand und sang leise. Nicht die ausgefallenen Lieder, auf die sie spezialisiert war, sondern eine gälische Ballade, sanft und traurig. Ich lag da und lauschte mit geschlossenen Augen, weil ich wußte, daß sie aufhören würde, sobald sie mich wach sah. Sie sang die Ballade zu Ende und begann mit einer neuen. ›I know where I'm going and I know, who's going with me; I know who I love, but the dear knows, who'll I marry. Some say he's black, but I know he's bonny . . .‹ Sie verstummte plötzlich und sagte: »Verdammt noch mal!« Ich hörte sie die Palette und den Pinsel wegwerfen und in die Küche gehen.

Nach einer Weile setzte ich mich auf und rief: »Joanna?«

»Ja?«

»Ich bin am Verhungern.«

»Oh.« Ich hörte ein ersticktes Lachen, dann rief sie: »Gut. Ich koch' dir was.«

Und sie kochte: Brathuhn mit grünen Maiskolben, Ananas und Speck. Während der appetitanregende Geruch aus der Küche hereinströmte, stand ich auf, zog mich an und zog ihr Bett ab. Im Bettkasten lag frische Wäsche. Ich überzog Decke und Kopfkissen und breitete ein sauberes Laken aus.

Sie brachte ein Tablett mit Tellern und Besteck herein, sah die gebrauchte Wäsche und das frischgemachte Bett.

»Was tust du denn da?«

»Das Sofa ist nicht gut für dich. Offenbar hast du schlecht geschlafen, deine Augen sind gerötet.«

»Damit hat es nichts . . .«, begann sie, überlegte es sich aber anders.

»Es liegt nicht am fehlenden Schlaf?« fragte ich.

Sie schüttelte den Kopf. »Essen wir.«

»Was ist denn dann los?« wollte ich wissen.

»Nichts, nichts. Sei still und iß.«

Ich gehorchte. Schließlich hatte ich einen Mordshunger. Sie sah mir zu, als ich restlos alles aufaß. »Du fühlst dich besser«, erklärte sie.

»Oh, ja. Viel besser. Das verdanke ich dir.«

»Und du schläfst heute nicht hier?«

»Nein.«

»Du kannst es mit dem Sofa versuchen«, meinte sie leise. »Damit du weißt, was ich für dich erduldet habe.«

Ich reagierte nicht sofort, und sie fügte impulsiv hinzu: »Ich möchte, daß du bleibst, Rob. Bleib!«

Ich sah sie prüfend an. Bestand die leiseste Chance, daß ihre traurigen Lieder, die Tränen in der Küche und jetzt ihr Widerstreben gegen mein Fortgehen zu bedeuten hatten, daß sie unsere, wenn auch entfernte Verwandtschaft unangenehmer fand, als sie erwartet hatte? Mir war immer klar gewesen, daß sie sich nicht mehr zurechtfinden würde, falls sie mich jemals liebgewinnen sollte, wie ich es mir vorstellte, und es ihr nicht gleichzeitig gelang, ihr starres Vorurteil gegen unsere Verwandtschaft aufzugeben. Wenn sie sich jetzt damit auseinandersetzen mußte, durfte ich sie nicht im Stich lassen.

»Also gut«, sagte ich lächelnd, »vielen Dank. Ich bleibe. Auf dem Sofa.«

Sie wurde plötzlich sehr lebendig und gesprächig und erzählte mir mit allen Einzelheiten, wie das Rennen und das anschließende Interview im Fernsehen gewirkt hatten.

»Zu Anfang sagte er, dein Name müsse durch einen Irrtum auf der Ansagetafel erschienen sein, weil er gehört habe, daß du nicht da seist; ich begann mir schon Sorgen zu machen, ob du unterwegs zusammengebrochen sein könntest. Aber du warst natürlich dort . . . und nachher saht ihr wie enge Freunde aus, er mit dem Arm um deine Schultern und du mit deinem strahlenden Lächeln. Wie hast du das nur fertiggebracht? Aber er wollte dich ärgern, nicht wahr? Ich hatte so ein Gefühl, aber das lag vielleicht daran, daß ich wußte . . .« Sie verstummte plötzlich und sagte in ganz anderem, ernsten Tonfall: »Was fängst du mit ihm an?«

Ich erzählte es ihr. Es dauerte eine Weile. Sie war entsetzt. »Das kannst du nicht tun«, sagte sie.

Ich lächelte sie an, schwieg aber.

»Er hat nicht gewußt, worauf er sich einläßt, wie er mit dir anbinden wollte.«

»Hilfst du mir?« fragte ich. Ohne ihre Hilfe ging es nicht.

»Willst du es dir nicht lieber überlegen und zur Polizei gehen?« fragte sie ernsthaft.

»Nein.«

»Aber das, was du vorhast, ist grausam.«

»Ja«, gab ich zu.

»Und kompliziert, anstrengend und teuer.«

»Ja. Rufst du für mich an?«

Sie seufzte und sagte: »Du meinst nicht, daß du nachgiebiger wirst, wenn die Schmerzen aufhören?«

»Ich bin ganz sicher«, sagte ich.

»Ich überleg' es mir«, erwiderte sie, stand auf und räumte das Geschirr zusammen. Beim Abwaschen wollte sie sich nicht helfen lassen, also ging ich zur Staffelei, um zu sehen, woran sie den ganzen Tag gearbeitet hatte; mit einigem Erstaunen sah ich, daß es ein Bild meiner Mutter am Flügel war.

Ich starrte das Bild immer noch an, als sie zurückkam.

»Es ist nicht sehr gut geworden«, meinte sie und blieb neben mir stehen. »Beim Flügel stimmt die Perspektive nicht.«

»Weiß Mutter, daß du sie malst?«

»O nein«, sagte sie.

»Wann hast du damit angefangen?«

»Gestern nachmittag«, überlegte sie.

Es blieb eine Weile still, dann sagte ich: »Es nützt dir gar nichts, dir einreden zu wollen, daß deine Gefühle für mich mütterlicher Natur sind.«

Sie zuckte überrascht zusammen.

»Ich will nicht bemuttert werden«, rief ich, »ich will eine Frau.«

»Ich kann nicht . . .«, sagte sie gepreßt.

Ich drehte mich um, weil ich das Gefühl hatte, sie zu früh gedrängt zu haben. Joanna nahm einen in Terpentin getränkten Lappen und verwischte ihre Arbeit.

»Du siehst zuviel«, sagte sie. »Mehr als ich selbst begriffen habe.«

Ich lächelte sie an, und nach einer Weile lächelte sie auch mühsam. Sie wischte sich die Finger mit dem Lappen ab und hängte ihn an die Staffelei. »Ich mach' das mit dem Anruf«, sagte sie. »Du kannst anfangen, mit dem – was du vorhast.«

Am nächsten Vormittag, dem Montag, nahm ich mir einen Leihwagen und suchte Grant Oldfield auf.

Der starke Nachtfrost, der an diesem Tag auch keine Rennen zuließ, hatte Hecken und Bäume mit Reif überzuckert. Ich genoß die Fahrt, obwohl ich mit einem kalten Empfang rechnete. Ich hielt vor der Gartentür, ging zum Haus und läutete.

Mir war gerade aufgefallen, daß die Messingplatte frisch poliert war, als die Tür aufging und eine hübsche, dunkelhaarige junge Frau in einem grünen Wollkleid mich fragend ansah.

»Ich komme . . .«, sagte ich, »ich wollte . . . äh . . . können Sie mir vielleicht sagen, wo ich Grant Oldfield finde?«

»Im Haus«, sagte sie. »Er wohnt hier. Ich bin seine Frau. Einen Moment, ich hol' ihn gleich. Wie heißen Sie, bitte?«

»Rob Finn«, sagte ich.
»Oh«, sagte sie überrascht und lächelte freundlich. »Kommen Sie doch 'rein. Grant wird sich so freuen!«
Ich bezweifelte es, trat aber in den schmalen Korridor. Sie schloß die Tür hinter mir. Alles war peinlich sauber; es schien nicht dasselbe Haus zu sein, in dem ich schon gewesen war. Sie führte mich zur Küche und öffnete die Tür. Auch hier strahlte alles vor Sauberkeit. Grant saß am Tisch und las die Zeitung. Er hob den Kopf, als seine Frau hereinkam, und als er mich sah, begann auch er, breit zu lächeln. Er stand auf. Er sah magerer und älter aus und schien auf undefinierbare Weise eingeschrumpft zu sein, aber er war wieder, oder würde es bald sein, ein ganzer Mann.
»Wie geht's, Grant«, sagte ich unsicher, weil ich nicht verstand, warum sie so freundlich waren.
»Viel besser, danke«, antwortete er. »Ich bin jetzt schon vierzehn Tage zu Hause.«
»Er war im Krankenhaus«, erklärte seine Frau. »Sie haben ihn, am Tag, nachdem Sie ihn heimbrachten, eingeliefert. Dr. Parnell schrieb mir einen Brief, daß Grant krank sei und nichts dafür könne. Ich bin zurückgekommen.« Sie lächelte Grant an. »Und jetzt geht es uns wieder ordentlich. Grant hat eine Stellung. Er fängt in zwei Wochen an, als Spielwarenverkäufer.«
»Spielwaren?« sagte ich erstaunt.
»Ja«, sagte sie. »Die Ärzte meinten, es wäre besser für ihn, nichts mehr mit Pferden zu tun zu haben, damit er nicht wieder darüber nachbrütet.«
»Wir haben Ihnen viel zu verdanken, Rob«, sagte Grant.
»Dr. Parnell sagte mir«, meinte seine Frau, als sie meine Überraschung bemerkte, »daß Sie durchaus berechtigt gewesen wären, ihn der Polizei zu übergeben, statt ihn hierher zu bringen.«
»Ich hab' versucht, Sie umzubringen«, sagte Grant verwundert, als könne er nicht mehr verstehen, was er getan hatte. »Ich habe wirklich versucht, Sie umzubringen, wissen Sie.«
»Dr. Parnell meinte, Grant hätte in einer Heilanstalt landen können, wenn Sie anders reagiert hätten.«
Ich sagte verlegen: »Dr. Parnell scheint mir ein bißchen zu viel zu reden.«
»Er machte mir klar«, fuhr sie lächelnd fort, »daß Sie Grant noch eine Chance gegeben haben und ich verpflichtet wäre, das

auch zu tun.«

»Macht es Ihnen etwas aus«, sagte ich zu Grant, »wenn ich Sie frage, wie es zu dem Zerwürfnis mit Axminster kam?«

Mrs. Oldfield trat neben ihren Mann. »Fangen Sie bitte nicht wieder davon an«, bat sie besorgt, »das tut ihm nicht gut.«

»Mach dir keine Sorgen, Liebling«, sagte Grant und legte den Arm um ihre Hüften, »fragen Sie.«

»Ich glaube, Sie haben die Wahrheit gesagt, als Sie Axminster erklärten, Lubbock, diesem Berufswetter, keine Informationen verkauft zu haben«, meinte ich. »Aber Lubbock bekam Informationen und bezahlte dafür. Die Frage ist, wem hat er das Geld gegeben, wenn er glaubte, es Ihnen zu bezahlen?«

»Sie täuschen sich, Rob«, sagte Grant. »Ich habe damals dauernd darüber nachgedacht und bin sogar bei Lubbock gewesen und hab' ihm ziemlich deutlich die Meinung gesagt . . .«, er lächelte bedrückt. »Lubbock sagte, daß er sich, bevor er James Axminster darauf angesprochen habe, nicht im klaren darüber gewesen sei, von wem er die Informationen kaufte. Er habe angenommen, daß ich es sei, meinte er. Aber er sagte, ich hätte ihm die Tips per Telefon gegeben, und das Geld habe er mir auf den Namen Robinson postlagernd in London überwiesen. Er glaubte mir natürlich nicht, daß ich von der Sache nichts wußte. Er nahm an, daß ich mich nicht ausreichend gedeckt hätte und jetzt versuchen wollte, mich reinzuwaschen.« Seiner Stimme war keine Bitterkeit anzumerken. Der Aufenthalt in der Nervenklinik oder seine Krankheit selbst schienen ihn von Grund auf umgewandelt zu haben.

»Können Sie mir Lubbocks Adresse geben?« fragte ich.

»Er wohnt in Solihull«, erklärte er. »Das Haus würde ich vielleicht wiedererkennen, aber ich weiß nicht, wie die Straße heißt.«

»Ich finde schon hin«, meinte ich.

»Was haben Sie denn davon?« fragte er.

»Wäre es für Sie von Bedeutung, wenn ich beweisen könnte, daß Sie die ganze Zeit die Wahrheit gesagt haben?«

Seine Miene belebte sich. »Na und ob«, sagte er. »Sie können sich nicht vorstellen, was das für ein Gefühl war, die Stellung zu verlieren, obwohl ich nichts getan hatte.«

Ich sagte ihm nicht, daß ich das sehr gut nachfühlen konnte.

»Schön, dann werde ich mein Bestes tun«, meinte ich.

»Aber du fängst nicht wieder mit dem Reiten an?« fragte seine Frau besorgt. »Du fängst nicht wieder von vorne an?«

»Nein, Liebling, mach dir keine Sorgen«, beruhigte er sie. »Es macht mir bestimmt Spaß, Spielzeug zu verkaufen. Wer weiß, vielleicht machen wir uns nächstes Jahr selbständig, sobald ich im Geschäft bin.«

Ich legte die fünfzig Kilometer nach Solihull zurück, suchte Lubbocks Namen im Telefonbuch und rief bei ihm an. Eine Frau meldete sich. Sie sagte, er sei nicht zu Hause, aber wenn ich ihn dringend sprechen müsse, könne ich ihn wahrscheinlich im Queens-Hotel in Birmingham finden, weil der dort zu Mittag esse.

Nachdem ich mich zweimal verirrt hatte, fand ich wie durch ein Wunder vor dem Hotel einen Parkplatz und ging hinein. Ich schrieb auf dem Briefpapier des Hotels einen kleinen Brief, in dem ich Mr. Lubbock, den ich ja nicht einmal vom Sehen kannte, bat, ob er so freundlich sein und mir ein paar Minuten gönnen könne. Ich klebte den Umschlag zu und bat den Empfangschef, Mr. Lubbock den Brief von einem Pagen überbringen zu lassen.

»Er ist erst vor ein paar Minuten mit einem anderen Herrn in den Speisesaal gegangen«, sagte er. »Hier, Dickie, bring das Mr. Lubbock.« Dickie brachte die auf die Rückseite des Briefes gekritzelte Anwort: Mr. Lubbock wollte sich um zwei Uhr fünfzehn mit mir im Foyer treffen.

Mr. Lubbock erwies sich als ein älterer Mann mit rötlichem Schnurrbart und schütterem Haar. Er ließ sich von mir einen großen Kognak und eine dicke Zigarre mit einem Ausdruck so überraschter Ironie spendieren, daß ich nicht im Zweifel sein konnte, daß er normalerweise die Jockeis mit solchen Dingen zu bedenken pflegte, nicht umgekehrt.

»Ich will über Grant Oldfield Bescheid wissen«, begann ich ohne Umschweife.

»Oldfield?« murmelte er, die Zigarre anzündend. »O ja, ich erinnere mich, Oldfield.« Er warf mir einen Blick zu. »Sie ... äh ... Sie arbeiten immer noch für diesselbe Firma, wie? Sie wollen mitmachen? Nun ja, warum nicht. Sie werden an jedem Sieger beteiligt, für den Sie mir einen Tip geben. Fairer geht es nicht.«

»War das auch die Abmachung mit Oldfield?«

»Ja.«

»Haben Sie ihm das Geld persönlich gegeben?«

»Nein«, sagte er. »Aber er hat mich ja auch nicht persönlich darum gebeten. Er machte alles telefonisch aus. Er tat sehr geheimnisvoll, behauptete, er heiße Robinson, bat mich, mit Scheck zu zahlen und ihn jeweils an ein Postamt zu schicken.«

»An welches?« fragte ich.

Er trank einen Schluck und sah mich forschend an.

»Warum wollen Sie das wissen?«

»Klingt ganz vernünftig«, meinte ich leichthin.

Er hob die Schultern. »Ich kann mich nicht erinnern«, antwortete er. »Es ist doch unwichtig, welches Postamt das war. Irgendwo in einem Londoner Vorort, das weiß ich noch, aber genau kann ich mich nicht entsinnen. N E7? N 12? Irgend so etwas.«

»Sie haben darüber keine Unterlagen?«

»Nein«, sagte er entschieden. »Warum fragen Sie Oldfield nicht selbst, wenn Sie das wissen müssen.«

Ich seufzte. »Wie oft hat er Ihnen Tips gegeben?« fragte ich.

»Er hat mir insgesamt fünf Pferde genannt, glaube ich; drei davon gewannen, und ich habe ihm dann jeweils das Geld geschickt.«

»Sie wußten nicht, daß es Oldfield war, der Ihnen die Tips gab, nicht wahr?« fragte ich.

»Das kommt darauf an, was Sie mit ›wissen‹ meinen«, sagte er. »Ich war mir ziemlich sicher. Wer sollte es sonst gewesen sein? Aber genau, ›wußte‹ ich es nicht. Axminster sagte, ›ich habe gehört, daß Sie von meinem Jockei Tips bekommen‹. Und ich gab es zu.«

»Sie haben vorher also niemandem erzählt, daß Oldfield Ihnen Informationen gab?«

»Natürlich nicht.«

»Keinem Menschen?«

»Nein, selbstverständlich nicht.« Er starrte mich durchdringend an. »So etwas plaudert man nicht aus, in meiner Branche nicht. Vor allem dann nicht, wenn man nicht hundertprozentig Bescheid weiß. Was soll denn das alles?«

»Nun . . .«, sagte ich, »es tut mir sehr leid, daß ich Sie getäuscht habe, Mr. Lubbock, aber ich will mit solchen Dingen nichts zu tun haben. Ich bemühe mich nur, Grant aus dem Schlamassel zu helfen.«

Zu meiner Überraschung lachte er.

»Wissen Sie«, sagte er, »wenn Sie mitgemacht hätten, wäre ich recht vorsichtig gewesen. Mit manchen Jockeis kommt man zu Rande, mit anderen nicht. Und in meinem Beruf bekommt man einen Instinkt für so etwas. Sie . . .« Er wies mit der Zigarre auf mich, »sind nicht der Typ.«

»Danke«, murmelte ich.

»Schön dumm«, meinte er nickend. »Es ist ja nicht verboten.«

Ich grinste.

»Mr. Lubbock«, sagte ich. »Oldfield war nicht Robinson, aber seine Laufbahn und seine Gesundheit sind zerrüttet worden, weil Sie und Mr. Axminster dazu verleitet wurden, ihn dafür zu halten.«

Er fuhr sich mit Daumen und Zeigefinger über den Schnurrbart.

»Oldfield hat das Reiten endgültig aufgegeben«, fuhr ich fort, »aber es wäre für ihn trotzdem sehr wichtig, sich von dem Verdacht befreien zu können. Würden Sie dazu beitragen wollen?«

»Wie?« sagte er.

»Würden Sie eine schriftliche Erklärung abgeben, wonach Sie zu keiner Zeit einen Beweis für Ihre Vermutung hatten, daß Sie, wenn Sie Robinson bezahlten, das Geld tatsächlich Oldfield gaben, und daß Sie zu keiner Zeit, bevor James Axminster sich an Sie wandte, irgendeinem Menschen Ihren Verdacht bezüglich Robinsons Identität verraten haben?«

»Ist das alles?« fragte er.

»Ja.«

»Na schön«, meinte er, »das kann ja nicht schaden. Aber ich glaube, daß Sie sich irren. Niemand als ein Jockei würde sich so viel Mühe geben, seine Identität zu verbergen. Warum auch, wenn die Stellung nicht davon abhängt? Aber ich kann Ihnen geben, was Sie wollen.«

Er nahm einen Füllfederhalter aus der Brusttasche, schrieb die Erklärung auf ein Blatt Papier, unterzeichnete, ergänzte den Brief mit dem Datum und las ihn durch. »So«, sagte er. »Ich sehe aber immer noch nicht ein, was das nützen soll.«

Ich las, was er geschrieben hatte, faltete das Blatt zusammen und steckte es in die Brieftasche.

»Jemand hat Mr. Axminster erzählt, daß Oldfield Ihnen Informationen verkaufe«, sagte ich. »Wenn Sie zu keinem Menschen davon gesprochen haben – wer wußte es dann?«

»Oh.« Er riß die Augen auf. »Aha, ja, ich verstehe. Robinson wußte Bescheid. Aber Oldfield hätte sie nie verraten ... also war Oldfield nicht Robinson.«

»So ungefähr«, meinte ich und stand auf. »Herzlichen Dank für Ihre Hilfe, Mr. Lubbock.«

»Gern geschehen.« Er wedelte mit der Zigarre und lächelte breit. »Wir sehen uns auf dem Rennplatz.«

16

Am Dienstagvormittag kaufte ich ein Exemplar von ›Horse and Hound‹ und telefonierte geraume Zeit mit ein paar von den Leuten, die Jagdpferde zum Verkauf anboten. Mit dreien davon vereinbarte ich, daß ich das betreffende Tier zwei Tage später besichtigen würde.

Dann rief ich einen der Farmer an, für den ich geritten war, und überredete ihn, mir am Donnerstagnachmittag seinen Land Rover mit Anhänger zu leihen.

Anschließend fuhr ich, nachdem ich mir von Joanna, die bei einer Probe war, ein Maßband ausgeborgt hatte, mit dem Mietwagen zu James' Rennstall. Er saß in seinem Büro und erledigte Schreibarbeiten. Das im Kamin gerade erst entzündete Feuer kam gegen die Kälte nicht auf, und die Pferdepfleger draußen im Hof rannten durchfroren hin und her.

»Heute ist es wieder nichts mit dem Rennen«, meinte James. »Immerhin, diesen Winter haben wir ziemlich viel Glück gehabt.« Er stand auf, rieb sich die Hände und wärmte sie an dem mageren Feuerchen.

»Ein paar Besitzer haben angerufen«, sagte er. »Sie wollen Sie wieder nehmen. Ich habe ihnen erklärt ...«, und seine Zähne blinkten, als er mich unter den Brauen hervor ansah, »... daß ich mit Ihren Leistungen zufrieden bin und Sie im Gold Cup auf Template starten lasse.« – »Was!« rief ich. »Im Ernst?«

»Ja.«

»Aber ... Pip ...«, sagte ich.

»Ich habe Pip erklärt, daß ich Sie nicht von dem Pferd nehmen kann, nachdem Sie auf ihm das Königsrennen und den Winter-

Cup gewonnen haben. Pip ist einverstanden. Ich habe mit ihm vereinbart, daß er in der Woche nach Cheltenham wieder anfängt, so daß er vor dem Grand National noch ein paar Rennen absolvieren kann. Im Grand National reitet er mein Pferd – wie im letzten Jahr.«

»Es ist sechster geworden«, sagte ich.

»Ja, stimmt. Ich habe genug Pferde, um Pip und Sie fast die ganze Zeit zu beschäftigen, und außerdem bekommen Sie sicher auch noch andere Ritte. Es müßte für euch beide ganz gut klappen.«

»Ich weiß nicht, wie ich mich bedanken soll«, stammelte ich.

»Bedanken Sie sich bei sich selbst«, empfahl er ironisch. »Sie haben es verdient.« Er bückte sich und legte ein Stück Kohle aufs Feuer.

»James«, sagte ich, »wollen Sie für mich etwas schreiben?«

»Schreiben? Oh, Sie bekommen für die nächste Saison einen Vertrag, genau wie Pip.«

»Das hab' ich nicht gemeint«, sagte ich verlegen. »Es dreht sich um etwas ganz anderes ... Würden Sie schriftlich niederlegen, daß es Maurice Kemp-Lore war, der Ihnen gesagt hat, daß Oldfield Informationen über Ihre Pferde gibt, und daß er behauptete, das von Lubbock erfahren zu haben?«

»Schriftlich?«

»Ja. Bitte«, sagte ich.

»Ich sehe nicht ein ...« Er studierte mich scharf, dann hob er die Schultern. »Na ja, meinetwegen.« Er setzte sich an den Schreibtisch, nahm ein Blatt Papier und schrieb, was ich verlangt hatte. »Unterschrift und Datum?« sagte er.

»Ja, bitte.«

Er drückte den Löscher auf das Blatt. »Was soll das nützen?« fragte er, als er mir die Erklärung gab.

Ich nahm Mr. Lubbocks Blatt aus meiner Brieftasche und gab es ihm. Er las es dreimal.

»Mein Gott«, sagte er. »Unglaublich. Wenn ich mich nun genau bei Lubbock erkundigt hätte? Das war ein großes Risiko für Maurice!«

»Halb so schlimm«, erklärte ich. »Sie wären doch nie auf die Idee gekommen, etwas Verdächtiges an seiner freundlichen Warnung zu finden. Es hat ja geklappt. Grant ist gefeuert worden.«

»Das tut mir leid«, sagte James langsam. »Mir wäre es angenehm, wenn ich das gutmachen könnte.«

»Schreiben Sie Grant und erklären Sie ihm alles. Das ist ihm wichtiger als alles andere.«

»Das mach' ich«, versicherte er und notierte es sich.

»Am Samstag vormittag«, sagte ich, die beiden Papiere wieder in meiner Brieftasche verstauend, »werden diese Dokumente beim National Hund Committee landen. Sie reichen natürlich für gerichtliche Schritte nicht aus, aber Kemp-Lore wird auf alle Fälle von seinem Postament kippen.«

»Da haben Sie recht.« Er sah mich an und überlegte: »Warum warten Sie bis Samstag?«

»Ich . . . äh . . . bin erst am Samstag soweit.«

Er beließ es dabei. Wir gingen gemeinsam hinaus und besuchten ein paar Pferde; James gab Anweisungen, verteilte Kritik und Lob an die Pfleger.

Wir gingen an den Boxen entlang, und James betrat die Sattelkammer, um Sid Bescheid zu sagen, daß auch morgen nicht geritten werden konnte. Ganz unerwartet konnte ich nicht über die Schwelle. Ich wollte nicht hineingehen. Ich wußte, daß das albern war, aber das änderte nichts.

Der Zaumzeughaken hing von der Decke herab, und ein paar Lederriemen schwangen harmlos hin und her. Ich drehte mich um, starrte auf den Hof hinaus und fragte mich, ob ich so etwas jemals wiedersehen konnte, ohne mich zu erinnern.

Eineinhalb Kilometer von seinen Stallungen entfernt, in hügeliger Gegend, gehörte James ein altes, verlassenes Verwalterhaus. Früher war es von dem Mann bewohnt worden, der sich um die Galopper kümmerte, hatte mir James einmal erzählt, aber da es weder Strom, Leitungswasser noch hygienische Einrichtungen gab, wohnte der neue Platzwart im Dorf und fuhr mit dem Motorrad zur Arbeit.

Das alte Haus war auf einem überwachsenen Weg zu erreichen, der von einer wenig benützten Landstraße abzweigte; diese Straße führte nirgends hin, als sechs Kilometer weiter zur Hauptstraße. Sie bediente nur zwei Bauernhöfe und ein Privatwohnhaus und wurde wegen des geringen Verkehrs mit für das Training der Axminsterpferde verwendet.

Nachdem ich mich von James verabschiedet hatte, fuhr ich zum Haus hinauf. Ich hatte es noch nie von der Nähe gesehen und stellte jetzt fest, daß es vier Zimmer hatte und in einem kleinen, umzäunten Garten stand, durch den ein schmaler Weg von der Garten- zur Eingangstür führte. Jeder Raum hatte ein Fenster, zwei vorne, zwei hinten.

Ohne Schlüssel hineinzukommen, erwies sich als leicht, da fast alle Fensterscheiben zerbrochen waren; ich entriegelte eines der Fenster und stieg hinein.

Es roch muffig und ein wenig verfault. Wände und Dielen waren noch in gutem Zustand. Und in einem der Räume nur entdeckte ich Feuchtigkeit. Ich sah, daß alle vier Zimmer auf eine kleine Diele hinausgingen, und dachte mir während der Besichtigung, daß sich für meine Zwecke nichts Günstigeres finden ließ.

Ich ging zur Haustür hinaus, schlenderte nach hinten, holte Joannas Maßband aus der Tasche und maß den Fensterrahmen; neunzig Zentimeter hoch, einszwanzig breit. Dann marschierte ich wieder nach vorn, zählte die zerbrochenen Scheiben und maß eine davon ab. Schließlich fuhr ich zu James zurück und bat ihn, mir das Haus ein paar Tage zu leihen, um ein paar Dinge unterbringen zu können, für die ich in meinem Zimmer keinen Platz hatte.

»So lange Sie wollen«, billigte er geistesabwesend.

»Darf ich ein paar Fenster einglasen und ein neues Schloß anbringen lassen, damit mir nichts gestohlen wird?« fragte ich.

»Gern«, sagte er.

Ich bedankte mich, fuhr nach Newbury und ließ mir bei einem Glaser zehn Fensterscheiben, Kitt, eine Anzahl nach meinen Angaben zugeschnittene Rohre, einen Eimer, Schrauben, ein großes Schloß, einen Sack Zement, einen Eimer grüne Farbe, ein Kittmesser, einen Schraubenzieher, einen Spachtel und einen Pinsel herrichten. Ich lud alles in den Wagen und fuhr zu dem Haus zurück. Ich strich die verwitterte Eingangstür an und ließ sie zum Trocknen offen, wobei ich mir dachte, daß man es keinem Menschen übelnehmen konnte, wenn er in dieser einsamen Gegend nicht wohnen wollte.

Ich betrat eines der Hinterzimmer und zertrümmerte alle noch vorhandenen Glasscheiben. Draußen im Garten rührte ich Zement mit Wasser aus der Regentonne an und stellte sechs neunzig Zentimeter lange Eisenrohre aufrecht in einer Reihe quer in das Fenster. Dann ging ich um das Haus herum in die Diele und schraubte am Türpfosten und an der Tür desselben Zimmers die Beschläge für das Schloß an. Die Klinke an der Innenseite der Tür montierte ich ab.

Schließlich mußte ich noch das Glas im Fenster an der Vorderseite ersetzen, was mich am meisten Zeit kostete, weil ich den alten Kitt herauskratzen und den neuen einstreichen mußte, aber endlich war ich fertig, und mit den ganzen Fenstern und der frisch gestrichenen grünen Tür wirkte das Häuschen doch wesentlich freundlicher.

Ich lächelte vor mich hin, holte den Wagen und fuhr nach London zurück.

Der schottische Arzt trank mit Joanna Gin, als ich aufsperrte.

»Ach nein«, sagte ich unfreundlich.

»Doch«, brummte er. »Sie hätten gestern zu mir kommen sollen, erinnern Sie sich?«

»Ich hatte zu tun«, erwiderte ich.

»Ich seh' mir nur mal die Handgelenke an«, sagte er, stellte das Glas weg und stand entschlossen auf.

Ich seufzte, setzte mich an den Tisch und ließ mir die Verbände abnehmen. Sie waren wieder blutig.

»Hab' ich Ihnen nicht gesagt, Sie sollen vorsichtig sein?« fragte er streng. »Wie soll denn das heilen? Was haben Sie gemacht?«

Ich hätte sagen können, ›Schrauben eingeschraubt, Kitt herausgekratzt und zementiert‹, aber statt dessen murmelte ich nur: »Nichts.«

Gereizt klatschte er mir einen frischen Verband auf die Wunde, und ich zuckte zusammen.

»Also«, sagte er, als er fertig war, »machen Sie mal ein bißchen Pause. Und kommen Sie am Freitag in die Sprechstunde.«

»Am Samstag«, korrigierte ich. »Am Freitag bin ich nicht in London.«

»Also gut, am Samstag vormittag. Aber bestimmt.« Er hob sein Glas, leerte es und verabschiedete sich freundlich, aber nur von Joanna. Sie kam lachend zurück, nachdem sie ihn hinausgeleitet hatte.

»Sonst ist er nicht so unfreundlich«, meinte sie. »Aber ich glaube, er argwöhnt, daß wir uns irgendeiner tollen Orgie hingegeben haben, weil du ihm nicht sagen wolltest, wo du dir das geholt hast.«

»Da hat er recht«, sagte ich mürrisch.

Zum dritten Mal legte ich mich aufs Sofa und lag in der Dunkelheit wach, Joannas leisen Atemzügen lauschend. Jeden Tag fragte sie zögernd, ob ich noch eine Nacht bleiben wolle, und da ich nicht die Absicht hatte zu verschwinden, solange noch die Chance bestand, ihren Widerstand wegzuschmelzen, nahm ich die Einladung jedesmal an, obwohl mir von Tag zu Tag klarer wurde, daß kein Brot besser gewesen wäre. Ein halber Laib, in Gestalt von Joanna, die fünf Meter von mir entfernt im Bett schlief und in einem hübschen Nachthemd ins Badezimmer zu laufen pflegte, war außerordentlich unbefriedigend.

Aber ich hätte ohne Schwierigkeiten entweichen und zu einem weniger quälenden Nachtschlaf in mein eigenes Bett zurückkehren können; wenn ich das nicht tat, war es meine eigene Schuld, und das machte ich ihr auch klar, wenn sie sich jeden Morgen dafür entschuldigte, unfair zu mir zu sein.

Am Mittwoch vormittag ging ich zu einer großen Fotoagentur und bat um ein Bild von Maurice Kemp-Lores Schwester Alice. Ich bekam einen ganzen Stoß Fotografien vorgelegt. Alice war ein auffallendes Mädchen mit dunklem Haar, vorstehenden Backenknochen, schmalen, brennenden Augen und strengem Mund. Nicht mein Geschmack. Ich kaufte ein Exemplar eines Bildes, auf dem sie Sportjacke und Kopftuch trug. Dann fuhr ich zum Büro der Steuerberater meiner Eltern und überredete Mr. Stewart dazu, mir zuerst eine Schreibmaschine und dann seinen Fotokopierapparat zu überlassen.

Auf einfaches Papier schrieb ich einen Bericht über Kemp-Lores Verhalten gegenüber Grant Oldfield und fügte hinzu, daß als Folge von Axminsters Vertrauen in Kemp-Lores Anschuldigung Oldfield seine Stellung verloren, einen Nervenzusammenbruch erlitten und Behandlung in der Nervenklinik durchgemacht hatte.

Ich fertigte von diesem Bericht zehn Abschriften an und stellte dann mit dem Fotokopierapparat je zehn Kopien der Erklärungen von Lubbock und James her.

Ich bedankte mich bei Mr. Stewart und fuhr zu Joanna zurück.

Ich zeigte ihr das Foto von Alice Kemp-Lore.

»Aber sie gleicht ihrem Bruder gar nicht«, sagte Joanna. »Der Bahnbeamte in Cheltenham kann sie nicht gesehen haben.«

»Nein«, gab ich zu. »Es war Kemp-Lore selbst. Kannst du ihn mit einem Kopftuch zeichnen?«

Sie holte ein Blatt Zeichenpapier und skizzierte mit Kohle das Gesicht, das ich jetzt mit Widerwillen in meinen Träumen zu sehen pflegte.

»Ich habe ihn nur im Fernsehen gesehen«, meinte sie. »Es ist nicht besonders gut.« Sie fügte ein Kopftuch hinzu und ließ mit ein paar Strichen die Andeutung einer Locke über der Stirn entstehen. Dann legte sie den Kopf zur Seite, betrachtete ihr Werk und betonte die Lippen, bis sie dunkel und voll wirkten. »Lippenstift«, sagte sie erklärend. »Kleidung?«

»Reithose und Sportsakko. Das einzige, was Männer und Frauen gleich gut tragen können.«

»Donnerwetter«, sagte sie und starrte mich an. »War doch einfach, nicht? Herr mit Lippenstift und Kopftuch, und schon war er nicht wiederzuerkennen.«

Ich nickte. »Aber er hat die Leute immer noch an Maurice Kemp-Lore erinnert.«

Sie zeichnete Kragen, Krawatte und die Schultern eines Sakkos mit Revers. Eine hübsche Reiterin schälte sich immer deutlicher heraus. Ich bekam eine Gänsehaut.

Joanna sah mich mitfühlend an.

»Du kannst es kaum ertragen, ihn anzusehen, nicht wahr?« sagte sie. »Und du sprichst im Schlaf.«

Ich rollte das Blatt zusammen, tippte ihr damit auf den Kopf und sagte: »Dann kauf' ich dir Watte für die Ohren.«

»Das war aber ein großes Risiko, sich als Mädchen auszugeben«, meinte sie lächelnd.

»Ich glaube nicht, daß er es länger durchgehalten hat als unbedingt nötig. Nur so lange, um unerkannt vom Timberley nach Cheltenham zu kommen.«

Ich steckte die Unterlagen in große Umschläge und klebte sie zu. Einen adressierte ich an den Vorsitzenden und vier gewichtige Mitglieder des National Hunt Committee. Einen an den Generaldirektor der Universal Television, einen an Ballerton und einen an Corin Kellar, um ihnen die tönernen Füße ihres Idols zu zeigen. Einen an James. Und einen an Maurice Kemp-Lore.

»Kann er dich nicht wegen Verleumdung verklagen?« fragte Joanna, die mir über die Schulter sah.

»Ausgeschlossen«, sagte ich. »Bei Verleumdungsklagen gibt es die Begründung, daß man in Wahrnehmung berechtigter Interessen gehandelt hat. Man muß nur beweisen können, daß die Behauptungen stimmen, das ist alles.«

»Hoffentlich hast du recht«, sagte sie zweifelnd, während sie die Briefmarken aufklebte.

»Mach dir keine Sorgen. Er verklagt mich nicht«, bemerkte ich entschieden.

Ich legte neun Umschläge auf das Bücherregal und den zehnten, den Umschlag ohne Briefmarken für Kemp-Lore, quer.

»Wir geben die Briefe am Freitag auf«, sagte ich. »Und den einen stelle ich selber zu.«

Donnerstag morgen um halb neun führte Joanna das Telefongespräch, von dem so viel abhing.

Ich wählte die Nummer von Kemp-Lores Londoner Wohnung. Als das Freizeichen ertönte, hörten wir ein Knacken, dann bat uns ein automatischer Anrufbeantworter, mitzuteilen, was wir wünschten. Joanna hob die Brauen; ich schüttelte den Kopf, und sie legte auf, ohne etwas zu sagen.

»Nicht zu Hause«, sagte ich unnötigerweise. »Verflucht.«

Ich gab ihr die Nummer vom Haus seines Vaters in Essex, und kurze Zeit später war die Verbindung hergestellt. Sie sprach mit der Person, die sich meldete, nickte mir zu, legte die Hand auf die Muschel und sagte: »Er ist da. Sie holen ihn. Ich . . . ich hoffe nur, daß ich nichts verpfusche.«

Ich schüttelte ermutigend den Kopf. Wir hatten genau geprobt, was sie sagen mußte. Sie befeuchtete die Lippen und sah mich ängstlich an.

»Oh? Mr. Kemp-Lore?« Sie konnte großartig den Cockney-Dialekt nachahmen, ohne zu übertreiben.

»Sie kennen mich nicht, aber ich hab' mir überlegt, ob ich Ihnen was sagen soll, was Sie in Ihrer Sendung gebrauchen können. Ich bewundere Ihre Sendung, wirklich. Sie ist prima, ich hab' mir immer gedacht . . .«

Seine Stimme quakte aus dem Hörer und unterbrach ihren Redeschwall.

»Was für Informationen?« wiederholte Joanna. »Na ja, Sie wissen schon, was so über die Sportleute geredet wird, die Aufputschungsmittel und Spritzen und dergleichen bekommen, und da hab' ich mir gedacht, ob es Sie interessieren würde, daß das auch Jockeis tun . . . Ich weiß es nur von einem, aber dann tun es sicher alle, wenn man nur dahinter käme . . . Welcher Jockei? Oh . . . äh . . . Robby Finn, Sie wissen schon, mit dem Sie am

Samstag im Fernsehen geredet haben, nachdem er gewonnen hat. Er war natürlich wieder aufgeputscht, haben Sie das nicht gemerkt? Sie sind so nah bei ihm gestanden, daß ich mir gedacht hab' ... Woher ich das weiß? Na ja, ich weiß es ... Sie wollen wissen, woher ich's weiß ... na ja, ich hab' ihm mal ein paar Sachen besorgt, ich arbeite bei einem Arzt ... da putz' ich, wissen Sie ... und er hat mir gesagt, was ich bringen soll. Hören Sie mal, ich will keine Schwierigkeiten, das wollt' ich nicht ... ich glaub', ich häng' lieber auf ... ich soll nicht auflegen? Sie sagen es bestimmt nicht weiter, daß ich die Sachen genommen hab?

Warum ich Ihnen das sag' ... er hat mich im Stich gelassen, der gemeine Kerl. Und ich hab' so viel für ihn getan ... Ich wollte eigentlich einem Reporter Bescheid sagen, aber ich hab' mir gedacht, vielleicht interessiert es Sie auch. Ich kann ja auch eine Zeitung anrufen, wenn Sie lieber ... nachprüfen, was heißt nachprüfen? ... Sie können mir das am Telefon nicht abnehmen. Na ja. Sie können zu mir kommen, wenn Sie wollen ... nein, heute nicht, ich bin den ganzen Tag in der Arbeit. Ja, gut, morgen vormittag. Wie Sie hinkommen? ... Sie fahren nach Newbury und dann Richtung Hungerford ...« Sie erklärte ihm genau den Weg, und er schrieb sich alles auf. »Das ist das einzige Haus dort, Sie können es nicht verfehlen. Ja, ich warte auf Sie, gegen elf. Gut. Wie ich heiße? ... Doris Jones. Ja. Stimmt. Mrs. Doris Jones ... Wiederhören.« Im Hörer knackte es, als er auflegte.

Sie legte langsam den Hörer auf die Gabel und sah mich ernsthaft an. »Er hat es geschluckt«, sagte sie.

Als die Banken öffneten, machte ich mich auf den Weg und hob hundertfünfzig Pfund ab. Joanna hatte recht; was ich tat, war kompliziert und teuer; aber Kemp-Lore hatte auch Geld ausgeben und Komplikationen in Kauf nehmen müssen, wenigstens erwies ich ihm das Kompliment, seine Methoden zu kopieren. Um das Geld tat es mir nicht leid; wozu ist es gut, wenn man damit nicht erreicht, was man will? Was ich wollte, ob bewundernswert oder nicht, war, ihm mit gleicher Münze heimzuzahlen.

Ich fuhr zu dem Farmer, der mir versprochen hatte, mir den Land Rover mit Anhänger zu leihen. Als ich gegen Mittag dort ankam, standen die Fahrzeuge bereit, und bevor ich wegfuhr, kaufte ich dem Farmer zwei Ballen Stroh und einen Ballen Heu ab, die wir hinten im Land Rover verstauten. Ich versprach ihm, am Abend zurück zu sein, und machte mich auf den Weg, um die erste Verabredung mit einem Pferdeverkäufer einzuhalten.

Das erste Jagdpferd, ein alter grauer Wallach in Northhamptonshire, war so lahm, daß er kaum aus der Box konnte, und selbst die verlangten sechzig Pfund waren zu viel für ihn. Ich schüttelte den Kopf und fuhr nach Leicestershire.

Bei dem zweiten Besuch fand ich eine braune Stute vor, die zwar ganz gut ging, aber nicht viel Luft hatte, wie ich bei einem kurzen Proberitt herausfand. Sie war groß, ungefähr zwölf Jahre alt und schlacksig, aber ruhig und recht geduldig; sie stand nur zum Verkauf, weil sie nicht so schnell ging, wie es ihr Besitzer wünschte. Ich handelte ihn von hundert Pfund auf fünfundachtzig herunter und schloß das Geschäft ab; dann lud ich die Stute, die Buttonhook hieß, in den Anhänger und fuhr nach Süden, Richtung Berkshire.

Drei Stunden später, um halb sechs, steuerte ich den Land Rover auf den Weg zu dem kleinen Haus und hielt hinter dem Gebüsch in einiger Entfernung vom Garten. Buttonhook mußte im Anhänger warten, während ich das Stroh hineintrug und in dem Zimmer mit den Eisenrohren am Boden ausbreitete, ihr einen Eimer Wasser aus der Regentonne brachte und einen Arm voll Heu ins Zimmer trug und in die Ecke hinter der Tür warf.

Buttonhook kam brav aus dem Anhänger heraus und machte keine Schwierigkeiten, als ich sie durch den Garten ins Haus und durch die Diele in den für sie hergerichteten Raum führte. Ich gab ihr Zucker und kraulte sie hinter den Ohren. Da sie sich recht wohlzufühlen schien, ging ich nach einer Weile in die Diele hinaus, machte die Tür zu und brachte das schwere Schloß an. Dann ging ich um das Haus herum und rüttelte an den Gitterstäben, um zu sehen, ob sie auch hielten. Sie waren fest einzementiert. Die Stute kam ans Fenster und versuchte, den Kopf hinauszustecken, aber es ging nicht. Ich steckte die Hand hinein, streichelte ihre Nüstern, und sie blies mich zufrieden an. Dann drehte sie sich um, ging zu der Ecke, wo das Heu lag, und begann zu fressen.

Ich warf das restliche Heu und Stroh in eines der vorderen Zimmer, schloß die Eingangstür, manövrierte den Anhänger mühsam auf den Weg zurück und fuhr nach Bedfordshire. Ich lieferte den Land Rover mit dem Anhänger beim Besitzer ab, bedankte mich und fuhr mit dem Leihwagen zu Joanna zurück.

Als ich eintrat, küßte sie mich. Sie sprang vom Sofa auf, wo sie gelesen hatte, und küßte mich auf den Mund. Das geschah ganz spontan, ohne Überlegung und überraschte uns beide. Ich legte ihr die Hände auf die Arme, lächelte sie ungläubig an und sah die Überraschung in ihren schwarzen Augen zu Verwirrung und schließlich zu Angst werden. Ich nahm die Hände weg und wandte mich ab, um ihr Zeit zu lassen, zog den Anorak aus und sagte gelassen über die Schulter: »Der Mieter ist im Haus. Eine große, braune Stute, sehr brav.«

Ich hängte den Anorak in den Schrank.

»Ich war nur so . . . froh, dich wiederzusehen«, sagte sie mit hoher Stimme.

»Fein«, meinte ich. »Kann ich mir ein paar Eier machen«

»Wir haben Pilze für ein Omelett«, sagte sie mit fast normaler Stimme.

»Großartig«, lobte ich, als ich in die Küche ging. »Aber noch nicht geputzt, was?«

»Ach du lieber Himmel, nein«, klagte sie, ging mir nach und begann zu lächeln. Sie machte mir das Omelett, ich erzählte ihr von Buttonhook, und der peinliche Augenblick war überwunden.

Später erklärte sie mir, daß sie mich am nächsten Morgen zu dem Haus begleiten wolle.

»Nein«, sagte ich.

»Doch«, erwiderte sie hartnäckig. »Er erwartet, daß Mrs. Doris Jones ihm die Tür öffnet.«

Ich konnte sie nicht davon abbringen. »Du hast doch sicher auch nicht daran gedacht, Vorhänge an die Fenster zu hängen?« meinte sie. »Wenn er nicht allzu argwöhnisch werden soll, muß alles ganz natürlich aussehen.«

Sie holte bedruckten Bauwollstoff aus einer Schublade und zeigte ihn mir. »Den hab' ich noch nie verwendet . . . Wir können ihn so anbringen, daß er aussieht wie ein Vorhang.« Sie holte Stecknadeln und eine Schere, dann rollte sie den alten Teppich zusammen, auf dem die Staffelei stand, und nahm ein Blumenbild von der Wand.

»Wozu soll denn das gut sein?« fragte ich.

»Für die Diele natürlich. Sie muß bewohnt aussehen.«

»Okay, du Genie«, sagte ich. »Du kannst mitkommen.«

Wir legten alle Sachen, die sie mitnehmen wollte, neben die Tür und ergänzten sie noch durch zwei Pakete Würfelzucker, die große Stablampe und einen Besen.

Nach dem Kuß war mir das Sofa noch unwillkommener als vorher.

17

Wir machten uns früh auf den Weg und erreichten das Haus vor neun Uhr, weil allerhand zu tun war, bevor Kemp-Lore eintraf.

Ich versteckte den Wagen hinter dem Gebüsch, und wir trugen den Teppich und die anderen Sachen ins Haus. Buttonhook stand gesund und munter in ihrem Zimmer und begrüßte uns mit leisem Wiehern, als wir die Tür öffneten. Während ich das Stroh wendete und ihr frisches Heu und Wasser brachte, säuberte Joanna, fröhlich vor sich hinsummend, die Fenster an der Vorderseite des Hauses.

Der Kitt an den neuen Scheiben war hart geworden. Und nachdem ich Buttonhook versorgt hatte und Joanna ein paar Schritte zurücktrat, um das blitzende Glas zu bewundern, holte ich den Farbtopf und begann die teilweise abgeblätterte schwarze Farbe und den blassen neuen Kitt mit einer hellen grünen Haut zu überziehen. Joanna sah mir eine Weile zu, dann ging sie hinein. Sie legte den Teppich in der kleinen Diele auf, und ich hörte sie einen Nagel in die Wand schlagen, um das Bild an einer Stelle aufzuhängen, wo es keinem Besucher entging. Dann bearbeitete sie die Innenseite der Fensterscheiben, während ich draußen die Rahmen strich. Sie schnitt den Stoff in Bahnen zurecht und brachte ihn so an, daß er einem Vorhang glich.

Als wir beide fertig waren, stellten wir uns an das Gartentor und bewunderten unser Werk. Mit der frischen Farbe, den hübschen Vorhängen und dem durch die halb geöffnete Tür sichtbaren Teppich nebst Bild wirkte das Haus gemütlich und gepflegt.

»Hat es einen Namen?« fragte Joanna.

»Ich glaube nicht. Soviel ich weiß, war es immer nur als Platzwarthaus bekannt.«

»Wir sollten es ›Sonnentau‹ nennen«, meinte sie.

»Nach dem Sieger im Grand-National-Rennen?« sagte ich erstaunt.

»Nein«, erwiderte sie ernsthaft, »nach der fleischfressenden Pflanze.«

Ich legte den Arm um ihre Taille. Sie bewegte sich nicht.

»Du bist vorsichtig, nicht wahr?« sagte sie.

»Ja, bestimmt«, versicherte ich ihr. Ich schaute auf die Uhr. Es war zwanzig Minuten vor elf Uhr.

»Wir gehen besser hinein, falls er vielleicht zu früh kommt.«

Wir gingen hinein, machten die Haustür zu und setzten uns auf den Rest des Heuballens, von wo aus wir das Gartentor im Augen behalten konnten.

Ein paar Minuten vergingen. Joanna schauderte.

»Ist dir so kalt?« fragte ich besorgt. In der Nacht hatte Frost geherrscht, und im Haus gab es natürlich keine Heizung. »Wir hätten einen Ofen mitbringen sollen.«

»Ich glaube, es liegt ebenso an den Nerven wie an der Kälte«, meinte sie.

Ich legte den Arm um ihre Schultern, sie lehnte sich an mich, und ich küßte sie auf die Wange. Ihre schwarzen Augen sahen mich ernst und gewappnet an.

»Wir sind nur ganz entfernt verwandt«, sagte ich.

Sie rührte sich nicht.

»Du brauchst dir wirklich keine Gedanken zu machen«, drängte ich.

Sie schwieg. Ich hatte plötzlich das Gefühl, daß, wenn ich jetzt verlor, alles zu Ende war, und ein bleierner Klumpen Verzweiflung setzte sich in meinem Magen fest.

»Niemand verbietet eine Heirat zwischen Vetter und Cousine«, sagte ich langsam. »Das Gesetz läßt sie zu, die Kirche läßt sie zu, und das wäre doch nicht der Fall, wenn da irgend etwas unmoralisch wäre.« Ich machte eine Pause, aber sie sah mich immer noch ernst an und schwieg. Ohne große Hoffnung fuhr ich fort: »Ich versteh' dich da einfach nicht.«

»Das ist reiner Instinkt«, meinte sie. »Ich versteh's selber nicht. Ich habe es jedenfalls immer für falsch . . . und unmöglich gehalten.«

Es blieb eine Weile still.

»Ich glaube, ich schlafe heute hier im Dorf«, sagte ich, »und reite morgen mit den Pferden hinaus. Ich habe diese Woche sowieso gefaulenzt.«

Sie setzte sich auf. »Nein«, sagte sie abrupt. »Komm wieder zu mir.«

»Ich kann nicht, ich kann nicht mehr«, rief ich.

Sie stand auf, ging zum Fenster und starrte hinaus. Minuten vergingen. Dann drehte sie sich um, setzte sich auf das Fensterbrett, mit dem Rücken zum Licht, so daß ich ihren Gesichtsausdruck nicht erkennen konnte.

»Das ist ein Ultimatum, nicht wahr?« fragte sie leise. »Entweder ich heirate dich, oder du gehst für immer weg?«

»Ich stelle dir doch keine Bedingungen«, protestierte ich. »Aber wir können so nicht weitermachen. Ich wenigstens nicht. Nicht, wenn du dir ohne jeden Zweifel darüber klar bist, daß du deine Meinung nie ändern wirst.«

»Vor dem letzten Wochenende gab es für mich überhaupt kein Problem«, sagte sie. »Du warst einfach etwas, das ich nicht haben konnte ... etwas Hübsches, aber Verbotenes. Und jetzt« – sie versuchte zu lachen – »jetzt ist es, als könnte ich nicht genug davon bekommen. Ich bin ganz durcheinander.«

»Komm her«, sagte ich. Sie kam herüber und setzte sich wieder neben mich auf den Heuballen. Ich nahm ihre Hand.

»Würdest du mich heiraten, wenn ich nicht dein Vetter wäre?« Ich hielt den Atem an.

»Ja«, sagte sie schlicht. Ohne Vorbehalte, ohne Zögern.

Ich drehte mich zur Seite, nahm ihren Kopf in meine Hände und sah ihr in die Augen. Diesmal war nichts von Panik zu spüren. Ich küßte sie, sanft und zärtlich.

Ihre Lippen zitterten, aber ihr Körper wurde nicht starr, wich nicht instinktiv zurück, wie noch vor einer Woche. Wenn sieben Tage so viel zu ändern vermögen, was kann dann in sieben Wochen passieren? dachte ich.

Ich habe nicht verloren. Die Kälte in meinem Magen schmolz dahin. Ich setzte mich wieder auf den Heuballen, hielt Joannas Hand fest und lächelte sie an.

»Alles wird gut werden«, sagte ich. »Daß du meine Cousine bist, wird dich bald nicht mehr stören.«

Sie sah mich einen Augenblick lang verwundert an, dann zuckte es um ihre Mundwinkel. »Ich glaub' dir«, flüsterte sie. »Weil ich in meinem ganzen Leben noch keinen Menschen gesehen habe, der so entschlossen ist wie du. Das war immer schon so bei dir, es ist dir egal, was es dich kostet, wenn du erreichen willst, was du dir wünscht ... wie bei dem Rennen am letzten

Samstag, und das mit dem Haus hier, und unser Zusammensein in dieser Woche . . . mein Instinkt wird sich also daran gewöhnen müssen, daß wir weitläufig verwandt sind, sonst schleppst du mich noch zu Claudius Mellit, damit er mich analysiert oder einer Gehirnwäsche unterzieht. Ich werde mich bemühen«, schloß sie ernsthafter, »dich nicht sehr lange warten zu lassen.«

»In diesem Fall schlafe ich weiterhin auf deinem Sofa, so oft wie möglich, damit ich bei der Hand bin, wenn es soweit ist«, meinte ich.

Sie lachte. »Ab heute abend?« fragte sie.

»Ich glaub' schon«, sagte ich lächelnd. »Mein Zimmer ist nämlich recht ungemütlich.« – »Au!« sagte sie.

»Aber ich muß auf jeden Fall am Sonntagabend wieder hier zurück sein. Ich muß mich wenigstens ein bißchen für die Pferde interessieren, seit James wieder mein Arbeitgeber ist.«

Wir blieben auf dem Heuballen sitzen und unterhielten uns gelassen, als sei nichts geschehen, und es war ja auch nichts passiert, bis auf ein Wunder, auf dem man zuverlässig eine Zukunft aufbauen konnte, das Wunder, daß Joannas Hand jetzt in der meinen lag. Die Minuten tickten dahin, bis es elf Uhr wurde.

»Wenn er nun nicht kommt«, sagte sie.

»Er kommt schon.«

»Es wäre mir beinahe lieber, wenn er nicht käme«, meinte sie. »Die Briefe genügen ja.«

»Du vergißt nicht, sie aufzugeben, wenn du zu Hause bist?« ermahnte ich.

»Natürlich nicht, aber ich würde am liebsten bleiben.« Ich schüttelte den Kopf.

Wir behielten das Gartentor im Auge. Der Minutenzeiger auf meiner Uhr rückte über die Zwölf hinaus.

»Er verspätet sich«, sagte sie.

Fünf nach elf, zehn nach elf.

»Er kommt nicht«, murmelte Joanna.

»Er kommt«, sagte ich.

»Vielleicht hat er Verdacht geschöpft, sich erkundigt und herausgefunden, daß hier keine Mrs. Doris Jones wohnt«, meinte sie.

»Er hat gar keinen Grund, argwöhnisch zu sein«, erklärte ich. »Nach dem Fernsehinterview am letzten Sonntag wußte er keinesfalls, daß ich ihm auf die Schliche gekommen war. Und was ich seither getan habe, kann er nicht erfahren haben. James und Tick-Tock haben mir fest versprochen, keinem Menschen etwas von dem gedopten Zucker zu erzählen. Kemp-Lore muß sich nach wie vor unverdächtig und unentdeckt fühlen. Wenn er seiner Sache so sicher ist, wie ich glaube, wird er eine Gelegenheit, etwas so Belastendes wie das mit dem angeblichen Doping zu erfahren, nicht ungenützt verstreichen lassen . . . und er wird kommen.«

Viertel nach elf.

Er mußte kommen. Ich entdeckte, daß alle meine Muskeln angespannt waren, als lauschte ich mit dem ganzen Körper, nicht nur mit den Ohren. Ich bewegte die Zehen im Schuh und versuchte, mich zu entspannen. Es gab Verkehrsstockungen, Pannen, Umleitungen, eine Unzahl von Dingen, die ihn aufhalten konnten. Der Weg war weit, und er mochte sich verschätzt haben, als er berechnet hatte, wie lange er brauchen würde.

Zwanzig nach elf.

Joanna seufzte und rutschte hin und her. Wir schwiegen zehn Minuten lang. Um halb zwölf sagte sie wieder: »Er kommt nicht.« Ich schwieg. Um elf Uhr dreiunddreißig hielt ein cremefarbener Aston Martin vor dem Gartentor, und Maurice Kemp-Lore stieg aus. Er streckte sich, steif vom langen Fahren, und besichtigte das Haus. Er trug einen großartig geschnittenen Sportsakko zu einer Cordhose, jede seiner Bewegungen verriet Eleganz und Grazie.

»Donnerwetter, sieht der gut aus«, hauchte mir Joanna ins Ohr. »Das kommt im Fernsehen gar nicht richtig zur Geltung. Man kann sich kaum vorstellen, daß jemand, der so jung und nobel aussieht, anderen Leuten auch nur ein Haar krümmen könnte.«

»Er ist dreiunddreißig«, sagte ich, »Nero starb mit neunundzwanzig.«

»Du weißt wirklich die ausgefallensten Dinge«, murmelte sie.

Kemp-Lore schob den Riegel am Gartentor zurück, kam den Weg herauf und klopfte an die Haustür. Wir standen auf, Joanna nahm einen Halm von ihrem Rock, schluckte, lächelte mir unsicher zu und ging in die Diele hinaus. Ich folgte ihr und stellte mich an die Wand, wo ich verdeckt war, sobald sie die Tür öffnete.

Joanna fuhr sich mit der Zunge über die Lippen.

»Los«, flüsterte ich.

Sie legte die Hand auf die Klinke und öffnete die Tür.

»Mrs. Jones?« sagte die honigsüße Stimme. »Entschuldigen Sie die Verspätung.«

»Wollen Sie nicht 'reinkommen, Mr. Kemp-Lore?« bat Joanna mit ihrem Cockney-Akzent. »Ich freue mich sehr, Sie kennenzulernen.«

»Danke«, sagte er und trat über die Schwelle. Joanna wich zwei Schritte zurück, und Kemp-Lore folgte ihr in die Diele.

Ich stieß die Tür mit dem Fuß zu, packte Kemp-Lore von hinten an beiden Ellenbogen, riß ihn nach hinten und stieß ihn gleichzeitig vorwärts. Joanna öffnete die Tür zu Buttenhooks Zimmer, ich hob den Fuß und gab Kemp-Lore einen gewaltigen Tritt. Er taumelte durch die Tür, und ich sah ihn mit dem Gesicht nach unten im Heu liegen, bevor ich die Tür wieder geschlossen und das schwere Schloß eingeschnappt hatte.

»Das hat schön geklappt«, sagte ich befriedigt. »Vielen Dank für deine Hilfe.«

Kemp-Lore stieß mit den Füßen gegen die Tür. »Lassen Sie mich 'raus«, brüllte er. »Was denken Sie sich eigentlich?«

»Er hat dich nicht gesehen«, sagte Joanna leise.

»Nein. Ich glaube, wir lassen ihn im unklaren, bis ich dich nach Newbury zum Zug gebracht habe.«

»Ist das nicht zu unsicher?« fragte sie besorgt.

»Ich bleib' ja nicht lange weg«, versprach ich. »Los.«

Bevor ich sie nach Newbury fuhr, steuerte ich Kemp-Lores Wagen hinter das Gebüsch. Ich wollte vermeiden, daß irgendein neugieriger Ansässiger sich im Haus umsah. Dann brachte ich Joanna zum Bahnhof und fuhr sofort wieder zurück, je Fahrt zwanzig Minuten, und parkte wie gewöhnlich im Gebüsch.

Ich ging leise am Haus entlang zur Rückseite. Kemp-Lore hatte die Hände durch die scheibenlosen Fenster gesteckt und rüttelte an den Eisenrohren. Sie hatten sich keinen Millimeter bewegt.

Er hörte plötzlich auf, als er mich sah, und die Wut in seinem Gesicht machte fassungsloser Überraschung Platz.

»Wen haben Sie denn erwartet?« fragte ich.

»Ich weiß nicht, was hier los ist«, sagte er. »Irgendeine alberne Gans hat mich hier vor fast einer Stunde eingesperrt, dann ist sie weggegangen. Sie können mich 'rauslassen, aber schnell.« Sein Atem pfiff. »Da ist ein Pferd im Raum, und davon bekomme ich Asthma.«

»Ja«, sagte ich gleichmütig, ohne mich zu rühren. »Ja, ich

weiß.«

Jetzt begriff er. Seine Augen weiteten sich.

»Sie waren es, der mich . . .«

»Ja«, antwortete ich.

Er starrte mich an.

»Sie haben das absichtlich getan? Sie haben mich absichtlich mit einem Pferd zusammengesperrt?« Seine Stimme wurde lauter.

»Ja.«

»Warum denn?« schrie er. Er muß die Antwort schon gewußt haben, aber als ich nichts erwiderte, sagte er wieder, beinahe flüsternd: »Warum?«

»Ich lasse Ihnen eine halbe Stunde Zeit, sich das zu überlegen«, erwiderte ich und wandte mich zum Gehen.

»Nein«, rief er. »Mein Asthma wird immer schlimmer. Lassen Sie mich sofort heraus.«

Ich drehte mich um und trat ans Fenster. Sein Atem ging keuchend, aber er hatte noch nicht einmal den Kragen aufgemacht und die Krawatte gelockert. Er war nicht in Gefahr.

»Haben Sie keine Tabletten?« fragte ich.

»Selbstverständlich. Ich hab' sie schon genommen. Aber sie wirken nicht, wenn ein Pferd so nah bei mir ist. Lassen Sie mich 'raus.«

»Bleiben Sie am Fenster stehen und atmen frische Luft ein«, meinte ich.

»Es ist kalt«, wandte er ein. »Man kommt sich ja wie im Kühlhaus vor.«

Ich lächelte. »Vielleicht«, entgegnete ich. »Aber Sie haben ja Glück . . . Sie können sich bewegen, um sich warm zu halten, und Sie haben Ihr Sakko an. Und ich habe Ihnen nicht drei Eimer kaltes Wasser über den Kopf geschüttet.«

Er zuckte zusammen, und erst jetzt schien ihm klarzuwerden, daß er seine Freiheit nicht so ohne weiteres erlangen werde.

Als ich nach einer halben Stunde, während der ich ihn abwechselnd gegen die Tür treten und zum Fenster hinaus um Hilfe hatte schreien hören, zu ihm zurückkehrte, nahm er nicht mehr an, daß ich ihn den ganzen Weg von London hierher gelockt und mir die Mühe gemacht hatte, ein Zimmer in einen Stall zu verwandeln, nur um ihn bei der ersten Beschwerde wieder frei zu lassen.

Als ich wieder ans Fenster trat, sah ich, daß er Buttonhook abwehrte, die ihn zärtlich beschnupperte. Ich lachte roh, und er schien vor Wut beinahe zu ersticken.

»Nehmen Sie sie weg«, schrie er. »Sie läßt mich nicht in Ruhe! Ich kann nicht atmen!« Er hielt sich mit einer Hand an einem Rohr fest und schlug mit der anderen nach Buttonhook.

»Sie müssen nur nicht so viel Lärm machen, dann geht sie wieder zu ihrem Heu.«

Er starrte mich durch das Eisengitter an, das Gesicht von Wut, Haß und Angst verzerrt. Sein Asthma war wesentlich schlimmer geworden. Er hatte den Kragen aufgeknöpft, die Krawatte nach unten gezogen, und ich sah die heftigen Atembewegungen.

Ich legte das Paket Würfelzucker, das ich mitgebracht hatte, auf das Fensterbrett und zog die Hand schnell zurück, als er sie pakken wollte.

»Legen Sie ein paar Stückchen Zucker auf das Heu. Nur zu«, meinte ich, als er zögerte. »Der ist nicht gedopt.«

Sein Kopf zuckte hoch. Ich sah grimmig in seine Augen. »Achtundzwanzig Pferde!« sagte ich. »Angefangen hat es mit Shantytown. Achtundzwanzig schläfrige Pferde, die alle aus Ihrer Hand Zucker genommen haben, bevor sie ins Rennen gingen.«

Er nahm das Paket, riß es ungestüm auf und streute die Zukkerstücke auf das Heu in der anderen Ecke. Buttonhook, die ihm gefolgt war, senkte den Kopf und begann zu kauen. Er kam keuchend ans Fenster.

»Das machen Sie nicht ungestraft«, drohte er. »Ich bring' Sie dafür ins Gefängnis. Ich sorge dafür, daß man Sie fertigmacht.«

»Strengen Sie sich nicht so an«, sagte ich brüsk. »Ich habe Ihnen allerhand zu sagen. Wenn Sie sich dann noch bei der Polizei über die Behandlung beschweren wollen, meinetwegen.«

»Sie werden im Gefängnis sitzen, bevor Sie Ihren Namen sagen können«, zischte er. »Beeilen Sie sich und reden Sie endlich.«

»Ich soll mich beeilen?« sagte ich langsam. »Ja, es dauert schon ein Weilchen.«

»Sie müssen mich spätestens um halb drei 'rauslassen«, sagte er unvorsichtig. »Ich muß um fünf bei den Proben sein.«

Ich lächelte ihn an. Ich konnte spüren, daß es kein freundliches Lächeln war.

»Es ist kein Zufall, daß Sie gerade heute hier sind«, meinte ich.

Er riß den Mund auf. »Die Sendung!« sagte er.

»Muß ohne Sie stattfinden«, ergänzte ich.

»Aber Sie können doch –«, schrie er, nach Atem ringend. »Das können Sie nicht tun!«

»Warum denn nicht?« fragte ich sanft.

»Es ist . . . es ist Fernsehen«, brüllte er, als sei mir das unbekannt. »Millionen Menschen wollen die Sendung sehen.«

»Dann werden eben Millionen Menschen enttäuscht sein«, meinte ich.

Er hörte auf zu schreien und sog mühsam die Luft ein. »Ich weiß«, sagte er mit sichtbarem Bemühen, sich zu mäßigen, »daß Sie mich nicht im Ernst so lange hier behalten wollen, daß ich nicht mehr rechtzeitig ins Studio komme. Also gut«, er machte eine Pause, um wieder zu Atem zu kommen, »wenn Sie mich rechtzeitig zu den Proben gehen lassen, melde ich Sie nicht der Polizei. Ich werde das alles vergessen.«

»Ich bin dafür, daß Sie jetzt den Mund halten und mir zuhören«, empfahl ich. »Es fällt Ihnen wohl schwer zu begreifen, daß mir Ihr Einfluß oder der Gipfel, auf den die Öffentlichkeit Sie gestellt hat, völlig egal ist, genau wie Ihre charmante, synthetische Persönlichkeit. Das ist alles Betrug. Darunter findet man nur ein widerwärtiges Durcheinander aus Neid, Verkrampfung und Gemeinheit. Aber ich wäre Ihnen nicht auf die Schliche gekommen, wenn Sie nicht achtundzwanzig Pferde von mir gedopt und allen Leuten erzählt hätten, ich sei feige geworden. Sie können den Nachmittag mit der Überlegung verbringen, daß Sie Ihre Sendung heute abend nicht verpassen würden, wenn Sie nicht versucht hätten, mir den Ritt auf Template zu versalzen.«

Er stand regungslos da, mit bleichem Gesicht, auf dem plötzlich Schweißperlen hervortraten. »Das ist wirklich Ihr Ernst«, flüsterte er.

»Möchte ich meinen«, entgegnete ich.

»Nein«, sagte er. Ein Muskel in seiner Wange begann zu zukken. »Das können Sie nicht. Sie haben Template geritten, Sie müssen mich die Sendung machen lassen.«

»Sie machen überhaupt keine Sendungen mehr«, sagte ich, »weder heute abend noch irgendwann später. Sie sind nicht nur aus meiner persönlichen Rachsucht hierhergebracht worden, obwohl ich nicht bestreite, daß ich Sie letzten Freitagabend am liebsten umgebracht hätte. Ich habe Sie wegen Art Mathews, Peter Cloony und Grant Oldfield hergelockt. Wegen Danny Hicks, Ingersoll und allen anderen Jockeis, die Sie fertigmachen wollten.

Sie haben auf die eine oder andere Weise erreicht, daß sie ihre Stellung verloren, und jetzt werden Sie die Ihre verlieren.«

Zum erstenmal war er sprachlos. Seine Lippen bewegten sich, aber abgesehen von dem Pfeifen und Ächzen seines Atems brachte er keinen Ton heraus. Seine Augen schienen in die Höhlen zurückzusinken, und sein Unterkiefer hing herab, so daß seine Wangen seltsam eingefallen aussahen. Er wirkte wie eine Totenkopfkarikatur des gutaussehenden charmanten Weltmanns, der er gewesen war.

Ich nahm den an ihn adressierten Umschlag aus der Tasche und hielt ihn ihm hin. Er zog ihn mechanisch entgegen. »Machen Sie ihn auf«, sagte ich. Er zog die Blätter heraus und las sie. Er las sie zweimal, obwohl seinem Gesicht anzusehen gewesen war, daß er bereits beim erstenmal das Ausmaß der Katastrophe begriffen hatte.

»Wie Sie sehen, sind das Fotokopien«, sagte ich. »Weitere Ausfertigungen sind mit der Post unterwegs zum National Hunt Committee, zu Ihrem Chef beim Fernsehen und zu ein paar anderen Leuten. Sie werden sie morgen früh haben. Und niemand wird sich mehr wundern, warum Sie heute abend nicht in Ihrer Sendung erschienen.«

Er schien sich noch immer nicht gefangen zu haben. Er konnte nicht sprechen. Seine Hände zitterten. Ich schob ihm durch das Gitter das zusammengerollte Bild hinein, das Joanna gezeichnet hatte. Er rollte das Blatt auseinander. Ich konnte sehen, daß das ein zweiter schwerer Schlag für ihn war.

»Das hab' ich mitgebracht, damit Ihnen eindeutig klar ist, daß ich genau weiß, was Sie getrieben haben. Von vornherein wußten Sie, daß ein überall bekanntes Gesicht ein schweres Handikap ist, wenn man Dinge treibt, die man nicht ausreichend erklären konnte, zum Beispiel, wenn man einen alten Jaguar quer auf der Straße vor Peter Cloony stehen ließ.«

Wieder riß es ihm den Kopf hoch, als überrasche es ihn, daß ich soviel wußte.

Ich sagte gelassen: »Ein Bahnbeamter in Cheltenham sagte, Sie seien hübsch.« Ich lächelte schwach. In diesem Augenblick sah er ganz und gar nicht hübsch aus.

»Was den Jaguar betrifft«, fuhr ich fort, »habe ich noch keine Zeit gehabt, zu erfahren, woher er stammt, aber das läßt sich machen. Ich brauche mich nur zu erkundigen und das Kennzeichen in den Zeitungen zu veröffentlichen, den früheren Besitzer ausfindig machen ... so ungefähr. Mühsam, aber durchaus zu schaffen. Und wenn es nötig wird, kümmere ich mich darum. Wo Sie als Kunde auftreten, kennt Sie jeder. Sie müssen den Wagen in der Woche nach dem Vorfall mit dem Tanktransporter gekauft haben, weil Sie dadurch überhaupt erst auf die Idee gekommen sind. Glauben Sie, für diesen zeitlichen Zusammenhang eine plausible Erklärung beibringen zu können, nachdem Sie ihn an der bewußten Stelle abgestellt haben und gleich darauf verschwunden sind?«

Sein Mund stand offen, und der Muskel in seiner Wange zuckte.

»Die meisten Ihrer hinterhältigen Gerüchte«, sagte ich, das Thema wechselnd, »wurden für Sie von Corin Kellar und John Ballerton ausgestreut, weil Sie wußten, daß sie jeden Gedanken wiederholen würden, den Sie ihnen eingegeben hatten. Hoffentlich kennen Sie Corin gut genug, um zu wissen, daß er nie zu seinen Freunden hält. Wenn er morgen vormittag begriffen hat, was in dem Brief steht, und erfährt, daß auch andere Leute unterrichtet sind, wird kein Mensch Sie ärger belasten als er. Er wird zum Beispiel allen Leuten erzählen, daß Sie ihn auf Art Mathews gehetzt haben. Er ist nicht zu bremsen.

Sehen Sie«, schloß ich nach einer Pause, »ich halte es nur für gerecht, daß Sie soweit wie möglich genau das aushalten müssen, was Sie anderen Leuten angetan haben.«

Endlich konnte er wieder reden. Die Worte stieß er krächzend und keuchend hervor, und es machte ihm nichts mehr aus, sich bloßzustellen.

»Wie sind Sie dahintergekommen?« fragte er ungläubig. »Letzten Freitag wußten Sie noch nichts ...«

»Doch«, sagte ich. »Ich wußte genau, wie weit Sie gegangen waren, um Peter Cloony fertigzumachen. Ich wußte, daß Sie mich so haßten, daß Sie sogar einen Asthmaanfall riskierten, nur um meine Pferde dopen zu können. Ich wußte, daß mit dem Doping Schluß war, als ich Turniptop ritt. Vielleicht interessiert es Sie auch, zu erfahren, daß James Axminster nicht zufällig Ihnen den Zucker aus der Hand geschlagen hat. Ich hatte ihn darum gebeten. Er wußte Bescheid. Ich kannte Ihre hinterhältige, fanatische Eifersucht den Jockeis gegenüber. Ich brauchte Sie letzten Freitag nicht zu sehen, um Sie zu kennen. Es gab sonst keinen

Menschen, der mich ausschalten wollte.«

»Sie können das nicht alles gewußt haben«, rief er eigensinnig. »Sie wußten ja auch am Tag danach nichts, als ich Sie nach dem Rennen interviewte.« Seine Stimme wurde leiser, er rang nach Atem und starrte mich verzweifelt an.

»Sie sind nicht der einzige, der gleichzeitig lächeln und hassen kann«, sagte ich tonlos. »Das hab' ich von Ihnen gelernt.«

Er stöhnte auf, drehte mir den Rücken zu und verschränkte die Arme über dem Kopf in einer Haltung grenzenloser Verzweiflung. Es mag bedauerlich sein, aber er tat mir nicht im geringsten leid.

Ich ging um das Haus herum, betrat es durch die Eingangstür und setzte mich wieder auf das Heu im vorderen Zimmer. Es war dreiviertel zwei.

Der Nachmittag dehnte sich endlos.

Kemp-Lore schrie wieder eine Weile um Hilfe, aber niemand kam. Dann stieß er wieder gegen die Tür, aber er hatte keine Klinke, um daran zu zerren, und sie war zu massiv, um zu zerbrechen. Buttonhook wurde durch den Lärm wieder unruhig und begann zu scharren, und Kemp-Lore brüllte verzweifelt: »Lassen Sie mich 'raus, lassen Sie mich 'raus, lassen Sie mich 'raus.«

Joanna hatte vor allem befürchtet, daß sein Asthma sich zu einem gefährlichen Anfall steigern könnte, und mich wiederholt gewarnt, vorsichtig zu sein. Ich sagte mir aber, daß er nicht ernsthaft in Gefahr sein konnte, solange er so laut schreien konnte. Ich saß da und hörte ihm zu, ohne nachzugeben. Die Stunden vergingen langsam, gekennzeichnet nur durch die Wutanfälle im Hinterzimmer, während ich mich bequem auf dem Heu ausstreckte und Tagträumen über Joanna nachhing.

Gegen fünf Uhr blieb es lange Zeit still. Ich stand auf, ging um das Haus herum und schaute durch das Fenster hinein. Er lag mit dem Gesicht nach unten im Stroh bei der Tür und rührte sich nicht.

Ich rief ihn beim Namen, aber als er sich nicht bewegte, wurde ich unruhig und entschied, daß ich nachsehen mußte, ob alles in Ordnung war. Ich kehrte in die Diele zurück, schloß die Haustür und sperrte das Schloß am Hinterzimmer auf. Die Tür öffnete sich nach innen, und Buttonhook, die den Kopf hob, begrüßte mich mit leisem Wiehern.

Kemp-Lore lebte, soviel stand fest. Seine mühsamen, gequälten Atemzüge waren deutlich zu hören. Ich bückte mich über ihn, um zu sehen, wie es ihm ging, aber ich kam nicht dazu, ihn umzudrehen oder seinen Puls zu fühlen. Als ich auf einem Knie neben ihm kauerte, warf er sich hoch und auf mich, so daß ich zu Boden stürzte, und sprang wie der Blitz zur Tür. Ich erwischte ihn beim Schuh, der fünf Zentimeter vor meinem Gesicht vorbeizischte, und riß ihn zurück. Er fiel mit dem ganzen Gewicht auf mich. Wir rollten auf Buttonhook zu, während ich mich bemühte, ihn auf dem Boden zu halten, und er sich wie ein Tiger wehrte. Die Stute bekam Angst. Sie drängte sich an die Wand, um uns auszuweichen, aber das Zimmer war klein, und unsere Rauferei führte uns zwischen Buttonhooks Füße und unter ihren Bauch. Sie stieg vorsichtig über uns hinweg und auf die offne Tür zu.

Kemp-Lores linke Hand umklammerte mein rechtes Handgelenk, was mich stark behinderte. Selbst wenn er ein Hellseher gewesen wäre, hätte er keine günstigere Stelle finden können. Ich schlug ihm mit der linken Hand ins Gesicht und auf den Hals, aber ich war zu nahe, um das ganze Gewicht dahinterlegen zu können, und hatte außerdem genug zu tun, seinen gezielten Schlägen auszuweichen.

Nachdem ihm der Vorteil der Überraschung entrissen war, schien er sich zu sagen, daß er mich nur loszuwerden vermochte, wenn er mich bei den Haaren packte und meinen Kopf gegen die Wand hämmerte, weil er das mehrmals versuchte.

Er war erstaunlich stark, weit stärker, als ich angesichts seines Asthmas erwartet hatte, und die Wut und Verzweiflung, die ihn antrieben, glühten in seinen Augen wie ein Feuer.

Er wäre wahrscheinlich Sieger geblieben, wenn mein Haar nicht so kurz gewesen wäre, aber seine Finger rutschen ab, als ich den Kopf heftig bewegte, und beim dritten Versuch, meinen Kopf an die Wand zu stoßen, gelang es mir auch, die rechte Hand zu befreien.

Ich holte aus und landete einen rechten Haken in seinen kurzen Rippen. Die Luft entwich beinahe schrill pfeifend aus seiner Lunge. Er wurde graugrün im Gesicht, glitt schlaff von mir herunter, keuchend, würgend und verzweifelt nach Luft ringend. Ich zerrte ihn hoch und taumelte mit ihm zum Fenster, wo ihm die frische Luft ins Gesicht wehte. Nach drei oder vier Minuten kehrte Farbe in sein Gesicht zurück, sein Brustkorb beruhigte sich, und Kraft schien in seine Beine zurückzukehren.

Ich klemmte seine Finger um den Fensterrahmen und ließ ihn los. Er schwankte ein bißchen, hielt sich aber fest, und einen Augenblick später stolperte ich zur Tür hinaus und brachte das Schloß wieder an.

Buttonhook war inszwischen ins vordere Zimmer gewandert und fraß dort geruhsam Heu. Ich lehnte mich erschöpft an die Wand und sah ihr zu, während ich mich innerlich für meine Dummheit verfluchte. Ich war mitgenommen, nicht nur durch den Kampf selbst, sondern auch durch die Kraft, mit der Kemp-Lore gekämpft hatte. Und durch die schockierende Wirkung meines letzten Schlages. Ich kätte mir darüber im klaren sein müssen, daß man einen Asthmatiker nicht mit einem derartigen Schlag kampfunfähig machen durfte.

Im Hinterzimmer war es still. Ich richtete mich auf und ging ums Haus herum zum Fenster. Er stand da, hielt sich noch immer am Rahmen fest, während ihm die Tränen übers Gesicht liefen.

Er atmete wieder normaler, das Asthma war abgeklungen, und schlimmer konnte es jetzt nicht mehr werden, weil Buttonhook sich nicht mehr bei ihm aufhielt.

»Verdammter Dreckskerl«, sagte er. »Verdammter Dreckskerl, verdammter Dreckskerl.«

Es gab nichts zu sagen.

Ich ging wieder zu Buttonhook und legte ihr das Halfter an. Ich hatte mich eigentlich erst später mit ihr befassen wollen, nachdem Kemp-Lore frei war, aber unter den gegebenen Umständen beschloß ich, es sofort zu tun, solange es noch hell war.

Ich führte sie aus dem Haus und durch das Gartentor, stieg auf und ritt zwischen den beiden im Gebüsch verborgenen Autos auf den Hügel hinauf.

Zwei Kilometer weiter erreichte ich ein Gatter vor einem Feld, das einem Farmer gehörte, für den ich schon geritten war. Ich stieg ab, öffnete das Gatter, und führte sie hindurch. Dann ließ ich sie laufen. Sie war so gutmütig, daß es mir leid tat, sie hergeben zu müssen, aber ich konnte sie nicht im Haus behalten, konnte ein altes Jagdpferd auch nicht in James' Stall stellen und verlangen, daß sich seine Pfleger um sie kümmerten. Ich konnte aber auch um sechs Uhr abends keinen Käufer finden und wußte im übrigen nicht, was ich sonst mit ihr tun sollte. Ich tätschelte ihr den Hals und gab ihr eine Handvoll Zucker. Dann schlug ich ihr klatschend auf die Hinterbacken und sah meine fünfundachtzig

Pfund wie eine Zweijährige über das Feld galoppieren. Der Farmer würde zweifellos überrascht sein, eine fremde Stute auf seinem Land zu finden, aber es war nicht das erste Mal, daß Pferde auf diese Weise ausgesetzt wurden, und ich zweifelte nicht daran, daß er sie gut behandeln würde.

Ich drehte mich um und ging den Hügel hinunter zum Haus zurück. Es begann dunkel zu werden, und das kleine Gebäude lag wie ein Schatten in der Senke, als ich durch die Bäume und Büsche hinunterschritt. Alles war still, und ich ging leise durch den Garten zum hinteren Fenster.

Er stand immer noch dort. Als er mich sah, sagte er ganz leise: »Lassen Sie mich 'raus.«

Ich schüttelte den Kopf.

»Dann rufen Sie wenigstens meine Firma an und sagen Sie, daß ich krank bin. Es geht doch nicht, daß alle bis zur letzten Minute auf mich warten.«

Ich schwieg.

»Telefonieren Sie«, sagte er wieder.

Ich schüttelte den Kopf.

Er schien in sich zusammenzusinken. Er streckte die Hände durch das Gitter und preßte die Stirn an den Fensterrahmen.

»Lassen Sie mich 'raus.«

Ich sagte nichts.

»Um Himmels willen, lassen Sie mich 'raus!«

Um Himmels willen.

»Wie lange wollten Sie mich in der Sattelkammer lassen?«

Sein Kopf zuckte hoch, als hätte ich ihn geschlagen. Er zog die Hände zurück und umklammerte die Eisenrohre.

»Ich bin zurückgefahren, um Sie loszubinden«, sagte er hastig. »Sofort nach der Sendung. Aber Sie waren fort. Jemand hat Sie ziemlich bald gefunden und befreit, weil Sie am nächsten Tag reiten konnten.«

»Und Sie haben die Sattelkammer leer gefunden?« fragte ich. »Sie wußten also, daß mir nichts passiert war?«

»Ja«, sagte er eifrig. »Ja, so war's. Ich hätte Sie sowieso nicht lange dort hängen lassen, weil durch die Fesseln die Blutzirkulation abgeschnitten war.«

»An diese Gefahr haben Sie also gedacht?« sagte ich unschuldig.

»Ja, selbstverständlich, und deshalb hätte ich Sie nicht lange hängen lassen. Wenn Sie nicht jemand befreit hätte, wäre ich selber gekommen. Ich wollte nur erreichen, daß Sie nicht reiten konnten.«

»Sie lügen«, sagte ich ruhig. »Sie sind nach der Sendung nicht zurückgekommen, um mich loszubinden. Sie hätten mich nämlich noch gefunden. Ich habe bis Mitternacht gebraucht, um freizukommen, weil niemand kam. Dann fand ich eine Telefonzelle und ließ mich abholen, aber bis der Wagen kam, so gegen zwei Uhr, hatten Sie sich nicht blicken lassen. Als ich am nächsten Tag nach Ascot kam, waren alle überrascht. Es sei ein Gerücht im Umlauf, sagten sie, daß ich nicht käme. Sie haben im Fernsehen sogar erklärt, mein Name auf der Anzeigetafel müsse auf einem Irrtum beruhen. Niemand als Sie hatte Grund zur Annahme, daß ich nicht kommen würde; als ich von dem Gerücht hörte, wußte ich, daß Sie nicht zurückgekommen waren, um mich loszumachen. Auch am Morgen nicht. Sie dachten, ich hinge immer noch an dem Haken, in gott-weiß-welchem Zustand . . . und so wie ich es sehe, hatten Sie vor, mich unbegrenzt dort zu lassen, bis mich jemand zufällig fand . . . oder bis ich tot war.«

»Nein«, beteuerte er schwach.

Ich sah ihn eine Weile stumm an, dann drehte ich mich um.

»Na schön«, brüllte er plötzlich und schlug mit den Fäusten gegen die Rohre, »na schön! Es war mir egal, ob Sie am Leben blieben oder nicht. Gefällt Ihnen das? Wollen Sie das hören? Es war mir ganz egal, ob Sie draufgingen. Ich dachte an Sie, wie Sie dort hingen, mit anschwellenden Armen, die langsam schwarz wurden . . . in endloser Agonie . . . und es war mir egal. Ich blieb nicht einmal wach. Ich ging zu Bett. Ich ging schlafen. Es war mir egal. Es war mir egal . . . hoffentlich sind Sie zufrieden.«

Seine Stimme brach. Er sank in sich zusammen, bis ich in der wachsenden Dunkelheit nur noch sein blondes Haar und die Hände an den Eisenrohren sehen konnte.

»Hoffentlich sind Sie zufrieden«, sagte er gebrochen.

Ich war nicht zufrieden. Überhaupt nicht. Mir war übel.

Ich ging langsam zurück in das vordere Zimmer und setzte mich aufs Heu. Ich schaute auf die Uhr. Noch drei Stunden, drei Stunden, in denen Kemp-Lores Kollegen im Fernsehstudio die schreckliche Wahrheit endlich begreifen würden, drei Stunden besorgter Spekulationen und hastiger Pläne, bis man schließlich einen alten Film vorführen würde, um die fünfzehn Minuten auszufüllen, beginnend mit der Erklärung: »Wir bedauern, daß infolge der – äh – Erkrankung von Maurice Kemp-Lore die Sendung heute abend ausfallen muß.«

Für immer, dachte ich. Ihr werdet noch staunen.

Es wurde nicht nur dunkler, sondern auch kälter. Den ganzen Tag war es kühl gewesen, aber mit dem Verschwinden der Sonne kam der Frost, und die Mauern des unbewohnten Hauses schienen ihn einzusaugen. Kemp-Lore begann wieder gegen die Tür zu treten. »Ich friere«, schrie er. »Hier ist es zu kalt.«

»Tut mir leid«, sagte ich leise.

»Lassen Sie mich 'raus«, heulte er.

Ich saß regungslos auf dem Heu. Das Handgelenk, das er während der Rauferei umklammert hatte, tat mir weh, und wieder war Blut durch den Verband gedrungen. Ich wagte gar nicht daran zu denken, was der Schotte sagen würde, wenn er es sah. Die drei Warzen würden zweifellos mißbilligend zittern. Ich lächelte.

Kemp-Lore trat lange Zeit gegen die Tür, aber er erreichte nichts. Gleichzeitig verschwendete er sehr viel Atem, weil er ständig brüllte, daß er friere und hungrig sei und ich ihn herauslassen solle. Ich erwiderte überhaupt nichts, und nach ungefähr einer Stunde hörte das Brüllen und Hämmern auf, ich hörte ihn zu Boden gleiten und verzweifelt aufschluchzen.

Ich blieb, wo ich war, und lauschte, während er unaufhörlich stöhnte und weinte. Ich lauschte ohne Gemütsbewegung, denn ich hatte in der Sattelkammer auch geweint.

Die Zeiger krochen langsam auf dem Zifferblatt voran. Um dreiviertel neun, als nichts mehr seine Sendung retten und kaum noch ein Telefonat rechtzeitig geführt werden konnte, verklang Kemp-Lores Schluchzen. Es wurde still. Ich stand auf, ging hinaus in den Garten und atmete die klare Luft mit tiefen Zügen ein. Der schwere Tag war vorbei, und die Sterne strahlten am frostigen Himmel.

Ich ging zum Gebüsch, setzte mich in Kemp-Lores Wagen und fuhr ihn zum Gartentor. Dann ging ich zum letztenmal um das Haus herum, um mit ihm durch das Fenster zu sprechen, und er stand schon dort, sein Gesicht wie bleiches Oval hinter den Gitterstäben.

»Mein Wagen«, sagte er hysterisch. »Ich hab' den Motor gehört. Sie fahren in meinem Wagen weg und lassen mich hier zurück!«

Ich lachte. »Nein. Sie fahren ihn selbst. So schnell und so weit Sie wollen. An Ihrer Stelle würde ich zum nächsten Flughafen fahren und verduften. Niemand wird Sie besonders hochschätzen, wenn die Briefe eingetroffen sind, und es kann nur ein oder zwei Tage dauern, bis die Zeitungen davon erfahren. Für den Rennsport sind Sie erledigt. Man kennt Ihr Gesicht in England zu gut, als daß Sie sich verstecken, den Namen wechseln und eine andere Stellung suchen könnten. Da Sie die ganze Nacht und wahrscheinlich den ganzen morgigen Tag zur Verfügung haben, bevor der Sturm losbricht und die Leute Sie mit Verachtung anstarren, können Sie ohne weiteres packen und das Land verlassen.«

»Sie meinen . . . ich kann gehen? Einfach gehen?« Er schien verblüfft zu sein.

»Einfach gehen«, sagte ich nickend. »Wenn Sie sich beeilen, entgehen Sie der Untersuchung, die das National Hunt Committee auf jeden Fall durchführen wird, und Sie entgehen auch einer Anzeige. Sie können sich in irgendeinem Land niederlassen, wo Sie keiner kennt, und dort von vorne anfangen.«

»Mir bleibt wohl kaum eine Wahl«, murmelte er. Sein Asthma war kaum mehr zu bemerken.

»Und suchen Sie sich ein Land, wo es keine Hindernisrennen gibt«, sagte ich.

Er stöhnte auf und hämmerte mit den Fäusten gegen den Fensterrahmen.

Ich ging zurück ins Haus, knipste Joannas Stablampe an und sperrte das Schloß auf und öffnete die Tür. Er wandte sich vom Fenster ab und ging schwankend auf mich zu, sein Gesicht vor dem Lichtschein abwendend. Er ging durch die Tür, kam an mir vorbei, ohne mich anzusehen, und stolperte zu seinem Wagen.

Ich ging hinter ihm her und leuchtete ihm. Ich legte die Lampe auf einen Zaunpfosten, um die Hände auf alle Fälle frei zu haben, aber er schien erledigt zu sein.

Als er in seinem Wagen saß und die Tür noch offenstand, sah er mich an.

»Sie verstehen das nicht«, sagte er mit schwankender Stimme. »Als ich ein Junge war, wollte ich Jockei werden. Ich wollte im Grand National reiten, wie mein Vater. Aber dann kam das mit der Angst vor dem Stürzen . . . Ich sah den Boden unter meinem

Pferd dahinrasen, und in mir krampfte sich alles zusammen, ich schwitzte, bis ich anhalten und absteigen konnte. Und dann wurde mir schlecht.«

Er gab einen stöhnenden Laut von sich und faßte sich bei der Erinnerung an den Magen. Sein Gesicht verzerrte sich. Dann sagte er plötzlich wild: »Es hat mir gut getan, zu sehen, wie sich die Jockeis Sorgen machten. Ich habe sie über die Klinge springen lassen. Das war ein wunderbares Gefühl.«

Er sah mich grimmig an, und seine Stimme schien Gift zu verspritzen.

»Sie habe ich mehr als alle anderen gehaßt. Sie ritten für einen neuen Jockei zu gut, und Sie kamen zu schnell vorwärts. Überall hieß es: ›Gebt Finn die schlechten Pferde, er weiß nicht, was Angst ist.‹ Ich wurde zornig, als ich es hörte. Deswegen lud ich Sie zu meiner Sendung ein, erinnern Sie sich? Ich wollte dafür sorgen, daß Sie wie ein Narr aussehen. Bei Mathews hat es geklappt, warum nicht bei Ihnen? Aber Axminster stellte Sie an, und Pankhurst brach sich das Bein. Ich wollte Sie um jeden Preis fertigmachen, ich bekam Kopfschmerzen davon. Sie liefen so zuversichtlich herum, als sei Ihre Stärke selbstverständlich, und so viele Leute behaupteten, Sie würden eines Tages Champion sein . . .

Ich wartete auf einen Sturz, der ziemlich böse aussah, und dann teilte ich den Zucker aus. Es klappte. Sie wissen, daß es geklappt hat. Ich kam mir vor wie ein junger Gott, wie ein Sieger, wenn ich Ihr weißes Gesicht sah und hörte, wie sich alle über Sie lustig machten. Ich habe Sie beobachtet, weil ich wissen wollte, wie Sie sich fühlten. Ich wollte sehen, wie Sie sich krümmen, wenn alle Leute, die Ihnen wichtig waren, sagten . . . wie mein Vater zu seinen Bekannten . . . daß es schade um Sie sei . . . schade, daß Sie ein heulender kleiner Feigling sind, schade, daß Sie keinen Mut haben . . . keinen Mut . . .«

Seine Stimme erstarb, und seine tiefliegenden Augen waren weit aufgerissen, als starrte er in eine unerträgliche Vergangenheit.

Ich stand da und starrte auf das Wrack eines Menschen hinunter, der ein großer Mann hätte werden können. So viel Vitalität, dachte ich, so viel Talent verschwendet, um Leuten wehzutun, die ihm nichts getan hatten.

Solche Menschen kann man verstehen, hatte Claudius Mellit

gesagt. Man kann sie verstehen, sie behandeln, und ihnen verzeihen.

Ich konnte ihn in gewisser Weise verstehen, weil ich in meiner Familie selbst Außenseiter war. Aber mein Vater hatte sich geduldig damit abgefunden, und ich hatte es nicht nötig, Musiker leiden zu sehen.

Behandeln ... Die Behandlung, die ich ihm an diesem Tag hatte zuteil werden lassen, mochte den Patienten nicht kuriert haben, aber er würde seine Krankheit nicht mehr weiter verbreiten. Nur darauf kam es mir an.

Wortlos schlug ich die Wagentür zu und bedeutete ihm durch eine Geste, loszufahren. Er warf mir noch einen ungläubigen Blick zu, als finde er es unverständlich, daß ich ihn frei ließ, dann fummelte er an Lichtschalter, Zündung und Schalthebel herum.

Hoffentlich fährt er vorsichtig, dachte ich. Er sollte am Leben bleiben. Er sollte lange leben, um darüber nachzudenken, was er weggeworfen hatte. Alles andere wäre zu einfach, dachte ich.

Der Wagen begann zu rollen, und ich sah zum letzten Mal das berühmte Profil, als er in der Dunkelheit davonglitt. Die Bremslichter blinkten rot auf, als er an der Einmündung des Weges in die Straße hielt, dann bog er ab und war verschwunden. Das Brummen des Motors verklang.

Ich nahm die Lampe vom Zaunpfosten und ging ins Haus zurück, um aufzuräumen.

Verzeihen, dachte ich. Das ist wieder etwas anderes.

Es würde lange dauern, bis ich ihm verzeihen konnte.

Bitte beachten Sie
die folgenden Seiten:

Krieg im Dunkeln

Über die doppelbödigen Spionageromane des Anthony Price schrieb der englische Kriminalschriftsteller H. R. F. Keating in der Londoner *Times:* »Diese Bücher möchte man am liebsten gleichzeitig sofort bis zum Ende lesen und sich noch stundenlang damit beschäftigen.«

Labyrinth (10362)
Hinterhalt (10372)
Colonel Butlers Wolf (10402)
Oktobermänner (10407)
Umwege zum Ruhm (10413)
Geister von morgen (10419)
Aufmarsch der Esel (10425)
Kein Platz für Krieger (10431)
Das Vengeful-Komplott (10444)
Gunner Kelly (10458)
Spione am Kreuzweg (10470)
Unser Mann in Camelot (10486)
Unter Ungeheuern (10524)
Im Namen der Nation (10615)
Auf blutigem Boden (10625)
Wer zuletzt rächt (10722)

Anthony Price

Kriminalroman

Ullstein Kriminalromane

»Bestechen durch ihre Vielfalt«
(Westfälische Rundschau)

Willi Voss
Die Nacht, der Tod (10599)

Angus Ross
Ein Kontrakt in Burgos (10693)

Michael Collins
Der blutrote Alptraum (10694)

James Hadley Chase
Die Kanaille (10696)

Donald Goines
Kenyatta schlägt zu (10697)

Alan Scholefield
Makler des Todes (10698)

Andrew Vachss
Bluebelle (22845)

Willi Voss
Bluthunde (10700)

Donald Goines
Kenyattas Todesliste (10701)

Geoffrey Homes
Ein Mörder für Goliath (10702)

James Lee Burke
Black Cherry Blues (10704)

Angus Ross
Ein Drama in Congleton (10705)

Charles Willeford
Die Kunst des Tötens (10706)

Michael Collins
Bittere Arznei (10707)

A. W. Gray
Bino (10708)

Angus Ross
Hasard in Hamburg (10709)

Ed McBain
Stirb, Kindchen, stirb (10710)

James Hadley Chase
Miss Callaghan muß Trauer tragen (10711)

Geoffrey Homes
Der Selbstmord-Mann (10712)

James Melville
Der falsche Buddha (10713)

Geoffrey Homes
Der Doktor starb zur Dämmerstunde (10714)

Andrew Vachss
Hard Candy (23096)

Ross Thomas
Gottes vergessene Stadt (10716)

James Lee Burke
Neonregen (10717)

Ed McBain
Schöne Bescherung (10718)

Angus Ross
Heimspiel in Yorkshire (10719)

Thomas Maxwell
Kiss Me Twice (10720)

James Hadley Chase
Blondine unter Banditen (10721)

Anthony Price
Wer zuletzt rächt . . . (10722)

Donald Goines
Kenyattas letzter Hit (10723)

James Melville
Ein Haiku für Hanae (10724)

Geoffrey Homes
Dem Glücklichen schlägt auch die Stunde (10725)